금단의 페트

금단의 페트

금단의 페트 1
배진국 판타지 장편 소설

초판 1쇄 찍은 날 § 2004년 5월 15일
초판 1쇄 펴낸 날 § 2004년 5월 25일

지은이 § 배진국
펴낸이 § 서경석

편집장 § 문혜영
편집책임 § 유경화
편집 § 신혜미
마케팅 § 정필 · 강양원 · 이선구 · 김규진 · 홍현경

펴낸곳 § 도서출판 청어람
등록번호 § 제1081-1-89호
등록일자 § 1999. 5. 31
어람번호 § 제1-0487호

주소 § 경기도 부천시 원미구 심곡1동 350-1 남성B/D 3F (우) 420-011
전화 § 032-656-4452 팩스 § 032-656-4453
http://www.chungeoram.com
E-mail § eoram99@chollian.net

ⓒ 배진국, 2004

ISBN 89-5831-108-8 04810
ISBN 89-5831-107-X (SET)

배진국 판타지 장편 소설

금단의 페트

The forbidden pet

1 만남

도서출판  청어람

목차

1
만남

작가의 말

작가의 말이라고 한다면 무엇이라 멋들어지게 자신을 어필할 수 있는 글을 써야 할 텐데 몇 시간째 끙끙거리고 있는 지금의 나 자신을 보면 조금은 한심하기도 하군요.

새벽을 지새며 자판을 두드려 독자 분들의 반응 하나에 웃고 괴로워한 지도 벌써 일 년이 다되어갑니다. 아직 무엇을 표현하고 무엇을 써낸다는 것은 부족한 저에게 너무 힘겨운 일이지만 많은 분들이 좋아해 주시고 또 제의도 와서 이렇게 책이 나오게 되었습니다.

소설은 이야기의 기록이고 그것의 가치는 결국 읽는 사람에게 감동과 재미를 줘야 하는 것이라 알고 있습니다. 부디 이 '금단의 페트'를 읽으며 많은 분들이 그 감동과 재미를 느껴주셨으면 하는 것이 이 부족한 필자의 단 한 가지 소망입니다.

부디 끝까지 함께해 주시길.

Special Thanks to 나우누리 비평동, 라다가스트 모두들.

"누구지, 너는?"

나는 감기었던 눈을 뜨고 바로 앞의 한 소년을 바라보았다. 칠흑같이 검은 머리, 그리고 혼을 빼앗을 정도로 깊은 검은빛의 눈을 가진 소년이 나를 바라보고 있었다. 그 소년의 준수한 모습에 당황했을까? 나는 잠시 동안 말하는 것을 잊어버리고 그 소년의 얼굴만을 바라보았다. 소년은 말이 없었다. 계속해서 나를 바라보고 있었다.

나는 하늘을 바라보았다. 시커먼 하늘. 곧 비가 오려나 보다. 내 시선은 조용히 다시 그를 향해 내려간다.

"……."

나는 말을 해야 한다. 그에게 말을 해야 한다. 그의 눈을 바라본다. 칠흑같이 어두운 그의 눈을 바라본다. 이것은 약속, 아니, 마법. 마법의 이름은 저주(詛呪). 끔찍한 저주. 내가 죽게 될 때까지 이어질 저주.

나는 말해야 한다. 그 저주받을 마법의 시작을.

"이것은 약속입니다. 당신은 나의 주인, 나의 로드, 나의 모든 것입니다. 설령 나에게 죽음이 다가온다 해도, 창조신인 리지안트님이 반대하신다 해도……."

마지막 남은 자아(自我)가 다음에 이어질 말을 가로막는다.

'그것으로 좋은 건가? 되돌릴 수는 없는 건가?'

시리도록 입술을 깨문다. 후회는 할 것이다. 그러나 되돌리지는 못한다. 이미 결정은 내려졌기 때문이다.

"…나의 생명은 당신의 것입니다."

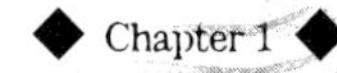

나, 그리고…

　　나는 조용히 눈을 떴다. 보이는 건 하얀 천장뿐이다. 지워진 지 오래 돼서인지 누르스름한 얼룩이 듬성듬성 나 있었다. 뭐, 곰팡이가 끼든 얼룩이 지든 나한테 직접적인 피해만 주지 않으면 되니까 별 상관은 없지만 그래도 '기분' 이란 것이 있는 거다. 예를 들어, 화장실에서 짝 사랑하는 소녀에게 볼일을 보며 편지를 썼다고 가정해 보자. 그 편지를 받은 소녀가 설령 그 편지를 쓴 인간에게 마음이 있었다 해도 '화장실에서 볼일을 보며 쓴 편지' 라는 사실을 알게 되면 기분이 좋을까? 그 소녀가 천사표에 모든 것을 초탈한 '이상한' 소녀가 아닌 한 그러기는 힘들 것이다. 뭐, 그런 인간을 좋아하는 고상한 취미를 가진 소녀도 있긴 하겠지만 말이다. 왠지 내 자신이 우습다. 천장에 얼룩이 난 것만으로도 이런 비약적인 상상을 하다니, 역시 나는 꿈 많은 소년인가 보다.

잡생각은 그만 하고 나는 세수를 하기 위해 침대에서 일어났다. 삐거덕 하는 마찰음을 내며 침대가 요란을 피운다. 1골드 주고 중고 매장에서 사온 침대. 이 침대는 전에도 그랬듯 내가 울면 그녀도 울고 내가 화내면 그녀도 화를 내며 동고동락한 베스트 프렌드다. 이름도 지어놓았다. 그 이름도 찬란한 '엘리자베스' 라고.

엘리자베스는 언제나 운다. 내 체중을 못 이기고 비명을 지르며 우는 엘리자베스. 덕분에 고약했던 잠버릇이 고쳐지기는 했지만 말이다(내가 움직일 때마다 엘리자베스가 언제나 슬퍼하기 때문이다). 비록 울보에다 목청도 크지만 난 엘리자베스를 사랑한다. 아프면 치료해 주고 슬프면 같이 슬퍼한다(남들이 보면 병신이라고 하겠지만 뭐 어떤가). 사람들 시선에 맞춰서 사는 것만큼 피곤한 일도 없을 것이다.

세수하기가 귀찮아서 자꾸 이상한 생각만 하는 것 같다. 어쨌든 난 학교에 가야 했다. 세수도 하지 않고 지저분한 얼굴로 학교에 간다는 것은 상상하기조차 끔찍한 일이었기 때문에 천천히 하품을 하며 욕실로 향하여 발걸음을 움직이기 시작했다.

한쪽 머리가 너저분하게 뜬 것이 그렇게 보기가 좋은 모습이 아니었다. 자랑은 아니지만 내 얼굴은 단정한 편이다. 아버지는 내 모습이 어머니를 닮았다고 한다. 한 번도 본 적 없는 어머니의 얼굴을.

어머니가 돌아가셨긴 하지만 특별하게 그것을 콤플렉스로 여기고 있지는 않다. 단지 가끔씩 다른 아이들처럼 행복한 가정에서 지냈다면 어떨까 하고 생각해 보는 정도다.

배에서 쪼르륵 하고 소리가 난다. 세수를 마친 나는 아침 식사 준비를 하기 시작했다. 언제나처럼 우유 한 컵, 그리고 딱딱한 바게트 한 조각으로. 비록 볼품없긴 하지만 그렇게 큰 불만은 없다. 어차피 고기

나 빵이나 먹으면 다 뒤로 나오는 건 매한가지이니까.

식사를 끝마친 나는 우유 한 컵을 따라서 나의 사랑스러운 동반자 노엘에게 가져다 주었다. 노엘은 이제 막 한 살이 지난 고양이로 지난 여름부터 기르기 시작했다. 어미를 잃은 탓인지 너무나도 구슬프게 우는 노엘을 보고 난 차마 그냥 지나칠 수가 없었다. 그냥 비만 피하게 해주려고 집안에다 들여놓았는데 이 영악한 것이 배때기를 눌러붙이고 안 떨어져서 어쩔 수 없이 기르게 되었다.

노엘은 냥냥거리면서 우유를 핥아먹었다. 그 모습이 귀여워 등을 쓰다듬어 주려고 하였으나 오히려 발톱을 내밀고 반항을 하기 시작했다. 이 영악한 것은 주인도 못 알아본다. 고양이는 키워봤자 소용없다는 옛말이 불현듯 떠올랐다. 그 옛말을 퍼뜨린 조상님들도 분명 나와 비슷한 체험을 하셨을 것이다.

시간은 이미 늦었다. 간혹 가다 시간이 늦어도 괘념치 않고 빨리 뛰어가서 선생님들의 사랑을 한 몸에 받는 녀석들이 있는데 내가 보기엔 그건 좀 한심한 짓 같다. 10분 늦어서 지각이면 한 시간 늦어도 지각이다. 지금 뛰어가도 10분 정도는 지각할 것이 뻔하기 때문에 난 느긋하게 가기로 마음먹었다. 1교시가 끝나고 교실에 들어갈 생각이다(내가 생각해도 훌륭한 가치관이다).

반항하는 노엘과 숨 막히는 심리전을 벌이며 등을 쓰다듬는 승부를 하다 보니 어느새 한 시간 정도는 금방 지나가 버렸다. 결국엔 팔에 상처를 입긴 했지만 나의 승리로 끝났다. 이것으로 134전 32승이다.

내 조그만 집을 벗어나 산길을 따라 걷고, 그리고 언덕을 몇 개 넘으니 도시가 눈에 들어온다. 내가 사는 이 도시는 자벨린이라 불리는 곳으로 수도에서 조금은 멀리 떨어진 그리 크지 않은 도시이다.

다시 얼마 걸으니 드디어 학교가 보인다. 그 이름도 찬란한 '신트로피 마법 학교'.

난 학교 입구에서 가만히 서 있기로 했다. 아직 수업 종료 종이 울리지 않았기 때문이다. 곧 따르릉 소리와 함께 종소리가 울려 퍼졌다. 나무 그늘에서 느긋이 쉬고 있던 나는 엉덩이를 털고 교실 안으로 들어갈 채비를 했다.

난 평민이지만 마법 학교에 다닌다. 전에는 마법이라는 게 귀족들이나 특정한 사람들만이 배울 수 있는 것이었지만 몇 년 전 이웃 나라와의 전쟁이 끝나자 국가에서는 평민들도 마법을 배울 수 있게 해주었다.

마법사가 전투에서 전사보다 큰 힘을 발휘한다는 것을 잘 알게 된 까닭이다. 일 대 일의 싸움은 마법사 쪽이 약간 뒤질지 모르나―마스터 급 이상이라면 이야기가 달라지겠지만―집단 전투에서는 마법사가 전사보다 더 유리하다. 아무리 뛰어난 전사라도 백 명을 상대하기 힘들지만 뛰어난 마법사는 거의 일기당천의 실력을 발휘한다. 덕분에 국가에서는 마법사를 양성하기 위해 노력을 기울이기 시작했고 평민들도 마법을 배울 수 있게 되었다.

파이터메이지, 일명 전투 마법사. 그들은 검술도 쓰면서 간단한 마법을 사용한다. 지식만을 추구하는 마법사들은 환영받지 못하지만 솜씨 좋은 파이터메이지라면 어디를 가도 환영받는다. 오히려 뛰어난 실력의 마법사보다 웬만한 파이터메이지가 월급을 더 많이 받을 정도니 그들에 대한 대우가 어느 정도인지 짐작할 수 있을 것이다.

파이터메이지로만 결성된 보병. 그 보병은 대륙에서도 손꼽히는 우리 나라 최고의 보병단이다. 그만큼 대우도 좋고 월급 또한 다른 용병이나 군인들보다 훨씬 높다. 그만큼 경쟁률도 높아 파이터메이지 중에서도 노련하고 경험있고 실력있는 사람만이 들어갈 수 있다.

전직이란 프로그램이 마법 학교마다 존재한다. 그것은 어느 정도의 수준을 갖춘 학생들의 장래 희망을 정하는 것이다. 운동 신경이 부족하고 마법 실력이 뛰어난 아이들은 위저드 클래스로, 그리고 운동 신경은 뛰어나지만 마법 실력이 약간 부족하면 파이터메이지 클래스로 그렇게 전직을 한다.

전직을 하기로 결정하고 학교에서 허락을 받으면 또 해당되는 학교에서 실력을 키운다. 물론 마법 실력과 운동 신경 모두가 좋지 않은 학생은 어디로도 진급하기가 쉽지 않다. 마법 학교에서 머물다가 ‘견습 마법사’ 란 칭호만 받고 졸업하는 수밖에 없는 것이다.

최고의 전직 클래스로 ‘히어로 클래스’ 라는 것도 존재한다. 그것은 마법 실력과 운동 신경이 모두 뛰어난 아이들이 전직하는 클래스로 무사히 졸업할 시에 국가에서 기사 칭호를 준다. 만약 히어로 클래스에서 우수한 성적으로 졸업한다면 부와 명예는 보장된 셈이다. 그러나 아무나 히어로 클래스로 갈 수는 없다. 귀족들, 그중에서 높은 지위의 귀족들만이 입학할 수 있는 것이다. 한마디로 나 같은 평민들은 문턱도 못 밟아본다는 그런 이야기이다.

나는 일단 파이터메이지 클래스로 전직하길 원한다. 그래서 돈을 좀 많이 벌고 싶다. 이건 내 또래의 평민 아이라면 누구나 원하는 꿈이다. 하지만 마법이란 것은 원한다고 배울 수 있는 것이 아니다. 재능이 있어야 한다. 마법에 대한 재능 말이다. 그래서 대부분의 아이들은 포기할 수밖에 없다.

사실 마법 재능이란 것은 집중력이나 노력도 중요하지만 태어나면서부터 가지고 태어나는 천부적인 재능이 중요하다. 전체의 아이들 중 10%도 안 되는 아이들이 마법 재능을 가지고 태어난다(물론 그 안에서도 재능에 따라 마법 습득력은 각양각색이다). 나라에서는 그 아이들을 마법 학교에 보내길 원한다. 대출이나 삭감 제도를 만든 것도 그 때문이다. 나같이 돈 없는 평민들을 학교에 보내기 위해서.

나의 아버지는 광부다. 나의 학비를 벌기 위해서 지금은 조금 멀리 떨어진 산에 가서서 일하고 계시다.

자랑은 아니지만 내 마법 실력은 또래의 아이들보다는 훨씬 우수한 편이다.

운동 신경은 아직 잘 모르겠지만 마법 실력만큼은 그렇다. '거미줄(Web)'이나 '자물쇠(Lock)' 같은 마법을 익힌 건 또래의 학생들 중에서 내가 최초니까 말이다.

사실 내가 마법에 매달리는 이유 중에 하나도 아버지 때문이다. 나에 대한 그의 기대를 저버리지 않기 위해서. 뭐, 직접적인 큰 원인은 다른 사람에게 무시받는 것을 싫어하는 성격 탓이겠지만 여하튼 거의 하루의 대부분을 마법 공부를 하며 지내고 있다. 또래의 아이들은 놀기도 하고 여자도 사귀고 그렇게 지내겠지만 내 일과는 오직 공부와 휴식, 그리고 먹고 자는 것뿐이다.

뭐, 남들이 이상하게 생각하든 말든 결국 중요한 것은 자기 자신이 원하는 것을 하며 사는 게 행복한 일생이겠지. 적어도 난 그렇게 생각하니까 말이다.

그렇게 마법만을 공부하다 보니 또래의 아이들보다는 월등한 실력을 가지게 되었다. 공부라는 것은 의외로 정직한 면이 있어서 시간과 노력을 들이면 실력이 늘기 마련이다. 그래서 이론은 거의 만점, 실기도 거의 만점에 해당되는 점수를 받았다. 그건 당연한 결과라고 생각한다. 이건 자랑이 아니다.

아이들은 쉬는 시간을 이용해서 화장실을 가거나 친구들과 열심히 장난을 치고 있는 듯했다. 나는 뭐, 그런 아이들을 그다지 신경 쓰지도 않으며 그렇게 조용히 내 자리로 걸어가 의자에 앉았다. 나에 대해서 아이들은 그냥 '공부 잘하는 아이'라고만 생각해서인지 인사를 해오거나 말을 거는 아이는 없었다. 그건 접근해 오면 그냥 무시해 버리는 내 성격 탓이 컸지만 생긴 모습 때문이기도 했다.

푸른 빛이 감도는 흑발, 그리고 검은색 눈. 이런 모습은 일단 쉽게 접근하기에는 좀 무리가 있는 모습이다. 난 동양인이 아니다. 어머니도 금발이었고 아버지도 금발이다. 혹시 내 부모님이 친부모가 아닐지도 모른다는 생각도 안 해본 것은 아니지만 일단 그것은 그냥 생각으로 그친다. 설령 나를 아버지나 어머니가 낳지 않았다고 해도 뭐, 난 그렇게 충격받지는 않을 것이다.

따르릉 하는 종소리와 함께 수업이 시작되었다. 친구들과 교실을 뛰어다니며 장난을 치던 아이들도, 우스갯소리를 나누던 아이들도 재빠르게 자리에 앉으며 수업 준비에 여념이 없었다. 다음 시간은 '마법 이론학'. 담당 선생은 프란이라고 불리는 인간이다. 프란은 다른 선생들과 비교해 보면 조금 엄격한 면이 있었다. 떠들거나 조는 학생에게는 가차없이 종아리를 때렸다. 그래서 학생들은 프란 선생을 싫어했다. 나하고는 별 상관 없는 이야기이지만 말이다.

프란 선생은 오자마자 칠판에 뭔가 적기 시작했다.

쪽지 시험.

칠판에 적힌 글귀를 보자 대부분의 아이들은 천천히 얼굴을 구기기 시작했다. 차마 입으로는 싫은 소리를 못하니 할 수 있는 최대의 반항이라고는 인상을 써보는 정도였다.

나는 가방에서 펜을 꺼내 시험 칠 준비를 했다. 사실 다른 아이들이 싫어하는 이 쪽지 시험은 나에게는 별 의미가 없었다. 나는 오래전에 이미 교과서를 다 외워 버렸기 때문이다.

프란 선생은 준비해 온 쪽지를 맨 앞 자리의 학생들에게 건네주었다. 내 자리는 창문가에 위치한 맨 앞 자리였기 때문에 그가 건네준 쪽지를 받아 뒤의 아이에게 넘겨주었다.

예상대로 문제는 다 암기식의 기초적인 것들뿐이었다. 오른손에 펜을 들고 빠르게 답을 적기 시작했다. 한 오 분 정도 지났다고 생각할 때쯤 문제에 답을 다 적을 수 있었다. 주위를 둘러보니 아이들이 끙끙대며 답을 적기 위해 애를 쓰고 있었다. 나는 시간을 낭비하기 싫어 프란 선생을 바라보며 조용히 손을 들었다.

"무슨 일이지, 베리 군?"

프란 선생은 부드러운 눈빛으로 날 쳐다보았다. 선생이란 것들은 거의 다 공부 못하는 학생은 싫어하고 잘하는 학생은 좋아한다. 나는 성적도 뛰어났고 선생들 앞에서는 최대한 성실하게 행동했기 때문에 대부분의 선생들이 좋아하는 편이었다.

"다 풀었는데 나가도 될까요?"

프란은 말없이 내게로 다가와 책상에 뒤집어둔 쪽지를 집어 들었다.

그는 천천히 눈으로 답을 확인해 보고는 고개를 끄덕거리며 입을 열었다.

"만점이군. 나가도 좋네."

아이들은 내게 부러움의 눈초리를 보내며 내가 교실을 나가는 것을 지켜보았다. 머쓱해진 나는 최대한 빠른 발걸음으로 학교 밖으로 나갔다.

학교 밖에는 여러 곳이 있었지만 그중에 내가 자주 가는 곳은 도서관과 서점, 그리고 식료품과 생필품을 파는 가게였다.

나는 천천히 도서관 쪽으로 발걸음을 옮겼다. 마을의 약간 외곽에 위치한 도서관은 규모는 그리 크지 않았지만 다양한 종류의 책들을 볼 수 있어서 내가 자주 가는 곳이었다.

도서관이 많은 책을 볼 수 있다면 서점은 새로 들어오는 책을 볼 수 있어서 자주 갔다. 하지만 난 가난했기 때문에 책을 사서 보지는 못했다. 그래서 주인 아저씨께 양해를 얻어 3, 40분 정도 그 자리에 서서 책을 보는 것이었다. 그렇게 해서 신간이 나오면 며칠 동안 서점에 들러 보곤 했다.

서점의 주인인 센트 씨는 뚱뚱하고 소심한 성격이라 내가 책을 오랫동안 보고 있으면 기침을 해서 눈치를 주곤 했다. 그래도 공짜로 책을 보여주기 때문에 난 그 센트 씨를 좋아했다. 그의 뒤뚱거리는 걸음걸이를 보면 저절로 웃음이 나온다.

도서관 사서는 말없이 나에게 고개를 끄덕거리는 것으로 인사를 했다. 그녀는 류리라고 불리는 소녀로 몇 개월 전부터 이 도서관에서 일하고 있었다. 류리는 식료품 가게의 주인인 한슨 씨의 딸로 얼굴이 단정해서 동네 소년들에게 제법 인기있는 소녀였다. 식료품을 사거나 도 서관에 올 때에 류리 얼굴을 자주 볼 수 있었던 나는 그녀의 인사에 고개를 까닥이며 화답하고는 책이 꽂혀 있는 곳으로 걸음을 옮기기 시작했다.

이곳 도서관에 있는 책들 대부분은 거의 다 내가 본 것들이 많았다. 요즘에는 마법이나 역사 말고도 요리, 분재, 연금술 같은 것부터 화장법이나 동성애—이런 소설이 왜 도서관에 있는지는 나도 모르겠다. 아마 주민들 중 누군가가 꽂아놓았을 것 같다—같은 특이한 책들을 보곤 했다.

'고대의 노예 제도와 그 특징' 이라는 제목의 책이 눈에 띄었다. 나는 책을 뽑아 들고는 책을 빌리기 위해 사서인 류리에게로 다가갔다. 내가 책을 넘겨주자 류리는 무표정한 얼굴로 대여 명부에 내 이름과 책의 이름을 적고는 내게 다시 책을 넘겨주었다.

책을 빌려 도서관을 나온 나는 서점 쪽으로 발걸음을 옮겼다. 서점은 도서관에서 멀지 않은 마을 외곽에 위치하며 말한 대로 소심한 뚱보 주인 센트 씨가 운영하고 있었다.

"어서 오게나, 베리 군."

센트 씨는 웃는 얼굴로 반기며 날 맞이하였다. 나는 약간 웃음을 머금은 채 그에게 고개를 숙여 인사했다. 인사를 마치고 신간이 나열해 있는 곳으로 가서 새로 들어온 책들을 보았다. 여러 책들이 보였지만 난 그중에서 파란색의 표지로 된 책을 뽑아 들었다.

공간 이동 마법의 허와 실.

책의 분량이 그다지 많지 않았기 때문에 난 이틀 만에 그 책을 거의 다 볼 수 있었다. 미처 다 보지 못한 나머지 부분을 보기 위해 난 조심스럽게 책을 펼쳤다.

책을 선 채로 본다는 것은 예상외로 힘든 일이다. 일단 발이 피곤하기도 하지만 더 중요한 것은 책에 손상을 입혀서는 안 된다는 것이다.

…따라서 중요한 것은 정신력과 믿음, 그리고 정확한 위치이다.

한 번도 가보지 못한 곳에 '텔레포트(Teleport)'하는 것은 앞서 설명한 대로 초대형 골드 드래곤에게 식칼 들고 덤비는 것만큼 무모한 행동이다. 텔레포트 마법의 실패 시에는 하늘에서 떨어지거나 땅속에 묻히거나 하는 일이 발생하곤 하는데… 젊은 마법사들은 하늘에서 떨어지는 것이 사망(死亡)할 확률이 높을 거라고 생각하지만 그것은 잘못된 생각이다. 땅속에 묻힐 경우에는 거의 죽지만 하늘에서 떨어질 경우에는 의외로 죽을 확률이 적기 때문이다…….

의외로 흥미로운 사실을 알게 된 나는 점점 더 책에 빠져들기 시작했다.

그러나 아이러니컬하게도 텔레포트에 실패해서 득이 되는 경우도 드물긴 하지만 존재한다. 우리 '피리닌 드 리드인젤' 폐하가 젊었을 때의 일이다…….

피리닌은 이 나라의 황제로 21세의 젊은 나이에도 불구하고 위의 두 형을 제치고 왕위를 딴 능력있는 인간이다. 수려한 외모에 마법, 검술 실력 모두 뛰어난 그는 국민들과 귀족들에게 큰 지지를 받고 있었다.

갑자기 숲 속에서 히드라(Hydra)의 습격을 받은 폐하는 열심히 싸웠지만 그 흉악한 히드라의 공격에 안타깝게도 부상을 입고 쓰러지시게 된다. 폐하의 동료였던 제4대 레인님은 다급한 마음에 텔레포트를 시도하시지만 불행하게도 히드라의 공격에 방해를 받아 마법을 실패하고 말게 된다. 그러나 창조신인 리지안트님의 가호였을까? 땅속으로 텔레포트되었지만 그것이 이득이 될 줄이야.

땅속은 드워프가 만든 고대의 미궁이었던 것이다. 그 미궁에서 폐하는 보물과 함께 지금 소유하고 계신 명검 '드 리진'을 찾게 된다…….

'그거 참 재미있군. 피리닌이란 인간은 명도 질긴 것 같다.'

난 살짝 웃음 지으며 남은 부분을 빠르게 읽기 시작했다.

책을 다 읽고 보니 어느새 다음 수업이 시작할 시간이 되었다. 센트 씨에게 인사를 하고 서서히 학교 쪽으로 몸을 움직였다.

수도는 아니지만 이곳 자벨린은 우리 나라에서 손꼽히는 번영된 도시이다. 교통도 잘 발달되어 있지만 자연 조건도 좋다. 덕분에 교육 환경도 꽤나 좋은 편이다. 하지만 그래도 평민과 귀족은 다니는 학교가 다르다. 마법 학교도 그것은 마찬가지이다. 다니는 학교가 다르다는 것은 그 학교의 질도 다르다는 이야기이다. 평민들이 다니는 학교가 귀족들이 다니는 학교보다 시설이 안 좋은 것은 말할 필요조차 없다.

평민 마법사는 전투에서 소모품으로 취급받는다. 그것은 보병과 똑같은 대우라고 할 수 있다. 기사단을 상대로 발을 늦추라는 명령이나 보병과 같이 길을 닦으라는 명령이 나오는 것만 봐도 그 사실을 알 수 있다.

학교는 다시 쉬는 시간이었다. 나는 조용히 내 자리에 앉아 명상을 하기 시작했다. 전사라면 모르겠지만 마법사에게는 명상이라는 것이 아주 중요하다. 그것은 세계에 퍼진 마나(Mana)의 배치를 아는 것이기도 하고 자기가 쓸 주문을 메모라이즈하기도 하는 것과 관련이 있다.

마나는 온 세계에 퍼져 있다. 그것을 불규칙적으로 이용, 운용하는 것이 마법사라고 할 수 있다. 마나의 배치를 읽고 그것을 불규칙적으로 주문을 외워서 나열하는 것이다. '불규칙적'이라고 말하는 이유는 마나의 배치가 매일마다 다르기 때문이다. 그 마나의 흐름을 읽고 사용할 주문을 정하기 위해 마법사는 메모라이즈를 한다.

내가 오늘 메모라이즈한 주문은 '마법 화살(Magic Missile)', '빛(Light)', '거미줄(Web)'이다. 초보적인 주문이긴 하지만 또래의 아이들에 비하면 굉장한 실력이라고 할 수 있다.

마법사는 굉장히 성장이 느리다. 전사는 어린 나이에도 뛰어난 실력을 발휘할 수 있을지 모르겠지만 마법사는 '절대' 그럴 수 없다. 내가 현재 사용할 수 있는 마법은 '두 번째 단계'의 마법까지이다.

마법은 아홉 번째 단계까지 존재한다. 빛이나 마법 화살 같은 초보적인 마법은 첫 번째 단계에 해당하는 마법이다. 거미줄이나 투명술(Invisibility) 같은 마법은 두 번째 단계의 마법이다. 두 번째 단계까지의 마법은 그래도 배우기 쉬운 편이라고 할 수 있다. 문제는 '세 번째 단계'의 마법이다.

마(魔)의 세 번째 단계. 마법은 이상하게도 세 번째나 여섯 번째, 그리고 아홉 번째 단계의 마법이 가장 배우기가 힘들다. 두 번째 마법과 세 번째 마법의 수준은 위력이 거의 두 배 정도의 차이를 보인다. 세 번째 마법의 주문은 '벼락(Lightning Bolt)', '비행술(Fly)', '화염 폭발(Fire

Ball)', '속도 증가(Haste)' 등이다. 주문의 이름만 들어도 알 수 있듯이 그 위력은 엄청나다.

두 번째 단계의 마법에는 '상승(Levitate)' 이란 마법이 있다. 이 마법은 단순하게 하늘로 '올라가는' 마법이다. 대조적으로 세 번째 단계의 마법에는 비행술이란 마법이 있다. 이 마법은 자유롭게 하늘을 날아다니는 마법이다. 단순히 올라가는 것과 날아다닌다는 것의 난이도는 엄청나다고 할 수 있다.

마법의 수준을 한 단계 높이기 위해서는 거의 10년의 세월이 걸린다고 한다.

그리고 3의 배수의 마법은 그 배우고자 하는 자의 재량과 노력에 달려 있다고 한다. 그 정도로 마법은 배우기가 힘든 것이다.

세 번째 시간은 체육 시간이다. 마법사에게 체육이란 시간이 왜 필요하냐고 물어보는 사람이 있을지도 모르는데 마법을 사용하는 것은 의외로 상당한 체력을 소모시키는 일이다. 마법사라고 해서 따뜻한 방구석에서 책만 보는 인간이 아니란 말이다.

쓰기 쉬운 첫 번째 단계나 두 번째 단계는 모르겠지만 마법의 단계가 높아질수록 영창 시간과 체력, 정신력 등이 많이 소요된다고 한다. 나 같은 경우는 마법을 두 번째 단계까지밖에 사용할 수 없기 때문에 아직까지 체력이 달려서 마법을 사용하지 못한 경험은 없었다. 하지만 나중에 한심한 꼴을 보이지 않기 위해서라도 미리 체력을 길러두는 것이 바람직할 것 같았다.

체육 선생의 이름은 애닐리언. 다른 사람에 비해 큰 몸집은 그가 체육 선생이란 것을 확실하게 말해 준다. 화통하고 마음씨 좋은 성격의 소유자인 애닐리언은 그 성격대로 학생들에게 인기가 제법 많은 편이었다.

그는 동방에서 건너온 체술을 익혔다고 들었는데 그 실력이 대단하다고 한다.

체술이란 것은 손이나 발을 단련해서 전투에 이용하는 것이다. 그 체술을 사용하는 직업에는 몽크와 미스틱, 이 두 가지가 존재한다. 동방의 체술은 잘 모르겠지만 말이다.

미스틱은 단순히 체술을 사용하는 권법가이다. 하지만 몽크는 미스틱과는 약간 다르다고 볼 수 있다. 몽크는 성직자 마법을 사용하는 미스틱이기 때문이다.

몽크는 파이터메이지와 비슷하다고 볼 수 있다. 물론 성기사라는 클래스가 있기는 하지만 그것은 평민들이 전직하기에는 엄청난 제약을 받는 클래스이기 때문에—성직 계열의 히어로 클래스라고 설명할 수도 있겠다—그렇다는 것이다.

성직 계열의 전직 시스템은 기본적으로 견습 성직자에서 다른 것으로 갈라진다. 파이터메이지처럼 운동 신경이 뛰어난 사람들은 몽크 클래스로, 운동 신경은 부족하지만 신력(神力)이 뛰어난 사람은 프리스트 클래스로, 신력과 운동 신경 모두 뛰어난 사람은 성기사 클래스로 그렇게 능력에 따라서 직업이 갈라진다.

말만 능력이지 제일 중요한 것은 재력과 집안 배경이다. 평민들은 히어로 클래스나 성기사 클래스로 올라가질 못한다. 아니, 뛰어난 재력이 있다면 갈 수도 있겠지만 올라간 사람은 대부분 그 환경에 적응하지 못하고 포기하고 만다.

사실 전직 시스템이 발전한 이유는 수많은 전쟁 경험 때문이다. 보다 효율적이고 효과적인 전쟁을 하기 위해 이 나라는 엄청난 노력을 기울이고 있다. 황제인 피리닌의 말대로라면 곧 전쟁이 시작된다고 한다. 언제나처럼 전쟁, 빌어먹을 땅 따먹기 게임이 시작되는 것이다.

고위층의 말 한마디에 수백, 아니, 수천 명의 생명을 순식간에 앗아가는 그 빌어먹을 전쟁. 일선에서 검을 휘두르고 마법을 사용하는 것은 대부분 평민들의 몫이다. 그 전쟁이란 것도 이제 아주 형식적으로 되어버려서 얼마 동안 시작했다가 서로 간에 피해가 커지면 재빨리 전령을 파견해 종이 쪼가리 한 장으로 얼버무리고 끝나 버리는 것이 대부분이었다. 결국 피해를 입는 것은 일선에서 싸워야 하는 평민들뿐이다.

체육 시간의 대부분은 노는 것이다. 공을 가지고 놀거나 친구들과 뛰어놀거나 하는 것이다. 그러나 나는 체육 시간에 놀지 않고 주로 체력을 단련시킨다. 운동장을 뛰어보거나 운동 기구를 사용해서 몸을 단련시킨다. 물론 몸 컨디션이 안 좋거나 운동하기가 싫다고 느껴질 때는 나무 그늘 같은 곳에서 쉰다.

솔직히 나도 애들과 어울려 놀고 싶은 마음이 있기는 하다. 하지만 그 마음은 생각에 그치고 만다. 그 이유는 전에 이야기했듯이 나에게는 사교성이란 게 전무하기 때문에, 그리고 나의 이 특이한 외모 때문이기도 하다.

대부분의 사람들은 이상한 눈빛으로 날 주시한다. 꼭 뭐에 홀린 사람처럼. 특히 처음 보는 사람이라면 더욱더 그랬다.

금발 아버지와 금발 어머니 사이에서 태어난 흑발을 가진 아들. 우습고 황당하지만 난 그렇다. 마치 비둘기 사이에서 까마귀가 태어난 것과 같다. 나는 비둘기 세계에서 태어난 까마귀이다. 주위에서 손가락질당하고 멸시받는, 태어나지 말아야 할 존재인 것이다.

지나친 비약, 피해망상이라고 생각도 해보지만 그래도 한번 상처받은 마음은 다시 치유되기가 쉽지 않은 것 같다.

어려서부터 난 혼자 지내는 것에 익숙해 있었다. 어머니가 돌아가신 뒤 아버지는 날 먹여 살리기 위해 매일 일터로 나가셨다. 집을 지켜야 했던 어린 나는 그 시간 동안 책을 읽거나 생각을 하며 보냈다.

난 아버지를 원망하지 않는다. 아니, 오히려 그를 존경하는 마음도 약간은 가지고 있다. 그러나 본받고 싶지는 않다.

어머니가 돌아가신 뒤 아버지는 그 모든 스트레스를 일을 하는 데 쏟아 부으셨다. 나는 언제나 혼자 놀고, 혼자 먹고, 혼자 공부하고, 혼자 생각해야 했다. 아버지는 날 도와주지 않으셨다. 날 안아주시지도, 사랑해 주시지도 않았다. 아니, 심지어는 야단도 치시지 않았다. 내가 무슨 짓을 하든지 그는 묵묵히 바라보기만 하셨다.

성적이 우수하고 품행이 방정하다는 칭찬을 나는 자주 듣는다. 그것은 나의 노력의 결과이긴 하지만 다른 말로 하면 인간으로서는 거의 최저라는 소리이기도 하다. 내가 정녕 남을 위해 행동하고 남을 위해 공부했던가?

어쩌면 나는 굉장히 이기적인 인간일지도 모른다. 상처받기 싫어서 다른 사람들에게 접근하기 싫어하는 것일지도 모른다. 공부를 하는 것도 남에게 지지 않는 그 무엇인가가 있다는 것을 증명하고 싶어서, 단순히 그 이유 때문에 그렇게 노력하는 것일지도 모른다.

공부를 못하거나 운동 신경이 뒤져서 열등감을 갖는 아이들이 있다. 하지만 나의 열등감은 그런 것이 아니다. 다른 사람에게 인정받고 싶어하는 마음, 그리고 상처받기 싫어서 타인에게 접근하지 못하는 성격,

그것이 나의 열등감이다. 이 열등감은 아마 죽을 때까지 쉽게 고쳐지
지 못할 것이다.

  체육 시간도 어느덧 그렇게 무의미하게 지나가 버렸다. 모든 수업이
끝나자 아이들은 삼삼오오 짝을 이루어 하나둘씩 사라져 갔다.
  나도 볼품없는 가방을 들고 천천히 집으로 향했다.
  집에서 학교의 거리는 대략 도보로 3, 40분. 난 느긋하게 마음먹고
천천히 걸어가기 시작했다.
  어차피 집에서 날 기다리고 있는 것은 아무것도 없었다. 노엘과 엘
리자베스뿐 다른 식구는 없다. 사실 전에는 귀가 시간이 조금 늦었었
다. 하지만 그 습관도 노엘을 기르면서 어쩔 수 없이 고쳐야만 했다.
노엘은 어린 고양이였기 때문에 내가 밥을 안 주면 꼼짝없이 집에서
굶어야 했다.
  나는 식사 시간이나 수면 시간에 별로 구애받는 성격이 아니다. 그
냥 자고 싶을 때 자고 먹고 싶을 때 먹는다. 간혹 그런 습관이 좋을 때
도 있기는 하지만 알고 보면 한심하다고도 볼 수 있다.
  내가 마른 것도 어쩌면 그런 나쁜 습관 때문인지도 모른다. 여자라
고 해도 믿을 정도로 가는 몸. 덕분에 나는 운동을 해도 근육이 잘 붙
지 않는다.
  지금은 약간 덜하긴 하지만 전에는 종종 여자 아이로 착각하는 사람
들도 있었다. 심지어는 근처의 남자 아이에게 '러브 레터'를 받을 정
도였다. 어린 나에게는 엄청난 충격이었다.
  그 일을 당한 후 근육이라도 기르기 위해 열심히 운동했지만 키만
약간 컸을 뿐 별로 변한 것은 없었다. 이 빌어먹을 몸은 밥을 많이 먹

어도 살이 안 찌는 이상한 체질이었던 것이다.

어느덧 집에 도착해 있었다. 볼품없긴 하지만 아늑한 나의 집. 아마 나는 죽을 때까지 이 집에서 살지도 모르겠다. 평생 산다고 해도 특별히 불만은 없을 것 같다. 집이 그렇게 좁은 것도, 불편한 것도 아니기 때문이다.

열쇠를 꺼내 문을 따고 들어가자 역시 날 반겨주는 건 노엘뿐이었다. 노엘은 내 주위를 맴돌면서 밥을 내놓으라고 무언의 시위를 벌였다. 아마 노엘에게는 내가 '주인'이라는 개념보다는 밥 주는 '시종' 내지는 '부하' 정도로 보이는 듯했다. 아직 어려서 철이 덜 들어 그런가 보다.

노엘에게 밥을 주고 나 역시 간단한 빵 쪼가리로 허기를 채운 다음 다시 공부에 돌입했다.

사실 예전의 나는 '우등생'이 아니었다. 공부도 못하는 말썽꾸러기였다. 그리고 특이한 외모 때문에 놀림도 많이 당해서 더욱더 삐뚤어져 있었다. 말썽을 저질러서라도 아버지와 남들에게 주목받고 싶었던 것이다. 한마디로 어린 남자 아이가 자기가 좋아하는 여자 아이를 괴롭히는 것과 비슷한 심리라고 볼 수 있다.

하지만 언제부터였을까? 그것이 결국에는 나와 아버지, 다른 타인들마저 죽이는 행위라는 것을 깨달았던 게. 아마 마법 학교에 입학하면서부터 공부를 시작했던 것 같다. 다른 아이들과 어울리지 않고 다른 누군가에게 의지하지 않고 그렇게 공부만 했다.

다른 사람들에게 인정받고 싶었다. 하지만 내게는 장점 하나 존재하지 않았다. 가진 것이라고는 쓸모없는 마른 몸뚱이 하나뿐이었으니까.

요새 내가 공부하는 것은 담임 선생님께 부탁해서 구한 위저드 클래스의 교과서이다. 이 교과서에는 세 번째 단계에 있는 주문의 사용 방법이 적혀 있었기 때문에 요새 자주 공부하고 있었다.

나의 마력과 경험으로 볼 때 아마 세 번째 단계의 주문을 사용하는 것은 먼 훗날의 이야기이다. 하지만 이런 지식들은 마법사라면 알아두어야 하는 것들이기 때문에 미리 예습하고 있는 것이다.

배워서 남 주는 것이냐 하는 이야기도 있다. 공부라는 것은 힘들긴 하지만 결국에는 자기 자신을 위한 것이다. 하지만 대부분의 아이들은 그 사실을 잘 모르고 있다. 그렇기 때문에 열등생과 우등생의 차이가 존재하는 것 같다.

공부를 끝낸 나는 도서관에서 빌린 책을 펼쳤다. 제목만 봐도 약간 이상한 분위기가 나는 책이었다. '고대의 노예 제도와 그 특징'이라니…….

이상야릇한 책의 표지는 나의 호기심을 더욱더 부추겼다. 검은색에 기이한 문장은 마치 악마를 그려놓은 듯하다. 오래되어 누렇게 변색된 종이는 이 책이 꽤 오래전에 쓰였다는 사실을 알려주었다. 나는 약간은 긴장된 기분으로 슬그머니 책의 첫 장을 넘겼다.

고대의 노예 제도는 상당히 발전해 있었다. 전체 인구의 70% 이상이 노예, 즉 피지배층에 해당하였다. 나머지 25%, 전체 인구의 사 분의 일에 해당되는 사람은 평민이었다…….

지금과는 정반대의 상황이군. 현재의 노예 인구 비율은 전체 인구의 거의 20%밖에 되지 않으니까 말이다. 그리고 뭐, 노예라고 해서 그렇게 박해를 받는 것도 아니라고 들었다. 신분 상승의 기회가 평민들보다 더 적을 뿐이지.

그 수는 둘째 치고 노예마다 계급이 존재하는 등 다양한 특징이 존재하였다…….

노예면 노예지 계급이 존재하다니? 조금은 믿기 힘든 일이다.

노예의 최고의 계급, 노예이면서도 노예가 아닌 '실피안'은 그중에서도 특별한 존재였다. 실피안은 최고 권력의 상징이자 부의 가치였다.

실피안. 그런 노예가 있었다는 건 내 평생 들어보지도 못했다.

그것은 거의 소국(小國)에 맞먹는 가치를 지니고 있었다. 강대한 마력과 전투 능력은 거의 그랜드 마스터(Grand Master) 급에 육박할 정도였다.

그랜드 마스터 급이라니? 갈수록 황당한 내용이다. 고작 노예 주제에 그 정도 실력을 가지고 있다는 이야기인가? 그 정도 실력을 가지고 있는 자가 노예라고? 정말 지나가는 개가 웃을 일이다.

그것은 대마법사의 상징이기도 하다. 아무리 뛰어난 마법사가 평생을 바쳐 공들여도 실피안 하나를 완성하기 힘들었다.

대마법사의 상징. 부와 권력의 상징. 정말 가지가지 대단한 노예다. 나는 대충대충 책을 넘기기 시작했다. 왠지 현실성이 없는 것 같아 읽고 싶은 마음이 사라진 것이다. 책을 대충 뒤적거려 보다가 끝 부분에서 손을 멈추었다. 끝 부분의 몇 장이 최근에 덧붙여진 듯 색이 바래지 않고 밝았기 때문이다. 혹시나 하는 마음에 그 부분을 자세히 읽기 시작했다.

나는 이제 도박을 하려 한다. 내 생명과 전 마력을 맞바꾸어서 도전하는 것이다. …이제 시간이 얼마 남지 않았다. 성공한다면 나는 신의 영역에 도전하는 마법사로 기록될지도 모른…….

글씨가 번져서 더 이상 알아보기가 힘들었다. 나는 착잡함과 짜증이 동시에 솟구쳐 읽고 있던 책을 바닥에 던져 버리고는 그대로 엘리자베스의 품에 안겨 잠이 들었다.

오늘은 일요일이다. 마법 학교라 해도 공휴일에는 거의 다 쉬는 편이었다.

나는 엘리자베스 곁에서 빈둥거리며 느긋하게 집에서 쉬고 있었다.

시간은 이미 정오를 지나고 있었지만 밥은 아직 먹지도 않고 있었다. 밥을 차려 먹는 것 자체가 귀찮아서였다. 내가 생각해 봐도 정말 한심하고 쓰레기 같은 행동이다. 만약 내 자식이 이런 짓을 한다면? 비오는 날 먼지 나게 패주고 윽박질러서 고쳐 주겠지.

거의 점심때도 지날 무렵 나는 천천히 엘리자베스의 품에서 벗어나

세수를 하기 위해 세면대로 다가갔다. 물이 담겨진 큰 물통에서 바가지로 물을 퍼 올린 다음 세숫대야에 물을 담았다. 그리고 대충 고양이 세수를 시작했다.

청결한 것은 좋지만 귀찮은 건 싫다. 그게 나의 사고방식이었다. 지금은 청결보다는 귀찮은 쪽에 끌리고 있었다. 오늘은 일요일이다. 게다가 할 일이라고는 전혀 없다. 언제나의 일요일처럼 충분히 휴식하려는 것이다.

때는 죽음의 여신의 달이라는 4월. 겨울의 추위는 이미 사라진 때였다. 덕분에 차가운 물에 세수하기에도 그리 껄끄러울 정도는 아니었다.

4월은 봄이다. 봄은 생명의 뜻이 담긴 계절이다. 하지만 이상하게도 3월과 4월은 죽음의 여신이 관장하는 달이다. 까닭은 모르겠지만 말이다(전해 내려오는 전설 덕분이라고 들은 것 같기도 하다).

세수를 대충 끝마치고 다시 빵 한 쪼가리와 우유를 들고 엘리자베스에게로 다가갔다. 엘리자베스 위에 누워 게으름을 부리며 빵을 뜯으려는 것이었다. 대충 빵을 다 뜯어 먹고 책상 위에 올려놓은 하프를 들어 올렸다.

나의 유일한 취미가 바로 이 하프 연주이다. 어머니가 사용하셨다고 하는 이 하프를 연주하는 것이다.

조금 청승맞다고 느껴질 수도 있겠지만 그래도 할 것도 없고 놀 것도 없었기 때문에 종종 심심할 때마다 이 하프를 가지고 연주 연습을 하고는 했다.

처음에는 너무나도 형편없어서 연주가 아니라 무슨 음파계 공격처럼 듣는 사람에게 정신적, 신체적 고통을 주는 그런 것이었지만 몇 년 전부터는 꽤 들을 만한 것이 되더니 요즘에 와서는 그럭저럭 좋은 연주라고 부를 만한 수준이 되었다.

가르쳐 주는 사람도 없는데 배운다는 것은 참 힘든 일이다. 하프 연주에 관한 책들을 구해서 보긴 했지만 그래도 혼자서 연습한다는 것은 너무나도 힘들고 괴로웠다. 요즘처럼 들을 만한 수준이 되기까지는 굉장한 노력을 필요로 했다.

사실 이 하프는 내가 연주하기에는 너무나도 아까울 정도로 아름다웠다. 무슨 재질로 만들었는지 잘 모르겠지만 엄청난 강도를 가지고 있었다. 게다가 보기와는 달리 무게도 그리 무겁지 않았다.

하지만 그것보다 더 중요한 것은 아름다웠다. 은색의 빛이 도는 눈부신 흰 빛깔에 보는 이의 혼을 빼앗아 버릴 정도로 정교한 세공. 그 모든 것이 평범한 하프라고 보기에는 힘들었다.

아버지는 어쩌다 집에 돌아오실 때마다 내게 하프 연주를 시키셨다.

얼마 전부터 내 연주를 들을 때마다 아버지는 굉장히 슬픈 눈빛을 하고는 했다. 연주를 들을 때마다 어머니 생각을 하시는 것일지도 모르겠다.

살며시 손을 움직이자 방 안에 아름다운 선율이 울리기 시작한다. 긴장의 끈을 놓치지 않고 계속해서 손을 움직였다. 천천히, 하지만 부드럽게 내 연주가 시작되었다.

연주가 끝나자 방 안에는 미묘한 정적만이 감돌았다. 희미하지만 마나의 기운도 느껴졌다. 내가 마법사라 그런지 몰라도 마법을 배운 다음부터는 연주를 하면 마나의 기운이 종종 감지되고는 했다. 아마도 이 하프 덕분일지도 모르겠다.

어머니가 이 하프를 어떻게 해서 소유하게 되었는지 잘은 모르겠지만 부유하지 않은 우리 집안의 사정을 생각해 보면 무엇인가 사정이 있을지도 모르겠다.

곧 아버지가 오실 때가 되었으니 사정을 한번 물어보는 것도 괜찮을 것 같다. 비록 대답을 해주지 않으실지도 모르겠지만 말이다.

내일은 거의 세네 달 만에 처음으로 아버지가 오시는 날이다. 난 약간 긴장되기도, 부담되기도 했다. 아버지는 엄하시지는 않으셨지만 그래도 너무 오랜만에 만나는 것이었기 때문이다.

심할 때는 일 년 정도 얼굴을 보지 못할 때도 있었다. 광산 일에 벌이가 그리 나쁘지도 않은데 말이다.

내가 알기에 광산 일은 거의 일 년 정도 열심히 일하면 거의 몇 년 동안은 먹고살 수 있을 정도의 돈을 번다. 그만큼 힘이 드는 일이기 때문이다.

혹시 아버지가 딴살림을 차린 것이 아닌가도 생각해 보았지만 아버지 성격으로 봐서 그럴 가능성은 거의 없었다.

아버지는 어머니를 너무나도 사랑하셨기 때문이다. 사람의 감정조차 변해 버릴지 모르는 시간이 온다고 해도.

난 노엘에게 밥을 주고는 다시 밖으로 나왔다. 시원한 바람이 불어와 기분이 좋았다. 아무리 일요일이라지만 방 안에만 처박혀 있다는 게 너무나 한심한 일이란 생각이 들었기 때문이다.

나는 친구인 제프리 녀석에게 가기로 마음먹고 천천히 걸음을 옮겼다.

제프리는 나의 하나뿐인 친구 녀석이었다. 약간 건들거리기는 하지만 그래도 속은 착한 녀석이었기 때문에 어렸을 때부터 친하게 지내는 단 하나뿐인 친구이다.

제프리의 집은 그리 멀지 않았기 때문에 간혹 할 일이 없을 때마다 놀러 가고는 하였다.

한 십여 분쯤 걸어가다 보니 제프리의 집에 도착하였다. 제프리 부모님은 빵집을 경영하셨기 때문에 일요일이면 제프리 녀석 혼자 집에 있는 경우가 많았다. 아마 오늘도 그럴 가능성이 많을 것이다.

똑똑똑.

리듬감있게 현관문을 두들기자 곧 제프리의 목소리가 들려왔다.

"누구세요?"

"나다."

나의 약간은 무뚝뚝한 말에 곧 다시 웃음기 넘치는 대꾸가 현관문 건너편에서 들려왔다.

"나가 누군데? 내 마누라냐?"

"……."

뭐라고 대답해도 소용없을 것 같아 난 차라리 입 다물고 조용히 있기로 했다.

곧 이어 철거덕 하는 소리와 함께 문이 열렸다. 부스스한 금발이 목까지 내려오는 제프리의 얼굴이 보였다. 아마 잠을 깬 지 그리 오래되지 않은 모양이다.

입가에 미소를 담은 채로 제프리가 내 모습을 한번 훑어보았다. 나는 살짝 이마를 찡그리며 조금은 불쾌하다는 표정을 지었다. 그 녀석은 슬그머니 손을 내 머리에 올리고는 쓰다듬기 시작했다.

"얼~ 웬일이야? 역시 이 형님이랑 축제 같이 가려고 왔나 보구나?"

"무슨 소리야? 축제라니?"

난 기분 나쁘다는 듯이 머리 위에 올려진 그 녀석의 손을 잡고는 조금은 세다 싶게 내팽개쳐 버렸다.

내 말에 녀석은 머리를 두 손으로 움켜쥐더니 괴로워하는 시늉을 보였다.

"오, 마이 갓! 이 녀석이 정녕 이 나라 국민이란 말입니까, 신이시여!"

"……?"

난 설명을 바라는 듯한 눈빛으로 잠시 제프리를 쳐다보았다.

"오늘이 건국일이란 건 지나가는 고블린도 알겠어!"

"오늘이 건국일이었나 보지?"

확실히 건국일이라면 축제가 시작되는 날이기는 하다. 하지만 오늘이 축제든 건국일이든 나하고는 별 상관 없는 이야기이다. 게다가 일요일과 겹친 이상 쉬지도 못하므로 전혀 의미가 없다고 볼 수 있다.

나는 약간은 싸늘한 눈빛으로 제프리 녀석을 노려보았다. 하지만 그 녀석은 그런 내 눈빛에도 싱긋하고 웃음 지으며 넉살 좋게 바라볼 뿐이었다.

"자자, 꽃 단장 하고 올 테니까 여기서 기다리세요, 레이디."

문 앞에 있는 기다란 의자를 내게 건네주고 제프리 녀석은 옷을 갈아입으러 자신의 방으로 사라져 버렸다.

홀로 남은 나는 멍한 표정으로 의자에 앉아서 제프리 녀석을 기다렸다.

차가운 나무의 질감이 등 뒤로 느껴졌다.

'시끄러운 건 딱 질색이지만 가끔씩은 즐기는 것도 좋겠지.'

나는 쓴웃음을 지으며 생각했다.

불현듯 제프리 녀석과의 첫 만남이 떠올랐다.

12세 정도 되었을까? 그래, 그 정도 되었을 때였다.

내가 어리고 철이 들지 않았을 때, 괜히 다른 사람들만 보면 시비 걸고 또래 남자 아이들과 싸움만 하던 때였다.

그날도 역시 동네 아이들과 싸움을 했다. 그러나 상황이 좋지 않았다. 나는 혼자였지만 상대는 네 명이나 되었던 것이다. 게다가 그 아이들은 나보다 두어 살은 나이가 더 많았다. 두어 명 정도면 몰라도 그 정도 숫자라면 이미 나에게는 승산이 있지 않았다.

나는 헉헉 하고 짙은 숨을 뱉고는 그 아이들을 노려보았다. 그 녀석들은 비열한 웃음을 지으며 점점 내게 다가오기 시작했다.

도망갈 수도 없었다. 아니, 가능해도 그러고 싶지 않았다. 도망가느니 차라리 싸우다 죽으려 했다. 지금 생각해 보면 웃기지도 않은 생각이었지만 말이다.

"……."

너무나 지쳐 손 하나 까닥할 힘조차 남아 있지 않았다. 재수없는 녀석들의 머리에 주먹을 꽂아버리고 싶었지만 그럴 힘이라고는 존재하지 않았다. 열두 살짜리 꼬마에게 체력의 한계가 찾아온 것이다.

한 녀석의 주먹에 맞고는 나는 그대로 바닥에 내동댕이쳐지고 말았다.

몸에 힘을 주고 다시 일어서려 했지만 완전히 탈진해 버린 내 몸으론 도저히 불가능했다.

이미 게임은 끝났다. 이제는 저 녀석들이 나를 밟는 일만이 남았을 뿐이다.

역시나 네 아이들은 나를 둘러싸고 마구 밟아대기 시작했다.

내가 할 수 있는 유일한 행동이라고는 아이들의 발길질을 최대한 덜 맞기 위해 몸을 웅크리는 것뿐이었다.

"이 자식들아! 여자를 때리다니!!"

갑자기 뒤쪽에서 엄청난 목소리가 들려왔다.

나를 밟아대던 아이들은 행동을 멈추고 목소리가 들려온 방향을 일제히 쳐다보았다. 나도 얼굴을 가렸던 팔을 내리고 그 소리의 주인을 쳐다보았다.

어디서 구했는지 바닥을 쓰는 용도인 것 같은 빗자루 하나를 들고 후들거리는 다리를 자제하지도 못한 채 잔뜩 겁먹은 눈으로 내 얼굴을 걱정스럽다는 듯이 바라보는 꼬맹이의 얼굴이 보였다.

정말 웃기지도 않는 한심한 꼬맹이였다.

코웃음 치고 싶었지만 얼굴이 피 범벅으로 엉망인지라 관두었다. 저런 꼬맹이를 비웃어줄 여유가 있을 정도로 사정이 좋지 않았기 때문이다.

내가 몸을 일으키자 꼬맹이는 용기를 얻었는지 빗자루를 들고 내 쪽으로 달려오기 시작했다.

"이야야야!!"

오크 목 따는 듯한 비명을 지르며 꼬맹이가 달려오자 주위의 녀석들도 놀랐는지 움찔거렸다.

나는 그 녀석들이 정신을 팔고 있을 때 최후의 힘을 짜내어 몸을 일으켰다. 다행히도 녀석들은 꼬맹이에게 정신을 팔고 있어서 내가 몸을 일으킨 것도 눈치 채지 못했다.

난 재빠르게 뒤로 물러서서 꼬맹이의 모습을 바라보았다. 빗자루를 좌우로 무식하게 휘두르며 그 녀석들을 위협하는 꼬맹이의 모습은 나름대로 용감해 보이기도 했다. 단지 실력이 안 따라준다는 것이 흠이라면 흠이겠지만.

그 녀석들이 꼬맹이에게 정신이 팔려 있는 틈을 이용해 난 재빨리 도망가기 시작했다.

꽤 먼 거리를 도망친 후 꼬맹이 쪽을 바라보았다. 처참하게 그 녀석들에게 마구 밟히고 있는 모습. 그러면서 내 쪽을 바라보며 웃음 짓는 모습.

동정심이 일기는 하였지만 난 그 정도로 멍청하지 않았다. 나는 재빠르게 집을 향해 뛰기 시작했다.

"왜 실실거리는 거야?"

꽤 근사한 푸른색 니트를 입은 제프리의 얼굴이 보였다. 금발을 뒤로 단정하게 묶은 모습이 꽤 근사하게 보였다.

난 의자에서 일어나 천천히 발걸음을 움직였다. 제프리 녀석이 곧 뒤따라오기 시작했다.

"마을 광장 쪽으로 가려면 꽤 걸릴 거야."

제프리 녀석의 목소리가 옆에서 들려왔다.

"……."

왠지 축제에 가기 싫은 생각이 들었다. 사람들이 많은 것도 싫고 떠들썩한 것도 질색이다.

하지만 이미 때는 늦었다. 다시 돌아간다고 말하면 저 단순한 녀석이 얼마나 화를 내고 트집을 잡을지 걱정되었기 때문이다.

제프리 녀석은 뭐가 그리 좋은지 실실거리며 콧노래까지 부르고 있었다.

"이야! 날씨 한번 끝내주네! 축제하기 딱 좋겠는걸?"

제프리 녀석 말대로 날씨는 좋았다. 그리 춥지도 않고 덥지도 않은 적당한 날씨였다. 그래도 간혹 쌀쌀한 바람이 불어오기는 했지만 그렇게 신경 쓰이는 정도는 아니었다.

확실히 방구석에 처박혀 책만 읽기에는 아까운 날이다. 스스로 그렇게 위안하며 천천히 마을을 향해 걷기 시작했다.

장사치들은 떠들썩하게 자기 물건을 진열해 놓고 소리 지르고 아이들은 뭐가 그리 좋은지 또래끼리 히히덕거리며 즐거워하고 있었다.

단 한 사람, 즉 나만 제외하면 모두가 그렇게 즐거워하고 있는 것 같았다. 내 옆에 있는 팔푼이 같은 제프리 녀석도 사람들과 어울리며 즐거워했다. 시간도 좀 된 것 같으니 집으로 돌아가자고 말하고 싶었지만 녀석의 즐거워하는 표정을 보니 왠지 그럴 마음도 사라졌다.

나는 제프리 녀석이 여자 아이와 춤추느라 정신이 팔려 있자 살짝 뒤로 빠져 그 모습을 멍하니 바라보았다.

그렇게 정신이 팔려 있을 때 한 여자 아이가 내게 다가왔다.

"나랑 한 곡 출래?"

거절하려고 그 소녀의 얼굴을 보았는데 순간이지만 난 놀랐다.

그녀는 도서관의 사서이자 한슨 씨의 무남독녀인 류리였다.

나는 묵묵히 그녀의 얼굴을 바라보았다.

초록색의 드레스를 차려입은 그녀의 모습은 그녀 본래의 차가운 분위기에 걸맞게 단정한 모습이었다.

"……"

평소 동네 아이나 어른들 모두에게 냉정하고 지적인 모습을 보여주었던 그녀였기에 왠지 거절하기가 쉽지 않았다.

순간 그녀가 주춤거리는 내 손목을 빠른 속도로 낚아챘다.

"…무슨?"

당혹스러워서 저절로 입에서 붕 뜬 소리가 나왔다. 그녀는 그런 나를 무시하고 예상외의 엄청난 완력으로 나를 무대로 끌고 가기 시작했다.

내가 무대에 들어서니 갑자기 사람들의 시선이 몰려들기 시작했다. 나를 바라보는 건지 그녀를 보는 건지 잘은 모르겠지만 사람들의 시선을 받자 갑자기 얼굴이 붉어져 오기 시작했다.

사정도 모르고 그녀는 조용히 내게 다가와 나의 등을 안고 리듬감있게 몸을 움직이기 시작했다. 당혹스러웠지만 나도 어쩔 수 없이 몸을 엉거주춤하게나마 움직였다.

류리에게서 약간의 술 냄새가 풍겨왔다. 역시 보통 상태가 아니었던 것이다. 뿌리치고 무대 밖으로 뛰쳐나가고 싶었지만 왠지 그럴 수는 없을 듯하다. 이상하게도 사람들의 시선이 모두 나와 류리에게 쏠려 있기 때문이었다. 여기서 그녀를 망신 줄 수는 없었다.

언뜻 무대 너머로 그녀의 아버지인 한슨 씨의 얼굴이 보였다. 평소 인자하다고 생각했던 그의 미소가 왠지 오늘따라 음흉하다고 느껴지기 시작했다. 아마 류리에게 술을 먹인 것도 그의 소행인 듯하다. 나를 바라보는 그의 얼굴을 보면.

류리가 리드하는 대로 몸을 슬며시 움직였다. 실수로 그녀의 발을 밟을 뻔했지만 가까스로 피할 수 있었다.

도둑질도 해본 놈이 잘한다고 내 평생 춤을 추어본 적이 한 번도 없었기 때문에 내 춤 실력은 형편없었다. 리듬감있게 몸을 움직이려 해보지만 실수만 할 뿐이었다.

그런 나를 아무렇지 않다는 듯이 바라보며 춤을 추고 있는 그녀의 모습은 아름다웠다. 초록빛 드레스에 곱게 넘긴 긴 생머리는 보는 사람을 설레게 할 정도였다. 그야말로 내 볼품없는 모습에 비하면 천지 차이였다.

불현듯 그녀가 왜 이런 나와 춤을 추려고 했는지 궁금했다. 파트너가 없었던 것이라고 생각하고 싶었지만 그럴 가능성은 없었다. 그녀가 원하기만 한다면 함께 춤추어줄 남자는 이곳에 너무나도 많았기 때문이다. 그것도 나보다 훨씬 잘생기고 멋진 남자들로.

"어이, 숙녀의 발을 밟으면 안 되지!"

어디선가 제프리 녀석의 목소리가 들려온다. 코웃음 쳐주고 싶었지만 그럴 여유라고는 1%도 존재하지 않았다. 내 코가 석 자였기 때문이다. 제프리 녀석은 옆에 여자 아이를 낀 채 히히덕거리며 즐거워하기 시작했다. 아마 내가 당혹스러워하는 것을 즐기고 있는 듯하다. 친구라고 하나 있는 게 참 좋은 녀석이기도 하다.

그녀는 술에 취해 있음에도 불구하고 현란한 발놀림으로 나를 리드했다. 나는 최대한 신경 쓰며 집중하고 있었지만 그녀의 보조를 맞추는 건 너무나도 피곤하고 힘든 일이었다. 너무 긴장했는지 이미 등 뒤는 땀으로 축축해져 있었다.

5분짜리 경쾌한 왈츠 풍의 곡이 오늘따라 지옥의 장송곡으로 느껴지는 이유가 도대체 무엇 때문인지 5분이라는 짧은 시간이 오늘따라 5시간보다 더 길게 느껴졌다.

빨리 음악이 끝나고 이 지옥 같은 시간이 끝나길 비는 수밖에 없었다.

어느덧 지옥 같은 시간이 끝나고 사람들은 파트너를 바꾸거나 춤추는 것을 중단하며 하나둘씩 무대를 내려오기 시작했다.

나는 잠시 동안 멍하니 그녀의 얼굴을 바라보는 수밖에 없었다.

"……."

나도 그녀도 뭔가를 말해야겠는데 한심하게도 이렇게 하지도 저렇게 하지도 못하고 있었다. 왠지 분위기가 이상해지는 것 같아서 난 그녀를 바라보며 살짝 입을 열었다.

"난… 이만 가보겠다."

대답 없는 무뚝뚝한 그녀의 표정. 난 그런 그녀를 등지고 마을 밖으로 나가기 위해 발걸음을 움직였다.

집으로 돌아가는 숲길은 생각보다 어두웠기 때문에 난 마법 주문을 캐스팅하기로 마음먹고 정신을 집중했다.

"빛(Light)."

눈부신 하얀 빛의 결정체가 내 주위로 퍼지기 시작했다. 생각보다 밝은 빛의 세기에 난 잠시 눈에 익숙해지기 위한 시간이 필요했다.

빛의 결정체는 내 주위를 떠돌며 주위를 눈부시게 밝히기 시작했다.

그 빛에 놀랐는지 산짐승들의 소리가 조금은 요란하게 들려왔다.

정신을 집중해서 빛을 내 머리 위쪽으로 올려 보냈다.

마을에서 집까지의 거리는 그렇게 멀지 않았지만 그렇다고 가깝다고 보기에도 힘들었다. 게다가 지금은 낮이 아닌 밤이었다. 걸어가려면 약간의 시간과 노력이 필요할 듯했다.

서츠가 축축하게 젖어 있다가 차가운 공기를 맞은 덕분인지 몸이 싸늘하게 식어오기 시작했다. 날씨는 봄이었지만 그래도 밤에는 꽤 차가운 바람이 몰아치기도 하였기 때문에 난 잠시 걸음을 멈추고 셔츠의 단추를 끝까지 다 채운 후 다시 걸어갔다.

어두운 숲길은 정적 그 자체였다. 수도 헤아릴 수 없을 정도로 빽빽이 들어차 있는 나무들과 풀들의 배열이 왠지 점점 규칙적이라고 느껴져 오기 시작했다.

마법의 빛을 보고 점점 하루살이나 모기들이 나의 몸 근처로 다가오기 시작했기 때문에 난 주문을 취소할 수밖에 없었다.

귀찮은 생명들. 불현듯 저런 것들을 창조한 리지안트라는 창조신에게 짜증이 나기 시작한다. 아무리 모든 세계의 균형을 맞추기 위해서라지만 저런 하찮은 생명체들조차 창조할 이유가 있었는지 잘 모르겠다.

리지안트가 만든 3대 실패작을 열거해 보라고 한다면 인간, 날벌레, 그리고 드래곤이라고 말해 주고 싶다.

이런저런 생각을 하다 보니 어느덧 집 앞까지 도달해 있었다.

나는 피곤에 지친 몸을 이끌고 간신히 문을 딴 후 곧장 침대에 쓰러져 버렸다.

◆ Chapter 2 ◆

첫 여행, 이상한 소녀

"그럼… 수업을 마치겠다."

수업 종료 종이 울린 지 10분이 지나고도 계속되었던 프란 선생의 수업에 지쳐서 늘어져 있었던 아이들의 얼굴에 활기가 넘쳐 나기 시작했다.

난 꺼내두었던 펜을 가방에 넣고 집으로 돌아갈 준비를 했다.

"베리 군, 잠시 할 이야기가 있으니 교무실로 오게."

막 가방을 어깨에 둘러메고 자리에서 일어나려는 순간 어느 사이엔가 프란 선생이 그런 나에게 다가와 살짝 말하고는 교실 밖으로 사라졌다.

난 순간 짜증이 몰아쳤지만 그의 뒤를 따라서 교무실로 가는 수밖에 도리가 없었다.

“간단히 말하겠다.”

프란 선생은 푹신해 보이는 의자에 앉은 채 멍하니 서 있는 나를 향해 살짝 미소 지으며 말했다.

프란 선생이 예상외로 부드럽게 이야기를 시작하자 난 조금이지만 안심할 수 있었다. 혹시 어제의 그 일 때문에 날 부른 건 아닐까 하고 생각한 나 스스로가 조금은 한심하다고 느껴져 오기 시작했다.

프란 선생은 그런 나를 향해 어울리지 않게도 부드럽게 미소까지 지어 보이며 말했다.

“히어로 클래스에 입학하고 싶지 않은가?”

“무슨?”

히어로 클래스라니? 이게 무슨 어이없는 소리란 말인가? 웬만한 귀족 자제들도 입학하기 어려운 히어로 클래스를 어떻게 내가 들어간다는 이야기? 히어로 클래스. 줄여서 말한 거지만 본래의 이름은 카이리온 기사 양성 학교이다. 무사히 졸업만 하게 되면 출세와 실력을 인정받는 우리 나라 최대의 엘리트 코스인 곳이다. 하지만 나 같은 평민이 입학하는 것은 불가능하다는 걸로 알고 있는데?

내가 궁금증이 담긴 표정을 지어 보이자 프란 선생은 곧 말을 이었다.

“무슨 일인지는 모르겠지만 나라에서 올해는 서민들도 한 명쯤은 히어로 클래스로 가야 한다고 우리 학교에도 적당한 학생 한 명을 뽑으면 지원해 준다고 이야기하는구나. 내 생각에 너라면 히어로 클래스에 들어갈 자격이 충분하다고 생각되는데 너의 생각은 어떠니?”

선생의 갑작스런 어이없는 소리에 내 머리는 혼란에 빠져 버렸다.

난데없이 히어로 클래스라니…… 이런 건 대대적으로 학교에서 발표한 다음 적당한 학생을 선출해야 하는 것 아닌가?

무슨 이상한 이야기도 아니고 교무실 구석에서 다른 아이들도 모르게 이야기할 화제라고 보기에는 어울리지 않았다.

내가 그런 생각을 하든 말든 다시 프란 선생은 입을 열었다.

"너의 아버님은 좋다고 말씀하시더구나. 사실 국가에서 모든 것을 지원해 주는 것이 아니라서 이야기하기가 껄끄러웠단다."

역시 그런 것이었군. 학교에서 대대적으로 발표하지 않은 이유를 대충은 알 것 같았다. 말 그대로 국가에서 지원해 준다는 것은 '등록금' 정도였을 것이다. 나머지는 알아서 해결하라는 소리겠지. 도둑질을 하든 살인을 하든 알아서 해결하라는 소리. 결국은 다 허울 좋은 헛소리.

"그런데 우리 아버지가 어떻게?"

나는 히어로 클래스보다 아버지가 어떻게 그런 막대한 돈을 마련할지 그것이 더 궁금했다. 프란 선생은 다시 한 번 나를 바라보며 싱긋 미소 지은 후 말하기 시작했다.

"나도 잘은 모르겠구나. 단지 아버님은 '돈 걱정은 하지 말라' 라는 말만 전해주셨다."

돈 걱정을 하지 말라니? 우리 형편에 그게 가당키나 한 소리인가.

프란 선생에게 인사를 하고 다시 학교 밖을 나오면서 난 지금 이 시간쯤이면 아버지가 집에 돌아와 있을지도 모른다는 생각을 하며 집을 향해 빠른 속도로 발걸음을 옮기기 시작했다.

집 앞의 자물쇠는 잠겨져 있지 않았다. 나는 최대한 조용하게 문을 살짝 열고 천천히 집 안으로 들어갔다.

문 앞에 놓여져 있는 아버지의 낡고 허름한 외투.

아버지는 거실에 놓여져 있는 딱딱한 의자에 앉아서 문 앞에 서 있는 나를 바라보고 있었다. 그런 아버지의 얼굴에 반가움의 표정이 담겨져 있어서 나는 왠지 모르게 얼굴이 붉어져 오기 시작했다.

아무리 가족이라도 너무 오랜만에 만나면 대하기가 껄끄러운 법이다. 나는 그런 유치한 감정에 휩쓸리고 싶지 않았지만 막상 아버지의 얼굴을 바라보니 이상하게도 왠지 모르게 조금은 쑥스럽다는 생각이 들기 시작했다. 그런 아버지의 눈을 마주치기가 껄끄러워서 난 슬그머니 시선을 바닥으로 내리고 천천히 거실의 안쪽으로 걸어 들어갔다.

"어서 오너라."

아버지의 귀에 익은 목소리. 나는 살며시 그의 곁을 향해서 천천히 발걸음을 움직였다. 거리가 좁혀질수록 표정은 굳어져 간다. 그런 나의 심정을 아는지 모르는지 아버지는 인상 좋게 웃고만 있었다.

또래의 아저씨들보다 훨씬 삭아 보이는 아버지의 얼굴. 수많은 주름살과 자잘한 상처는 아버지가 보통 사람보다 얼마나 심하게 고생을 하고 있는지 내게 깨닫게 해주었다.

이미 그의 곁으로 충분히 다가간 나는 무슨 말이라도 그에게 해주고 싶었지만 이상하게도 입이 말을 듣지 않았다.

아버지는 그런 나의 머리를 쓰다듬으며 말하셨다.

"점점… 너의 엄마를 닮아가는구나."

언제나 집에 돌아오시면 한번쯤은 하시던 아버지의 말씀.

나는 그런 아버지에게 간신히 입을 떼고 말을 할 수가 있었다.

"어떻게 돈을 마련하신 거죠?"

내가 생각해 보아도 정말 빌어먹을 헛소리이다. 힘들게 일하고 돌아오신 아버지께 인사도 하지 않고 다짜고짜 이런 소리를 먼저 하다니 내 스스로가 증오스러울 뿐이었다.

아버지는 내 머리 위에 올려져 있던 손을 치우고는 아무 말씀도 하지 않으셨다. 그런 아버지의 표정이 조금은 슬픈 미소 같아 보여서 내 마음을 아프게 만들었다.

그는 이런 나를 등지고는 천천히 자신의 방으로 조용히 올라갔다.

홀로 거실에 남은 나는 그대로 아버지가 앉았던 의자에 몸을 묻었다. 희미하지만 왠지 따뜻한 느낌이 등 뒤로 전해져 왔기 때문에 나도 모르게 기분이 우울해졌다.

아마 아버지가 어떻게 돈을 마련하신 것인지는 평생 알지 못하게 될지도 모르겠다. 아버지는 내일이면 다시 일터로 돌아가실 것이고 나는 그 빌어먹을 히어로 클래스라는 곳에 들어가게 되어서 모든 것을 잊어버리게 될지도 모른다.

히어로 클래스. 이 나라의 모든 아이들의 소원이자 존경과 경외의 대상.

그저 어려서부터 막연한 동경만을 가지고 있었고 실제로 히어로 클래스에 다니게 될 것이라고는 꿈도 꾸지 못했기 때문인지 특별히 기분이 좋다거나 가슴 설레는 그런 감정들은 느껴지지 않았다. 그냥 현실감이 없고 막연하기만 했다.

단지 제프리 녀석이 내가 히어로 클래스에 다니게 됐다는 소리를 듣는다면 어떤 괴이한(?) 반응을 보일지 기대되었다.

아마 미친 듯이 웃은 다음 '거짓말도 정도껏 쳐라. 차라리 내가 왕이 된다는 이야기가 더 현실감 있겠다' 정도의 말을 할 것이다.

내가 그런 생각을 하며 웃음 짓고 있는데 노엘 녀석이 그런 나를 한심하다는 듯이—느낌이겠지만—쳐다보고 있었다.

발끝, 귀 끝, 그리고 꼬리 끝이 하얀빛이고 나머지는 온통 검은색으로 둘러싸여 있는 이 녀석의 모습은 언뜻 보면 '귀엽다' 라고 생각할지도 모른다.

하지만 점점 기르면 기를수록 시건방져 가기만 하는 그 성격은 웬만한 참을성을 가지지 않은 사람이라면 기르기가 100% 불가능할 것이다. 참을성이나 인내심이 웬만한 사람보다 훨씬 많다고 생각되는 나조차 때로는 잡아다가 '고양이탕' 을 끓여 버리고 싶을 정도이니까.

이 고양이 녀석이 나에게 접근하는 때는 배고플 때밖에 없었으므로 나는 한숨을 쉬며 천장에 올려놓은 우유를 꺼내놓았다. 그런 나를 경계하며 멀뚱히 쳐다보는 노엘의 눈은 마치 '빨리 접시에다 따라놓아라, 나의 하인아' 라고 말하는 듯해서 왠지 기분이 다시 나빠져 오기 시작했다.

그냥 우유고 나발이고 저 발칙한 고양이 녀석을 잡아다가 몸보신하고 싶은 욕구가 물밀듯이 밀려왔지만 그래도 한 생명 살리는 셈 치고 접시에다가 천천히 우유를 따르기로 마음먹었다. 저 녀석을 데려왔던 일 년 전의 무지한 내가 저주스러울 뿐이었다.

쪼르륵 하고 접시에 우유를 따라놓자 노엘 녀석은 잠시 동안 내 눈치를 살피다가 내가 다른 곳으로 시선을 향하자 슬쩍슬쩍 우유를 핥아 먹기 시작했다.

그런 모습이 귀여워 이 골치 아픈 녀석을 기르는지도 모르겠다.

"어이! 너 그거 사실이냐?"

평소 별로 친하지도 않던 같은 반 동급생 녀석의 질문.

약간은 크고 들뜬 목소리여서 주위 아이들의 이목이 나에게 몰리기 시작했다.

별로 대답할 가치는 못 느꼈지만 그래도 평소의 내 이미지를 생각해서라도 대답은 해주는 게 좋겠지?

"무슨 뜻이지?"

녀석이 잔뜩 흥분한 눈으로 주먹까지 꼭 쥔 채 나에게 선망의 눈길을 보내고 있었기 때문에 조금은 날 당황하게 했다.

"너 정말로 히어로 클래스에 입학하는 거냐?"

"……."

그 녀석의 말에 주위의 아이들까지 표정이 변하기 시작했기 때문에 난 골치가 아파져 오기 시작했다. 남들의 이목도 싫지만 수군덕거리는 대상이 된다는 것은 더 싫었다.

"어디서 들었지?"

"방금 교무실을 지나가다 들었는데?"

선생들도 비공식적으로 처리하고 싶은 일인 만큼 일부러 학생에게 이야기해 주었다고는 생각되지 않았다. 역시나 이 앞의 재수없는 녀석이 도둑고양이처럼 몰래 숨어서 엿들은 모양이다.

내 골치 아픈 마음을 아는지 모르는지 도둑고양이 녀석의 싱글벙글 웃어대기만 하는 얼굴은 매직 미사일을 머리에 꽂아주고픈 욕망을 용솟음쳐 오게 했다.

"난 모르겠다."

대답하기도 귀찮았기 때문에 그 말을 끝으로 자리에서 일어나 교실 밖으로 나와 버렸다. 그런 내 등 뒤에서 들려오는 아이들의 수군덕거리는 소리는 마음을 더 착잡하게 했다.

밖은 시원한 바람이 불어왔기 때문에 조금은 기분 나쁜 감정을 씻어 낼 수 있었다.

기세 좋게 학교를 나온 것은 좋았지만 막상 나와 보니 할 일이 없었다. 일단은 제프리 녀석의 집으로 가기로 마음먹고 천천히 발걸음을 옮겼다.

날씨가 어느 정도 풀린 덕분인지 어린아이들이 밖에서 신나게 놀고 있는 모습들이 종종 눈에 들어왔다.

그래도 인간이 순수하다고 할 수 있을 때는 어릴 때밖에 없다는 생각이 들었다. 점점 나이가 들수록, 세월이 흐를수록, 세상에 적응하고 사람에 적응하고, 그리고 자신의 '죄' 마저 적응하는 때가 오면 그 순수성이란 것은 없어져 버리기 마련이다.

알기 때문에, 익숙해지기 때문에 타락하는 존재가 인간이기 때문이리라.

어려서부터 꿈이 있었다.

그것은 강함에 대한 동경이다. 무능력을 증오했다. 아니, 차라리 쓰레기 같은 녀석이 될 바에는 자살해 버리는 것도 나쁘지는 않을 것이라고 여길 정도였으니까 말이다.

이런 기회는 내 인생에 두 번 다시 오지 않을지도 모른다. 그렇게 생각하니 조금 초조하기도 했다. 걸음은 불규칙적이고 숨은 점점 거칠어져 오기 시작한다.

갈증이랄까, 투쟁심이랄까? 그것도 아니라면 이기적인 마음이랄까? 어떻게 생각해 봐도 차마 쉽게 표현되어지지 않았다. 하지만 적어도 이것 하나만은 확실하다. 설령 누군가를 죽이더라도, 타인이 고통받는다 해도 나는 내 신념을 위해 살 것이다.

동정할 수는 있다. 눈물 흘려줄 수도 있겠지. 하지만 그렇게 한다 해도 변하는 것은 아무것도 없다. 죽은 자는 다시 살아나지 않는다. 그렇다고 스스로에게 위안이 되는 건 더 더욱 아니다. 아니, 오히려 죄책감만 들 것이다. 자신의 이기적인 면을 보고 슬퍼할 것이다. 변하는 게 아무것도 없어도 말이다.

제프리 녀석의 집 앞에 도착한 나는 조심스럽게 방문을 두어 번 두들기고는 인기척을 살폈다.

"……."

그러나 아무런 반응도 보이지 않는 썰렁한 제프리 녀석의 집. 나는 제프리의 부모님이 집에 계시지 않는다는 것에 조금은 안도하며 더욱더 세게 문을 두들기기 시작했다. 남들이 보면 조금은 황당해할지도 모르겠지만 이 시간 대에 제프리 녀석이 밖에 싸돌아다닐 가능성은 전무했기 때문에 나의 행동은 적절하다고도 할 수 있다. 필시 녀석은 십중팔구 침대에서 늘어지게 자고 있을 것이 뻔하기 때문이다.

쿵쿵 하고 조금은 듣는 사람을 짜증나게 하는 그 소리에 녀석은 결국 무릎 꿇고 말았다.

"아, 누구야? 젠장!"

활기 찬 녀석의 대답. 난 살짝 웃음을 지으며 문이 열리기만을 기다렸다.

철커덕 하는 금속성의 소리와 함께 붕 뜬 머리의 제프리 녀석이 보였다. 방금 일어난 모양인지 부스스하고 피곤에 지쳐 있는 모습이었다.

"엥?! 네가 친히 우리 집까지 또 무슨 일이냐?"

놀란 녀석의 말을 무시하고 문 앞에 있는 의자에 몸을 묻었다. 제프리 녀석도 그런 나를 골치 아프다는 듯이 한번 쳐다보고는 내 옆쪽에 위치한 땅바닥에 그대로 주저앉았다.

"……."

눈부시게 푸른 하늘, 그리고 시원하고 상큼하게 온몸을 자극해 주는 봄바람. 그렇게 나는 의자에 몸을 맡긴 채 멍하니 하늘을 바라보았다. 제프리 녀석은 어지간히 피곤한 모양인지 의자를 기댄 채 꾸벅꾸벅 졸기 시작했다.

이렇게 늘어지게 가만히 있는 것도 오래간만이었는지 그리 지루하다거나 불편하다고 느껴지지 않았다. 단지 가만히만 앉아 있다 보니 온몸이 뻑적지근하다는 것이 조금은 신경 쓰인다는 것 정도였다.

그렇게 꽤 오랜 시간이 흐르고 슬슬 해가 떨어지기 시작할 무렵 옆을 돌아보니 제프리 녀석은 땅바닥에 아예 대 자로 누워 잘도 자고 있었다. 발끝으로 툭툭 건드리자 온몸을 부르르 떠는 모습. 한심한 나머지 아프도록 발로 걷어차 주고 싶은 욕망이 피어올랐지만 그냥 참고 손으로 어깨를 흔들어 잠을 깨웠다.

"으음, 깜빡 잠이 들었군."

제프리 녀석은 멋쩍은 듯 웃으며 바닥에서 일어나서는 기지개를 한 번 켠 후 다시 날 바라보았다. 표정을 보니 대충 내가 중요한 말을 할 것이라는 것을 조금은 눈치 챈 것도 같았다.

이제 말해야 될 때가 온 듯싶다. 나는 녀석을 바라보며 자못 심각한 표정으로 천천히 입을 열었다. 제프리 녀석은 궁금하다는 듯이 그런 내 모습을 바라보고 있었다.

"…나 히어로 클래스로 갈 것 같다."

아닌 밤중에 홍두깨 같은 소리에도 아무 변화 없는 녀석의 어벙한 얼굴. 난 천천히 의자에서 몸을 일으켜 다시 그 녀석을 향해 말을 이었다.

"내가 없다고 질질 짜지 말고 잘 지내도록."

그제야 살짝 웃음 짓기 시작하는 녀석의 얼굴. 그 녀석은 천천히 내게 다가오더니 건방지게도 내 머리에 손을 올리고는 쓰다듬으면서 입을 열었다.

"참 히어로 클래스도 타락했구나. 너 같은 녀석을……."

오늘따라 그런 녀석의 손길이 따스하고 싫지 않게 느껴지는 이유는 그래도 내가 '친구' 라고 느낄 수 있는 유일한 사람이기 때문에, 그리고 지금 헤어진다면 두 번 다시 볼 수 없을지도 모르기 때문이리라.

"…그래도 용케 다닐 생각을 했구나. 그래, 언제 가는 건데?"

날 걱정이라도 하는 것인지 조금은 염려스러운 말투다. 평소 녀석의 이미지를 생각해 보면 조금은 웃음이 나올 수도 있었겠지만 마지막일지도 모른다는 생각에 그렇게 시시한 행동은 하지 않았다.

"중간에 다시 되돌아오기만 해봐라. 평생 놀려줄 테니까 말이야. 그러고 싶지 않다면 그 위대하신 잘난 양반들처럼 거만한 모습으로 잘 해치우고… 돌아와 봐라."

그래, 힘들고 괴로울 것이다. 하지만 절대 하찮은 '자존심' 때문에 다시 이곳으로 돌아오는 일은 없을 것이다. 쓰레기 같은 녀석들의 신발이라도 핥으라면 그렇게 해주겠다.

좀 더 강해지고 싶다. 무능력하고 나약하고 쓸모없는 내 자신을 뛰어넘어서 비록 힘들고 괴로워서 자신마저 죽이고 싶을지라도.

난 강해지고 싶다. 포기하고 싶지 않다.

"넌 내 전속 빵 굽는 시종으로 써주마."

"레이디의 빵 굽는 시종이라면 언제나 대환영!"

매직 미사일을 녀석의 복부에 꽂아버리고—물론 강도는 좀 약하게—집으로 돌아가는 길. 이미 날은 저물어 조금은 어두워진 때였다.

학교에서 들었던 기분 나쁜 느낌들도 바보 같은 녀석과 대화하다 보니 어느새 다 풀어져 버렸다. 그런 일로 고민하고 있는 내 자신이 왠지 한심하게 느껴져 왔기 때문이다.

조그만 일 정도로 쉽게 신경 쓰고 신경질적으로 꽁해서 살기보다는 좀 더 둥글게 사는 편이 백 배는 낫다.

제프리 녀석과 친해지면서 깨우친 나름대로의 삶의 노하우라고나 할까?

바보처럼 사는 것도 그 나름대로 즐거운 법인 것이다.

"……"

여하튼 거의 매일 오가던 길이 새삼스럽게 낯설게 느껴지는 이유는 무엇일까? 나무들도, 풀들도, 그리고 대충 정리된 비포장 도로마저도 모두 그렇게 하나하나가 예전과는 다른 모습을 하고 있는 것처럼 느껴졌다.

자벨린. 그래도 인심 좋고 살기 좋은 나의 고향. 이제 조금의 시간이 지나면 이곳을 떠올리며 사람들을, 그리고 이 나무들과 풀들마저도 그리워하게 될지 모른다. 별로 친하게 지내지는 않았지만 그럭저럭 날 이해하고 있었던 학교 친구들과 뚱뚱하고 소심하지만 마음씨 좋은 서점 주인 센트 씨, 그리고 비록 나를 귀여워해 주시지는 않았지만 그래도 지금까지 키워주신 아버지를 말이다.

뭐, 이곳에서 평생을 그렇게 살고 싶지는 않지만 그래도 고향이란 곳은 타지에 살고 있는 사람들에겐 희망과 같은 것이랄까? 향수병은 괜히 있는 게 아니니까 말이다.

그래도 마지막이니까 조금 센치해진다고나 할까? 쓸데없이 괜히 미화되어 생각한다는 것은 늙은이 같기도 한데 말이지. 과거를 추억하며 그렇게 신세를 한탄하는 것은 지금의 내 나이와는 정말 어울리지도 않고 말이야.

"휴~"

작은 한숨, 그리고 실없이 쿡쿡거리며 웃는다. 괜스레 허파에 바람만 들어간 것 같아서 말이다. 기사 양성 학교니 어쩌니 말하지만 그것은 따지고 보면 미래의 살인자를 그렇게 교육시키고 미화시켜서 말하고 있는 것이 아닌가? 이 얼마나 아이러니한가? 같은 인간을 죽이고 얻는 명예가 모든 국민의 우상이라니.

그러나 이러니 저러니 해도 지금 내가 원하는 것을 충족시킬 것은 이 방법밖에 없었다.

"널 좋아했어."

류리는 무표정한 얼굴로 날 바라보며 그렇게 천천히 입을 열었다. 거의 집에 도달했을 즈음 그녀는 그렇게 적당한 크기의 바위에 앉아서 나를 기다리고 있었다. 그냥 인사 정도만 하고 지나가려 했으나 그녀는 '잠시 할 말이 있는데' 라고 말하며 나를 불러 세웠다.

갈색 머리를 한쪽 손가락으로 이리저리 돌리는 모습이 무엇인가 굉장히 초조한 분위기다. 대답을 해주어야겠지만 그 분위기에 압도되었다고나 할까? 생각대로 입이 잘 움직여 주지 않는다.

"……."

차가운 바람이 셔츠를 뚫고 들어와 몸을 식힌다. 고개를 들어 올리고는 천천히 그녀의 눈을 직시했다.

오래전부터 알고 있었다, 그녀의 마음을. 그러나 나는 겁쟁이니까 거절하고 상처 입히는 것이 무서워서 그렇게 억지로 무시하고 있었던 것이다. 애써 그럴 리가 없다고 스스로 생각하고 있었던 것이다.

나같이 형편없는 녀석보다는 훨씬 좋고, 멋지고, 능력있는 사람이 많다고 생각했다. 자기 혐오라고나 할까, 아니면 대인 기피증이라고 할까? 여하튼 이것 하나만은 확실하다. 난 굉장히 비겁하다는 것.

한참을 그렇게 둘은 아무 말도 없었다.

"역시 아무 말도 해주지 않는구나?"

그녀는 고개를 숙인 채 조그마한 목소리로 그렇게 속삭였다. 그 모습에 내가 해줄 수 있는 말은 단 하나밖에 없었다.

"미안하다."

무슨 말을 해도 그녀에게 위로가 되지 않을 것을 안다. 하지만 적어도 '미안하다'는 말은 진심이었다.

그녀는 아무 말도 하지 않은 채 나에게 등을 돌리고는 천천히 걸음을 옮기기 시작했다. 나는 그녀가 시야에서 사라질 때까지 멍하니 그 모습을 바라보고 있었다.

무엇이랄까. 몇 년간 보지 못한다고 한다면 조금 더 성대하거나 화려하거나 그래야 할 테지만 말이다. 객관적으로 봐도 지금 상황은 조금은 초라한 것도 같다. 뭐, 죽으러 가는 것은 아니긴 하지만.

프란 선생, 그리고 제프리 녀석과 아버지와 학교 친구들 몇 명. 뭐,
평소 내가 한 행동을 생각한다면 이 정도만으로도 많은 편이지만 말이
다.

"잘 다녀와."

제프리 녀석이 내 머리를 쓰다듬으며 그렇게 말했다. 배웅하는 것치
고는 지나치게 밝은 얼굴이어서 조금은 부아가 치밀어 오르기도 했지
만 넓은 마음으로 용서해 주기로 했다.

"넌 빵이나 열심히 구워."

마지막치고는 조금 장난기있고 싱거운 말이지만 이 녀석과 평소 아
옹다옹하던 것을 생각해 보면 질질 짜면서 이별을 슬퍼하는 건 정말
넌센스다. 아니, 상상해 보는 것도 괴로울 정도다.

뭐, 이 녀석은 자벨린에 운석이 떨어진다고 해도 살아남을 녀석이니
그렇게 걱정되지는 않았지만 그래도 말썽은 어지간히 부리는 게 좋을
텐데 말이지.

"잘 가거라."

"예. 그동안 정말 감사했습니다."

프란 선생에게는 별로 해줄 말도 없었다. 예의상 이렇게 말해 주는
것이 좋은 학생의 정석이겠지.

"……."

그리고 아버지를 바라본다.

뭐라고 말해야 할까? 얼마 전부터 고민하고 있었던 문제이다.

"다녀오겠습니다."

"그래."

확실히 정상적이진 않다. 하지만 어떤 말을 한다고 해도 어색하긴

마찬가지일 듯하니 이 정도 선이 제일 적당할 거라고 생각했다.

그리고 대충 반 아이들에게 무엇이라고 한두 마디 해준 다음 난 모두를 등지고 천천히 걸음을 움직이기 시작했다.

뭐, 이왕지사 이렇게 되었으니 적어도 후회는 하지 말아야겠지. 내가 좋아서 선택한 일이니까, 누가 억지로 강요한 일도 아니니까 말이야.

날씨도 나쁘지 않고 바람도 선선한 편이었다. 왠지 모르게 조금은 기분이 좋아져 나는 그렇게 푸른 하늘을 바라보며 미소 짓고 있었다.

*   *   *

"깨어날 때가 되었는데……."

네트는 초조한 마음을 감추지 못하고 발을 동동 구르며 눈앞에 누워 있는 실피안의 모습을 걱정스레 쳐다보고 있었다.

인간과 격이 다른, 티끌 하나 없는 고귀하고 아름다운 모습의 실피안.

지난 십 년 동안 네트가 공들여 만든 그 실피안은 사실 이미 모두 완성되어 있는 상태였다.

육신과 정신의 밸런스도 빈틈없이 완벽했고 시전한 마법도 큰 무리 없이 활성화돼 있는 정상적인 상태였다.

하지만 이상하게도 이 골칫덩이 실피안은 수면 상태에 빠진 채 조금의 미동도 보이지 않고 그렇게 누워만 있다. 원인도 알 수 없는 그런 현상에 아무리 경험 많은 실피안 제작자인 네트라도 당황하지 않을 수 없었다.

“젠장, 이 잠꾸러기 녀석.”

공들인 시간과 노력이 큰 만큼 그 집착과 애정도 남다를 수밖에 없었다. 그만큼 이 실피안의 이유없는 수면 상태에 대한 실망도 컸다.

수도 셀 수 없을 만큼의 마법 아이템과 마법 주문을 사용해 보았지만 결과는 똑같았다. 실패, 실패, 실패…….

“제길!!”

곰곰이 생각해 보아도 해답은 나오지 않는다. 네트는 침대 한쪽에 걸터앉은 채 신경질적으로 자신의 머리를 잡아 뜯으며 자학했지만 그렇게 행동해 봤자 스스로만 괴로울 뿐이란 것을 깨닫고 다시 침대에 누워 있는 실피안으로 착잡한 눈길을 돌렸다.

따스한 햇살이 기분 좋게 내리쬐고 있는 정원에서 네트는 아끼는 실피안 카롤이 건네주는 차를 마시며 그렇게 일광욕을 즐기고 있다.

카롤은 그가 가장 최근에 만든 실피안으로 성능도 여태까지 만들었던 실피안 중에서 손꼽히는 최강급이었다. 주위에서 끊임없이 그녀를 소유하고 싶다는 제의가 왔었지만 네트는 카롤이 맘에 드는 주인이 나타날 때까지 그녀를 다른 곳으로 넘길 마음이 없었기에 아직까지 저택에서 잔심부름이나 시키며 그렇게 지내고 있었다.

저급한 귀족들의 노리개 같은 실피안은 네트가 제작하는 실피안과는 그 격이 달랐다. 일방적으로 명령을 수행하는 그런 유의 것들과는 달리 그가 제작하고 있는 것은 ‘마음’을 가지고 있었기 때문이다.

그리고 그것들은 ‘힘’을 가지고 있었다. 방대한 마력과 전투력은 평범한 실피안과는 대적할 수 없을 정도의 무력이었다.

여하튼 그런 네트의 실피안인 카롤은 벌써 10년째 마음에 드는 주인이 없다는 이유로 네트의 곁에서 시중을 들고 있었고 네트는 그런 카롤을 시도 때도 없이 구박하며 그렇게 하루하루를 지내고 있었다.

"여전히 형편없는 차 맛이군."

벌써 몇 년째 똑같은 레퍼토리로 화를 내고 있는 네트를 바라보며 카롤은 쓴웃음을 지은 채 그렇게 서 있을 수밖에 없었다. 다시 차를 내온다 하더라도 똑같이 불평할 것을 알기에 그럴 수밖에 없었다.

게다가 요새 네트의 심기가 불편한 것을 알고 있기에 카롤의 행동은 더욱 조심스러웠다. 잠시 동안 그렇게 눈치를 보며 어떤 말을 할까 고민하는 카롤에게 네트가 먼저 입을 열어 말했다.

"젠장, 모든 것이 완벽하다고! 도대체 무엇이 잘못된 거지?"

네트의 히스테리적인 말에 위로의 말이라도 건네기 위해 카롤은 입을 열었다. 그러나 순간 아무리 자신이 위로한다고 하더라도 눈 하나 깜짝하지 않을 거라는 생각이 뇌리를 스쳐 지나갔기 때문에—아니, 그동안의 경험에 비추어보면 오히려 카롤 자신에게 화풀이할 가능성도 컸다—마음을 고쳐먹고 열렸던 입을 닫으며 침묵을 지켰다.

잠시 동안의 침묵 후에 네트는 갑작스럽게 자리에서 일어나더니 다시 연구실로 발걸음을 옮기기 시작했다. 카롤은 그런 주인의 뒷모습을 씁쓸한 표정으로 바라보며 그렇게 그 자리에 가만히 서 있을 수밖에 없었다.

*　　　*　　　*

자벨린을 떠난 지도 벌써 삼 일의 시간이 지났지만 수도라 불리는 곳은 나타날 기미조차 보이지 않았다.

라인제 무역로.

　덩그러니 놓여 있는 이 표지판을 보면서 그래도 안도의 한숨을 쉴 수 있었다. 그래도 가고 있는 방향마저 틀리지는 않았다는 증거가 되었으니 말이다.

　가뜩이나 더운 날씨를 원망하며 그렇게 한 걸음 한 걸음씩 발걸음을 옮겼다.

　가지고 있는 것이라고는 낡아 빠진 나침반 하나, 얼마 되지 않는 말린 고기, 빵 조각들이 전부이다. 옷가지와 책들도 있긴 하지만 그것들은 사실 여행에는 별 도움이 되지 않았다.

　책이나 옷가지 같은 것들은 무거워서 바닥에 내던져 버리고 싶었지만 그래도 참는 수밖에 없었다. 그래도 책이 있어야 공부를 하든지 말든지 하고 옷이라도 있어야 수도에서 갈아입을 것이 있을 테니 말이다.

　먼지와 땀으로 구질구질해져 있는 몰골을 보니 한숨밖에 나오지 않았다. 목욕과 따뜻한 수프가 있는 제대로 된 식사가 필요했지만 지금은 그럴 상황이 아니다.

　다 포기하고 집으로 돌아가고 싶은 마음도 간절했지만 삼 일 동안 겪었던 괴로웠던 나날들을 생각해서라도 절대 그럴 수는 없었다.

　지도상에는 별로 떨어지지 않은 거리라고 되어 있었지만 그것은 거짓말이었다. 이렇게 고생고생하면서 며칠 동안을 꼬박 걸었는데 수도라고는 그림자조차도 나타나지를 않으니…….

　'이러다가 길바닥에서 객사하는 거 아닌가' 하는 생각이 들자 조금은 우습기도 했다. 이런 어린 나이에 길바닥에서 객사라니, 절대 폼이

나지 않기 때문이다. 아마 그렇게 죽는다 하더라도 슬퍼해 줄 사람도 없을 것 같다. 제프리 녀석도 비웃느라 정신없을 테고.

그래도 다행히 날이 어두워지기 전에 이런 여행자를 위한 오두막 같은 곳을 발견한 것은 운이 좋은 일이다. 노숙하는 것보다는 지저분하고 구질구질하더라도 최소한 바람은 피할 수 있는 이런 오두막 쪽이 백 배는 낫기 때문이다.

창문도 없고 대충대충 통나무 같은 것으로 엮어 만든 것이 급조된 티가 팍팍 나는 그런 오두막. 그래도 다행스럽게 나무나 짚더미 같은 것들이 한쪽 구석에 쌓여 있어서 불은 피울 수 있었다.

담요를 몸에 두르고 딱딱한 말린 고기 한 조각을 베어 물며 천천히 씹었다. 비록 맛은 느껴지지 않았지만 최소한 굶지 않는다는 것만으로도 감지덕지해야 했다.

이제 식량도, 물도 얼마 남지 않았다. 최소한 아껴서 먹는다 하더라도 삼 일도 버티기 힘들 것이다.

‘야옹’ 하는 소리와 함께 배낭에서 노엘 녀석이 밥 달라고 울부짖기 시작했다. 가뜩이나 모자란 식량을 이런 녀석한테까지 주어야만 하는 것은 합리적이지 못한 일이었지만 그래도 어쩔 수 없다. 여기까지 데려왔으니 주인 된 도리로 책임을 지는 수밖에(아니, 비상 식량이라고 생각하면 불쾌했던 기분도 조금은 흐뭇해지는 것이 사실이었으니).

말린 고기 한 조각을 주자 야금야금 잘도 씹어 먹는다. 그 모습이 확실히 귀엽기는 하다. 그래서 저 애물단지를 여기까지 데려온 것이겠지.

대충 나도, 노엘 녀석도 배는 채운 것 같으니 이제 슬슬 잘 차례인 것 같다.

내일도 아마 하루 종일 걸어야 할 것이다. 지금 미리 푹 쉬어두지 않으면 피로가 쌓여서 내일은 얼마 걷지도 못하고 쓰러질지 모른다.

막 잠이 들려고 하는 순간 어떤 함성 소리라고 할까? 그런 웅성거리는 소리가 오두막 근처로 들려왔다.

눈을 뜨고 사방을 둘러봤지만 특별하게 이상한 다른 점은 느낄 수 없었다. 노엘 녀석이 옆에서 시퍼렇게 눈을 뜨고 날 째려보는 것을 제외한다면 말이다.

자리에서 일어나 천천히 문쪽으로 다가가자 조금씩 문밖에서 사람들의 고함 소리 같은 것들이 새어 나오는 것이 다시 느껴져 왔다.

긴장감이 들기는 했지만 내가 잘못한 것은 조금도 없었기 때문에 당당하게 행동하기로 마음먹고 상황을 살피기 위해 천천히 문을 열었다.

문을 열자 차가운 공기와 함께 횃불을 든 몇몇 남자들이 오두막을 에워싸고 있는 모습이 시야에 들어왔다. 당혹스러워지기 시작했지만 침착하게 숨을 고른 후 천천히 앞에 있는 사람들 쪽으로 발걸음을 옮겼다.

"……."

그다지 적의는 느껴지지 않았지만 호감은 아니었다. 나도 그렇고 저쪽도 그런 듯하다.

먼저 말을 걸어볼까 하고 생각하고 있던 중 약간은 뚱뚱한 한 사내가 내 쪽으로 다가오며 말을 걸어왔다. 순간적으로 거부감이 온몸을 훑고 지나갔지만 내색하지 않고 사내의 얼굴을 바라보았다.

"음, 소란을 피워서 미안하게 되었네. 이 오두막에서 머물고 있는 것 같은데……."

　사무적이고 감정이 담겨져 있지 않은 그런 말투. 살짝 이마가 찌푸려져 왔지만 내색하지 않고 고개를 끄덕여 긍정을 표했다.

　"사실은 말이네, 이 근방에서 노예를 하나 잃어버려서 찾고 있는 중이라네."

　'그래서요?' 하고 대충 대답하자 뚱보 녀석은 곤란하다는 듯이 누렇게 된 손수건으로 이마에 흐르는 땀을 닦으며 말을 이었다.

　"하여튼… 열세네 살쯤 되어 보이는 여자 아이지. 푸른색 머리니 구별하기도 쉬울 거야. 사례는 두둑하게 해줄 테니 보게 되면 꼭 잡아놓아 두길 바라네."

　대충 고개를 끄덕거려 주고는 다시 오두막을 향해서 걸음을 향했다.

　오두막으로 다시 돌아온 나는 조금 전의 상황은 조금도 신경 쓰지 않고 잠을 자기 위해 모포가 널브러져 있는 곳으로 걸음을 움직였다. 한데,

　"……?"

　내 모포를 뒤집어쓰고 있는 '누군가' 가 있었다.

　도대체 눈치도 못 챘는데 언제 들어온 것일까? 참으로 용하기도 하다.

　마치 굼벵이처럼 잔뜩 웅크린 채 부들부들 떨고 있는 모습이 조금 안타깝기도 했지만 신경 쓰지 않기로 하고 천천히 모포를 손에 잡고 끌어 내렸다.

　"아! 흑흑……."

　모포를 벗긴 것을 눈치 챈 것인지 흐느끼면서 더 심하게 떠는 모습이 동정심을 느끼게 한다.

　'푸른색 머리니 구별하기도 쉬울 거야' 한 방금 전 뚱보 녀석의 말

이 떠오른다. 이 눈앞의 소녀도 푸른색 머리였기 때문에.

모닥불에 비춰 약간은 붉은빛이 도는 푸른색. 확실히 흔한 머리 색은 아니다.

상황에 비추어봤을 때 이 소녀가 밖에 있는 녀석들이 찾는 바로 그 '노예' 일 가능성이 컸다.

한참을 고민하고 있는데 갑작스레 문 두들기는 소리가 다시 들려왔다.

"이봐! 문 좀 열어봐!"

나를 별로 신용하고 있지 않은 모양이다. 기어이 안으로 들어와 확인하려 들다니. 아니면 잊어버리고 하지 못한 말이라도 있는 건가? 문 두들기는 소리와 사람들의 고함 소리를 듣자 푸른 머리의 소녀는 흠칫 놀라며 결국 울음을 쏟아내며 더욱더 두려움에 떨기 시작했다.

나는 무엇을 해야 되는 것일까? 눈물로 얼굴이 엉망이 된 소녀와 뚱뚱하고 불유쾌하게 생겨먹은 재수없는 녀석 둘 중 하나를 선택하라고 한다면?

쳇, 비교하기도 민망하군.

"이봐, 이런 곳에서 붙잡히고 싶지는 않지?"

내 말을 듣고 슬쩍 얼굴을 들어 올려 나를 바라보는 소녀. 눈물로 뒤범벅되어 있어도 굉장히 귀여운 얼굴이다. 아마 커서는 더 아름다워지겠지. 그래서 저 밖에 있는 녀석들이 기를 써서 찾는 것일 테고.

그런 모습에 나는 어금니를 깨물며 어떻게 행동할 것인지 생각하기 시작했다. 저런 녀석들한테 붙잡혀 가는 것을 빤히 바라만 보고 있을 정도로 난 멍청하고 질 나쁜 녀석은 아니다.

"……"

아직은 나를 믿지는 못하겠는지 당혹스러워했지만 고개를 끄덕이며 소녀는 긍정을 표했다. '젠장, 결정은 이미 내려진 거군' 하고 작게 중얼거리며 난 정신을 집중했다.

이런 상황에 대처하는 방법도 여러 가지이다. 그중에서 제일 합리적이고 빠른 방법을 동원해야 한다. 그렇게 생각하며 나는 오늘 아침에 메모라이즈한 주문을 떠올렸다. 두 번째 단계의 한 주문을 외워둔 것을 깨닫고 난 가급적 빠르게 행동하기로 마음먹고 주문을 캐스트하기 시작했다.

익숙지 않은 주문이라 힘들긴 했지만 이를 악물며 정신을 집중한 덕분인지 아슬아슬하게 주문을 완성할 수 있었다.

"투명화(Invisibility)."

소녀가 갑작스런 빛의 출현에 몸을 웅크리며 저항하는 바람에 조금 애를 먹긴 하였지만 어쨌든 대충이나마 성공한 것 같다. 소녀의 모습이 천천히 내 시야에서 사라지기 시작했다.

"조용히! 움직이지 않는 게 좋아. 마법이 깨질 수도 있으니."

속삭이듯 소녀가 있었던 자리에 말을 건네고 문을 열기 위해 몸을 일으켰다. 시간을 조금 끈 것이 의심스러운 건지 문을 두드리는 소리와 고함 소리는 점점 커지고 있었다.

철컥 하는 소리와 함께 문을 열자 전에 보았던 뚱뚱한 사내와 몇몇 남자들이 갑자기 안쪽으로 들어와 오두막을 수색하려고 했다. 나는 그냥 부스스한 모습으로 당혹스러워하는 표정을 지은 채 그들이 하는 행동을 멍하니 바라보기만 했다.

"……."

보이는 것이라고는 내 배낭과 고양이 노엘, 그리고 모닥불이 전부인 조그만 오두막을 보자 수색할 마음도 들지 않는 모양이다.

"이거 미안하게 되었네."

뚱뚱한 사내는 뒤통수를 긁적이며 당혹스러워하더니 땅바닥에 은화 하나를 던져 놓고 다른 사내들과 함께 오두막 밖으로 나갔다.

얼마의 시간이 흐르고 사람들의 웅성거리는 소리가 사라지자 바닥에 떨어진 은화를 주워 들고 소녀가 있을 거라 생각되는 곳을 향해 입을 열었다.

"이제 나와도 좋을 거 같아."

역시 급조된 것이어서 소녀가 조금 움직이자 투명화 마법은 금세 깨져 버렸다.

원래대로라면 이 정도 움직임에는 깨지지 않아야 하는데 아직 나의 실력이 미숙하다는 증거다.

나를 바라보는 소녀의 표정은 아직도 두려움에 가득 차 있었다. 아마 빌어먹을 인간들에게 심한 취급을 받은 모양이다. 그래서 인간 불신증 비슷한 것에 걸려 있는지도 모르겠다.

저런 아이에게 달리 뭐라 해줄 말은 없었다. 위로한다고 하더라도 내가 당사자가 아닌 이상 그 아픔은 알지 못할 테니까.

조용히 배낭에서 물통과 마른 고깃덩어리를 꺼내 소녀에게 던져 주었다. 달리 해줄 게 없었다. 아마 여기까지 쫓겨오느라 많이 지치고 배고팠을 것이다.

소녀는 조심스럽게 내 눈치를 보다가 재빠르게 말린 고깃덩어리를 주워 들고는 게걸스럽게 먹기 시작했다.

"그러다가 체할 수도 있으니 꼭꼭 씹어 먹으라고."

입 안 가득 음식을 집어넣고 나를 바라보며 고개를 끄덕이는 모습이
조금은 우스꽝스러워 보였다. 내가 웃음을 짓자 소녀는 부끄러운 모양
인지 천천히 음식을 씹으며 시선을 아래로 내렸다.

막 눈을 뜨자마자 무엇인가 몸 위쪽에 무게감 같은 것이 느껴져 와
난 순간 당혹스러웠다.
"……."
새근새근 내 몸 위에 팔을 올려놓고 잘도 자는 푸른색 머리의 소녀.
팔을 치울까 하고 고민하고 있는데 타이밍 좋게 소녀도 눈을 뜨고
나를 쳐다보았다.
순식간에 정적, 그리고 붉어지기 시작하는 소녀의 얼굴. 새삼스럽게
나도 소녀가 의식되기 시작한다.
소녀가 팔을 치우고 자리에서 일어서자 나도 모포를 끌어안고 자리
에서 일어났다.
"이름이 뭐지?"
문득 이름이 궁금해져 난 소녀를 바라보며 질문했다.
"시아."
시아? 조금은 특이한 이름이군. 난 내 이름을 대충 '베리' 라고 말해
주고 수도로 갈 채비를 하기 시작했다.

준비를 마치고 내가 걸음을 옮기기 시작하자 시아라고 한 소녀도 나
를 따라 걸음을 움직이기 시작했다.
막상 이런 상황이 닥치자 내심 후회되기도 했다. 내가 그녀를 책임
질 수 있는 능력이 된다고는 보기 어려웠기 때문이다.

하지만 그렇다고 여기서 그녀를 버릴 수도 없는 노릇이다. 쓸모없는 동점심이라고 볼 수도 있겠지만 그래도 자신이 한 일은 자신이 책임져야 한다고 생각한다.

모래 섞인 바람이 입 안으로 들어와 자꾸 짜증이 나기 시작했다. 아직 정오가 되지 않은 이른 시간이었지만 날씨는 벌써부터 더워지기 시작했다.

거치적거리는 외투는 가방에 쑤셔 박아놓은 지 오래였다. 무겁고 쓸모없는데다가 디자인도 맘에 들지 않는, 그야말로 최악의 아이템이었지만 그렇다고 버릴 수도 없었다. 밤에 든든하게 입고 자지 않으면 감기에 걸릴 수도 있었기 때문이다(그래도 밤에는 꽤 쌀쌀하다고 느낄 만큼 기온이 내려가기 때문에).

날씨는 더웠고 마실 물도 충분하지 않는데다가 장비마저 빈약했다.

그래도 수도로 통하는 길이기 때문인지 길이 잘 정비되어 있어서 걷기에 편했고 가끔씩 마음씨 좋은 상인 같은 사람들이 마실 것이라도 건네주었기에 그나마 버틸 수 있었다.

뒤를 돌아보니 시아라는 소녀는 약해 보이는 외모와는 달리 부지런하게 발을 움직이고 있었다. 잘 따라올 수 있을까 하는 걱정이 새삼스러울 따름이었다.

하루 종일 걸었던 오늘은 재수없게도 노숙을 해야만 하는 상황으로 결론지어진 것 같다.

바람이라도 피할 수 있는 곳에서 자는 것이 새삼스럽게 굉장한 일인 것처럼 내 사고를 전환시켜 준 것이 이번 여행의 플러스 요소라고 생각해 버리는 것도 좋을 듯하다.

“…….”

시아는 무표정한 얼굴로 나를 쳐다보았다. 그 모습이 마치 ‘저는 무엇을 하면 좋겠습니까?’ 하고 내게 묻는 듯해서 나는 입을 열었다.

“내일도 한참 걸어야 할 거야. 쉬는 게 좋아.”

가방에서 건조 식량을 꺼내서 노엘과 시아에게 조금씩 떼어 주고 나도 조금 떼어 먹고는 외투를 몸에 두르고 바닥에 누웠다. 하나밖에 없는 모포는 시아에게 주었기 때문에 밤바람이 불어와 조금씩 몸에 한기가 어리기 시작했다.

나뭇가지들을 모아 조그마하게나마 피워둔 모닥불을 쳐다보며 그렇게 누웠다. 조금 시간이 지나자 슬슬 졸음이 내 몸을 무겁게 하기 시작했다. 약간 춥긴 했지만 그것보다는 피곤함이 더 우선했다. 눈꺼풀이 저절로 감긴다.

‘내일은 도착할 수 있어야 할 텐데…’ 하는 생각을 마지막으로 난 그렇게 잠에 빠져들었다.

상상외의 부드러움과 따스함이 온몸을 감싸고 돌았다. 분명히 춥고 딱딱한 기분이 들어야 정상일 텐데.

이것이 꿈이라고 한다면 깨고 싶지 않다. 아니, 설령 내가 죽은 것이라고 해도 이렇게 편안한 죽음이라면 죽는 것도 한번 고려해 볼 만할 것 같은 느낌이다.

그런데 눈을 뜨자마자 드는 것은 당혹감이었다.

시아라고 불리는 소녀의 숨결이 내 목을 간질인다. 내 가슴 위에 올려져 있는 손은 따스했지만 갑작스레 의식하니 굉장히 무겁게 느껴져 왔다.

그 소녀는 내 몸을 모포와 함께 감싸 안고 그렇게 또 잠이 든 것이다.

어제에 이어서 오늘도 이런 일이 발생할 줄은 꿈에도 상상하지 못했다.

“…….”

왠지 당혹스러운 느낌이(…) 드는 것은 왜인지 모르겠다.

하지만 왠지 따스한 느낌이 기분 좋은 것은 나도 남자인 이상 어쩔 수 없는 본능일 것이다. 지금 이 상황에서 움직인다면 그녀가 자는 것에 방해가 될지도 모르겠다고 생각하고는—타당성없는 변명 같았지만—나는 잠시 동안 그렇게 누워 있기로 마음먹고 심호흡을 하며 천천히 당혹스러운 정신을 진정시켰다.

그렇게 한참 동안 시간이 지나고…….

“으음.”

그 소녀가 눈을 깜박이며 일어나더니 그대로 내 눈을 직시했다.

왠지 당혹스러운 것은 내 쪽이다. 저렇게 일을 저지른(…) 쪽이 아무렇지도 않다는 표정을 지으며 쳐다보다니……. 얼굴은 붉힐 줄 알았던 내가 바보인 건가?

“일어나셨습니까?”

아무런 감정도 담겨져 있지 않은 목소리. 소녀는 그 자세 그대로를 유지하며 나에게 인사했다.

“…그래.”

뭐라고 달리 대답할 말이 없어 난 조금 당황되었다.

잠시 동안의 정적 후 내가 몸을 일으키자 시아도 따라 몸을 일으켰다. 그 순간 당황한 나머지 잠시 일어선 상태로 볼썽사납게 균형을 잃어버려 주춤거리자 시아가 손을 내밀어 내 팔을 부축하며 입을 열었다.

"괜찮으세요?"

'이 아이 덕분에 골치깨나 썩겠구나' 하는 예감이 갑자기 뇌리에 꽂히는 이유가 무엇인지는 잘 모르겠다.

Chapter 3

조금은 불쾌한 '엘프의 눈물'

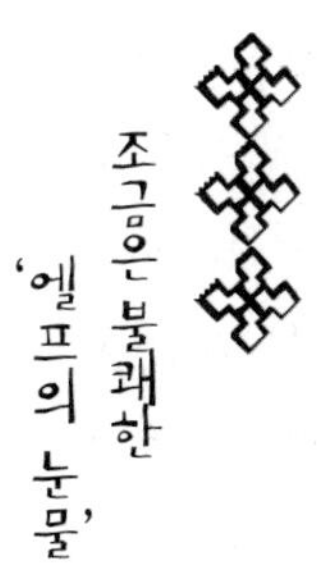

　자벨린에서 5일. 내 평생 최초이자 최고로 힘들었던 여행으로 기록될 며칠이었다. 그 여행이 드디어 이렇게 허무하게 끝나 버리고 말았다.

　더 이상 걸을 수도, 아니, 움직일 수도 없을 만큼 피곤하다. 두 번 다시 이런 경험은 해보고 싶지 않다. 아니, 여행이란 단어 자체가 싫어졌다. 형편없는 식사에 형편없는 잠자리, 게다가 낮에는 더워서 걷기조차 힘들고 밤에는 추워서 잠들기도 힘들 정도라니(참으로 뭐 같은 환경이다)…….

　자벨린과는 비교도 안 될 정도로 성문으로 사람들은 끊임없이 들어가고 나오며 어딘가로 분주히 발걸음을 움직이고 있었다.

　규모나 인구나 모든 면에서 수도답다는 느낌이다. 자벨린도 손꼽히는 번영된 도시라고 들었는데 막상 수도에 와 보니 비교하는 것 자체가 무리라고 느껴질 정도였다.

시아는 그렇게 많은 사람들이 돌아다니는 것을 보는 것조차 피곤한 모양인지 내 소매를 잡고는 조금은 불안한 기색을 보이며 걸음을 옮기고 있었다.

아버지는 수도에 도착하면 자신의 친구 집에서 당분간 신세를 지는 편이 좋을 것이라고 말씀하셨다.

가방에서 자세하게 그려진 약도를 꺼내고 천천히 표시된 장소로 지친 몸을 움직였다. 시아도 내 소매를 잡은 손에 힘을 주며 나를 따라서 천천히 걸음을 옮겼다.

쉴 새 없이 지나가는 행인들의 몸을 피하면서 그렇게 한참을 찾은 결과,

엘프의 눈물.

그다지 좋아 보이지 않는 센스의 간판을 찾았다. 약도에 표시되어 있는 장소와 일치했기 때문에 주저하지 않고 심호흡을 크게 한 번 하고는 문을 열었다.

삐거덕 하는 기름 칠을 요하는 소리와 함께 문이 열리는 순간 나는 당혹스러워할 수밖에 없었다.

수십 명의 사람들. 예상했던 것보다 훨씬 많은 수의 사람들이 시끌벅적하게 술을 마시거나 음식을 먹으며 즐거워하고 있었다.

밖에서 볼 때는 그다지 크게 보이지 않는 외형이었는데 그것은 나의 착각이었다. 수십 명의 사람이 앉을 정도의 테이블과 의자가 들어가고도 여유가 있을 정도로 안쪽은 넓었다.

"어서 오세요! 무엇을 드시겠습니까?"

그때 한 소녀가 어쩔 줄 모르고 당황한 나에게 다가와 미소를 지으며 물었다.

"아, 그게……."

막 사정을 설명하려고 입을 연 순간 시아가 한쪽 소매를 당기며 다른 손으로 옆구리를 찔러왔다.

"…귀가 길어."

귀가 길다니? 그게 무슨 소리란 말인가?

막 시아에게 두었던 시선을 돌려 소녀를 본 나는 그 의미를 알 수 있었다. 내게 와서 인사를 하고 주문을 받는 소녀의 귀는 인간이라고 보기에는 지나치게 뾰족하고 길었다.

아니, 그 소녀의 용모 자체도 인간이라고 보기에는 무리가 있었다. 새하얀 얼굴에 빛나는 두 눈은 보는 사람의 넋을 잃게 만드는 비인간적인 미를 발산하고 있었다.

"엘프?!"

엘프라니? 엘프가 실제로 있단 말인가? 더구나 그 엘프가 이런 술집의 종업원이라니? 더 더욱 말도 안 되는 일의 연속이다.

"아, 이곳에 처음 오시는 분인가 봐요? 네, 저는 엘프입니다."

소녀는 이런 일이 한두 번이 아닌 듯 웃는 얼굴로 그렇게 능숙하게 대꾸했다. 금색의 큰 눈으로 시원해 보이는 미소를 지어 보이며 말이다.

확실히 엘프가 식당의 종업원이라는 것은 굉장히 놀랄 만한 일이다. 이종족에 대한 국가의 입장은 관대한 편이었지만—그것은 냉정하게 말하자면 이용해 먹을 가치가 있기 때문이라고 말할 수 있다—엘프들은 인간을 경멸하고 있었다. 내가 엘프가 아니니 뭐라 쉽게 설명할 수는 없지만 아마도 그것은 자존심 같은 것이라고 할까? 인간은 엘프들의 그 아름다운 외모와 엄청난 수명을 동경한다. 반대로 엘프들은 인간들의 어리석음과, 욕심, 이기적인 마음을 혐오했다.

뭐, 이렇게 말하면 간단한 애증 관계인 것도 같지만 사실 그렇게 쉽게 표현할 수 있는 성질의 것이 아니다. 이 대륙의 지배자는 인간이지 엘프가 아니기 때문이다.

아마 이곳에 손님이 많은 까닭도 그런 사정이 있기 때문이라는 생각이 들었다. 아무리 넓은 수도라도 엘프가 종업원인 곳은 아마 이곳밖에 없을 테니까. 평소 조금이라도 동경하고 있던 엘프가 일하는 식당이라면 그냥 재미있어서라도 한번 가볼 만한 일이겠지(간단하게 생각해보면 말이다).

하여튼 엘프가 종업원이든 드워프가 요리를 하든 나하고는 그다지 관계없는 일이다.

"이곳의 주인 분께 이것을 전해주셨으면……."

아버지가 써주신 편지를 꺼내서 건네주자 엘프 소녀는 웃는 얼굴로 경쾌하게 '잠시만 기다리세요' 하고 말하곤 빠른 발걸음으로 어딘가를 향해 뛰어갔다.

잠시 후 엘프 소녀가 돌아오더니 '따라오세요' 하고 말하며 식당의 안쪽을 향해서 걸어가기 시작했다.

조금은 긴장하며 엘프 소녀의 뒤를 따라갔다.

엘프 소녀가 간 곳은 주방인 듯했다. 문을 열자 여러 명의 사람들이 바쁘게 음식을 나르며 뛰어다니고 있었다. 사람들과 부딪치지 않도록 신경 쓰며 그렇게 그 엘프 소녀를 따라 걸음을 옮겼다.

주방의 가장 깊은 안쪽까지 도달하자 엘프 소녀는 그제야 걸음을 멈추고 조그만 의자에 앉아서 감자를 다듬고 있는 한 남자에게 말했다.

"오빠, 이 아이들이야."

엘프 소녀의 오빠? 그럼 그 오빠도 엘프인가? 막 내가 관심을 가지고 의자에 앉아 있는 한 남자에게 시선을 돌리는 순간,

"음? 뭐야? 곱상하게 생겼잖아?"

사내가 갑작스레 감자 깎는 칼을 들이밀며 위아래로 훑어보고는 퉁명스레 그렇게 말했다.

그것도 처음 보는 사람에게 말을 함부로 하는 그런 유의 조금은 날카롭지만 단정하게 생긴 남자였다.

조금은 어이도 없고 화도 나는 순간이었지만 아버지 때문에라도 참을 수밖에 없었다. 내가 아무 말 하지 않자 그 사내는 시아에게 눈길을 돌렸다.

"이봐, 너, 청소는 할 줄 알겠지?"

시아가 아무 말 없이 고개를 끄덕이자 사내는 '좋아' 라고 중얼거리더니 옆에 있는 엘프 소녀를 쳐다보며 말했다.

"남자 아이는 얼굴이 반반하니까 주문을 받으라고 하고 여자 아이는 홀에서 청소를 하라고 그래."

주문? 청소? 내가 그렇게 의아한 표정으로 멍하게 있자 그제야 사내가 눈치 챘는지 날 바라보고는 사악한 웃음을 지으며 말했다.

"세상엔 공짜란 없는 거란다. 아무리 너희 아버지께 신세를 진 적이 있어도 거저 먹여주고 재워줄 수는 없다."

맞는 말이긴 하지만 조금은 싸가지없어 보이는 말투다. 확 다른 여

관으로 가버리고 싶었지만 돈을 아껴야 했으므로 달리 방도가 없다. 여비가 충분한 것도 아니고 게다가 혼자도 아니고 둘이다.

사내는 다시 시선을 거두고 감자 깎는 일에 몰두하기 시작했다.

"따라와."

엘프 소녀는 나와 시아에게 손짓하고는 또 어딘가를 향해 걸음을 움직이기 시작했다.

청소 도구나 잡동사니 같은 것들을 모아놓는 창고 같은 곳까지 나와 시아를 안내해 주고 엘프 소녀는 각각 입을 옷과—종업원들이 맞춰 입는 의상이다—청소 도구를 나눠 준 후 할 일을 자세하게 설명해 주었다.

"기상 시간은 6시, 늦어도 6시 30분까지는 일할 준비를 끝내는 게 좋아. 그리고 취침 시간은 9시나 10시. 손님이 많을 경우에는 더 늦을 수도 있어."

손님에게는 어떻게 하고 일은 어떻게 하며 밥은 어디에서 먹는다는 등 하나하나 설명해 주고는 마지막으로 자신의 이름은 '아이린', 좀 전에 봤던 그 감자 깎던 사내의 이름은 '기르디'라고 말해 주었다.

"그럼 앞으로 잘 부탁해."

나와 시아도 대충 간략하게 자신의 이름을 밝히고 인사하자 다행스럽게도 오늘은 일찍 쉬고 내일부터 일하라고 했다.

각자 배정받은 방으로 안내해 주고 아이린은 '내일 보자' 하더니 어딘가로 사라져 버렸다.

이제 막 어두워오는 초저녁이었지만 여행의 피로가 온몸을 짓누르고 있었기 때문에 대충 몸을 씻고 방으로 가 침대에 누웠다.

조금은 딱딱한 침대이긴 했지만 그래도 땅바닥에서 노숙하는 것보다는 훨씬 편하고 아늑했다.

누운 지 얼마 되지도 않았는데 잠이 쏟아져 오기 시작했다.

따사로운 햇살과 부드러운 이불의 감촉, 그리고 기분 좋은 피부의 느낌.

그 모든 기분을 만끽하며 나는 일어났다.

"이 녀석이 왜 여기에?"

순간 나는 쓴웃음을 지을 수밖에 없었다.

새근새근 내 침대의 옆쪽에서 시아는 그렇게 편안한 얼굴로, 그야말로 무방비 상태로 잠들어 있었다.

도대체 왜 이런 행동을 하는지 정말 그 의도가 궁금했다.

아직 어리다고 그냥 넘어가기에도 무리가 있다. 척 보기에도 시아의 나이는 나하고 그렇게 차이가 있어 보이지 않았기 때문이다. 적게 봐 줘도 열세 살이나 열네 살 정도.

그 정도 나이라면 남자와 여자의 차이 같은 것은 바보가 아닌 이상 아는 것이 당연하다. 그리고 남자보다 여자 쪽이 정신적으로나 육체적으로 성숙이 빠르다고 들었다.

더구나 며칠 동안 보여주었던 시아의 성격으로 보아 단순한 장난이라고 혼내주기에도 좀 문제가 있었다. 그렇게 무뚝뚝한 것은 아니지만 농담하는 것은 상상조차 할 수 없을 만큼 진지한 아이였기 때문이다.

여자하고는 말도 제대로 해보지 않은 나였기에 무엇을 어떻게 해야 할지 난감했다.

여자들은 정말 무슨 생각을 하고 사는 건지 류리도 그렇고 저 아이도 그렇고 정말 이해하기 힘들다.

내가 뒤척거리는 것을 느낀 모양인지 시아는 눈을 뜨고 날 바라보았
다. 역시나 무표정한 얼굴이다. 하나도 잘못된 것이 없다는 모습이다.

"안녕히 주무셨나요?"

'안녕히 자긴 했지만 네 덕분에 지금은 전혀 안녕하지 못하다' 라고
말해 주고 싶었지만 그것은 생각에 불과했다. 일단은 서로 알게 된 지
도 얼마 되지 않은 여자 아이한테 그렇게 함부로 말한다는 것은 적어
도 나에게는 있을 수 없는 일이었기 때문이다.

"저기… 말이지……."

언제까지 이렇게 아침을 맞이할 수는 없다. 뭐라고 주의를 주어야
한다고 속으로 생각해 보았지만 왠지 이렇게 누워서─그것도 얼굴과 얼
굴이 뼘 하나 거리밖에 떨어지지 않은─말을 하기에는 조금은 분위기가 이
상하다.

내가 몸을 일으키자 역시 시아도 몸을 일으켰다.

시아는 잠시 동안 날 바라보더니 시선을 돌려 천천히 이불을 정리하
고 커튼을 걷고 창문을 열어 환기를 시켰다.

무시하겠다는 의지가 확고해 보이는 걸 새삼 느낄 수 있다.

상대가 저렇게 나온 이상 뭐라 중얼거려 봤자 입만 아플 것 같아 난
그냥 대충 옷매무새를 단정하게 한 다음 몸을 씻기 위해 세면대를 향
해 걸음을 옮겼다.

"망할……."

미성년자에게 노동을 착취하는 것까지는 용서해 줄 수 있어도 '귀여
운 꼬마네?' 하며 단정하게 생긴 여자가 말을 거는 것까지도 잠시 동
안의 피로도 씻을 수 있는 좋은 정신적 피난처니까 넘어가고,

‘후훗’ 하며 실수인지 고의인지 엉덩이(…)나 가슴 부분을 더듬는 것도 ‘여자’니까 하고 넘어갈 수 있지만(뭐, 실수일 수도 있겠고 나의 과민 반응일 수도),

‘이봐, 꼬마! 귀여운데? 아저씨랑 하룻밤 어때?’ 하며 멀쩡하게 생긴 사내들이나 아저씨들이 음란한 농을 걸어오는 것은 내 인내심의 한계를 시험하는 듯하다.

매직 미사일을 캐스팅해서 그 웃는 면상에다 처박아 버리고 싶지만 ‘종업원의 과실로 인한 실수는 전액 종업원 자신의 부담’이라는 아주 환상적인 이 주점 겸 식당 ‘엘프의 눈물’의 업무 체계가 그런 나의 살인 욕구를 억누르게 했다.

게다가 이놈의 손님이란 것들이 저녁 시간대가 되니까 식당 안을 가득 메울 정도로 들이차 숨 돌릴 여유조차 주지 않았다.

이제는 웬만한 스킨십에는 눈 하나 깜짝하지 않고 묵묵히 음식을 나르고 메뉴판도 건넬 수 있을 정도가 되었다. 확실히 인간은 적응하는 생물이다. 점심때까지만 해도 메뉴판 가져다 주는 것도 창피해서 조금 망설여졌던 것 같은데 말이다. 하여튼 스튜를 나르고, 스테이크를 나르고, 수프를 나르고, 여기저기 더듬거림도(…) 당하다 보니 시간이 빠르게 흘러가는 건 사실이었다.

“휴~”

어느덧 폐점 시간에 가까워오자 테이블에 앉아 있는 손님들도 눈에 띄게 줄어들었다. 잠시 한숨 돌릴 겸 빈 테이블의 의자에 몸을 맡기고 그렇게 땀을 훔치며 앉아 있자 어느새 엘프 소녀 아이린이 다가와 말을 걸었다.

“수고했어.”

그녀가 웃으며 말을 건네오자 새삼스레 정말 수고했다는 느낌이 들었다. 하도 많이 걸어서 다리가 후들거리고 피곤함에 저절로 눈이 감길 정도니…….

아이린은 옆 테이블의 의자를 빼내 내 옆에 다가와 걸터앉은 후 특유의 상큼한 미소로—이곳이 인기있는 이유가 십중팔구 그녀 덕분일 것이라는 생각을 굳히게 만드는 미소다—날 바라보며 묻는다.

"그래도 처음인데 잘하는데? 그리고 인기도 많고."

그 '인기' 라는 것이 남(강조), 녀(…), 노(강조), 소 모두에게 해당되는 것이 문제라면 문제겠지요' 라고 대답해 주고 싶었지만 피곤해서 말하기조차 짜증났기 때문에 관두기로 했다.

하여튼 점심과 늦은 저녁때는 그래도 한숨 돌릴 수 있으니 다행이라고 여기는 것이 긍정적인 소년의 사고이겠지만.

'빌어먹을 아버지, 빌어먹을 주인 녀석' 하고 속으로 욕하는 것을 보면 난 긍정적인 소년이 아니라고 여겨진다.

"안색이 나쁜데 많이 피곤한가 봐?"

음, 궁상맞게 속으로 씨부렁거리는 것은 별로 남자답지 못한 일일까? 하여튼 옆을 돌아보니 아이린이 정말 걱정된다는 듯한 눈빛으로 나를 바라보고 있었기 때문에 조금 뜨끔한 것도 사실이었다.

"아뇨."

하며 그냥 히죽거리면서 웃어넘길 수밖에.

"이봐, 애송이! 일어나!"

다행스럽게 오늘은 시아가 내 침대 옆에서 날 반기지는 않았지만 그보다 약 천만 배 정도 거부감 드는 목소리의 주인공이 날 깨웠다.

눈을 뜨자 그 여관 주인—아마도 주인이겠지— '기르디' 인가 하는 사내가 날 바라보고 있었다. 갑작스레 짜증이 솟구쳐 올라 억센 언어를 사용하고 싶은 욕망이 불끈불끈 나기 시작했지만,

"그 검은 무엇이죠?"

자고로 무기를 들고 있는 상대에게 그런 억센 소리를 하면 응분의 대가를 받을 확률도 높다는 생각이 들었기 때문에 수정할 수밖에 없었다.

기르디는 차마 요리에 쓰인다고는 말 못할—인육에 취미가 있다면 모르겠지만—그 오른손에 든 '장검으로 추정되는 무엇' 을 흔들어 보이며 내 물음에 대답했다.

"음? 말 안 했나? 오늘부터 수행 시작이라고."

저 녀석이 왜 나를 수행시킨다는 것인가? 내가 궁금하다는 표정으로 바라보자 눈을 가늘게 뜨고 사악한 웃음을 지어 보이며 기르디가 말했다.

"적어도 H클래스에 입학할 녀석이라면 기본은 갖추고 있어야겠지?"

마치 파충류의 기다란 무엇이 몸을 훑고 지나가는 듯한 느낌이 드는 것은 불길한 사태의 시작이라는 예감이 들었기 때문일 것이다.

"장난하는 건가?"

무엇이라고 대답하고 싶었지만 턱이 미친 듯이 흔들려 왔기 때문에 그것은 불가능했다. 심장도 터질 것같이 고동쳐 온다. '살고 싶다는 의지'. 그것이 내 몸을 그렇게 굼뜨게나마 움직일 수 있게 해주었다.

이것은 대련, 훈련, 그렇게 낭만적이고 지적인 여타의 것들이 아니

다. 조금이라도 주춤거리면 바로 검이 날아온다. 피하지 못하면 그냥
죽는 수밖에 도리가 없는 것이다.

그자는 지치지도 않는지 그렇게 쉽게 나의 몸놀림에 따라서 아슬아
슬하게 검을 날리고 있었다. 그것도 아무렇지 않다는 듯이 미소를 지
으며.

"살고 싶으면 움직여 보라고!"

마법을 캐스트하려고 했지만 기회라고는 전혀 보이지 않는다. 아니,
그럴 여유가 있었다면 숨이라도 돌릴 텐데 빈틈이라곤 전혀 없었다.

남을 괴롭히고 쾌감을 얻는다는 변태적인 취미를 가진 녀석들이 있
다고 언뜻 들어본 적이 있지만 이렇게 직접 당하게 될 줄은 꿈에도 몰
랐다.

눈에 띄게 상처는 늘어가고 움직임은 둔해진다.

하지만 그렇다고 저 악마 같은 녀석이 손속에 사정을 두는 것은 아
니었다.

오히려 더욱더 빠르게 공격했다.

"왜? 도대체?"

간신히 일검을 피하고 의문스러운 표정으로 그에게 질문했다. 나를
이렇게 괴롭힌다고 그에게 이득 되는 것이 무엇이 있는가에 대해 궁금
증이 치솟았기 때문이다. 설령 이 자리에서 죽는다 하더라도 적어도
이유 정도는 알고 싶었던 것이다.

"H클래스에 대해 무엇을 알고 있지?"

갑작스레 검을 목젖 가까이에 찌르고 그가 나에게 질문했다. 주객이
전도되는 순간이었다.

"……"

나는 뭐라고 쉽게 대답할 수 없었다. 내가 알고 있는 것은 극히 상식적인 것뿐이었기 때문이다. 저 악마 같은 자가 그런 대답을 원하는 건 아닐 테니까.

검에 힘을 주자 붉은 실같이 목 언저리에서 피가 흘러 내려오기 시작했다. 불에 지지는 것 같은 따끔한 고통에 잠시 내가 당혹스러워할 때 그가 다시 말을 이었다.

"몇 명의 학생들이 그곳에서 빠져나가는지 알고 있는 거냐?"

상황이 상황인 만큼 무엇이라고 대답할 수가 없었다. 나를 바라보는 그의 눈은 더욱더 가늘어지고 있었다.

"한 해에 그곳 졸업생이 얼마나 된다고 생각하지? 100명? 50명?"

그가 검을 든 손을 움직일 때마다 목의 상처도 점점 심해지고 있었다. 무엇이라 말하고 싶었지만 입이 생각대로 움직여 주지 않는다. 그런 나를 비웃는 듯 그의 얼굴에 비웃음 같은 것은 점점 더 짙어지고 있었다.

"5명이다. 작년의 경우에는 2명이었다. 그리고 여태까지 평민은 한 명도 없었지."

조롱하는 듯이 비아냥거리는 말투. 하지만 무엇이라고 반박할 수도 없다.

만신창이가 된 몸은 그대로 땅바닥으로 허물어지고 목의 상처에는 붉은 피가 쉴 새 없이 나오기 시작한다.

'이렇게 죽는 것인가?'

피가 이렇게 심하게 나온다면 죽는 것이 당연하다. 내가 건강한 체질도 아니고 그렇다고 트롤처럼 재생력이 뛰어난 것도 아니니까.

땅바닥을 붉게 적시는 나의 피. 몸을 일으키고 싶어도 손가락 하나 움직여 보는 것이 고작이다. 온몸이 조그만 벌레들이 물어뜯는 것처럼 쿡쿡 쑤셔왔다. 하지만 진짜 아픈 것은 몸이 아니었다.

눈에서는 눈물이 쏟아져 나온다. 불가능한 것은 나도 알고 있었다. 처음부터.

"집으로 돌아가. 그럼 살려주마."

돌아가라고? 살려준다고? 이렇게 만신창이가 된 몸으로?

천천히 손에 든 장검에 힘을 주고 지팡이처럼 의지해 몸을 일으켰다. 두어 번가량 실패했지만 간신히 몸을 일으킬 수 있었다. 고개를 들고 그를 쳐다보았다.

나는 천천히 입을 움직였다. 피가 목구멍까지 솟아올랐지만 억지로 그것을 삼키고 다시 배에 힘을 주며 입을 움직였다.

"싫다. 차라리 죽여."

천천히 나를 바라보는 시선이 바뀌어지고 있다는 것을 알 수 있었다. 경멸감 가득한 표정에서 슬픔으로 말이다. 입가에 머금고 있던 비웃음도 언제부터인지 조개처럼 닫혀져 있었다.

무엇이라고 더 말하고 싶었지만 스르륵 발이 풀렸다.

의식은 점점 멀어지고 있었다.

"상태는?"

기르디의 목소리. 다시는 듣고 싶지 않은 목소리가 들려오는 것을 보면 이곳은 아마 지옥인 것 같다.

"뭐, 회복 마법이 빨라서……. 하지만 상처 두어 개는 남겠지요."

아이린이라고 했던 미소가 아름다운 엘프 소녀의 대답이 들려왔다.

"심한 것 아닌가요?"

아이린의 말투는 분노의 감정이 담겨져 있었다. 아마 나를 걱정했나 보다. 잠시간의 정적 후에 기르디의 무감정한 톤의 대꾸가 들려왔다.

"확실히. 하지만 그분의 자식인걸. 그 정도 상처로는 씨도 안 먹힐 거야."

그분? 나의 아버지 말인가?

"하지만 이렇게까지 해도 실패했잖아요."

실패? 의도했던 일이었단 말인가? 나를 수도에서 내쫓기 위해?

"그래, 보기와는 달리 제법 근성이 있더군."

몸을 일으켜 욕을 해주고 싶었지만 저절로 정신이 아득해져 왔다. 아마 내가 조금씩 몸을 움직이자 아이린이 수면 마법을 쓴 모양이다. 저항하고 싶었지만 그것은 희망 사항에 불과했다.

무엇인가 내 몸을 억누르고 있다.

'집으로 돌아가.'

기르디 녀석이 웃음을 지으며 엎어져 있는 내 몸을 발로 짓누르기 시작한다. 벗어나기 위해 몸을 허우적거리며 저항해 보지만 그럴수록 짓누르는 발의 힘은 강해지고 있었다. 아프고 고통스럽다.

내 피는 이미 땅바닥을 붉게 적시고 있었다. 허우적거릴수록 몸에선 피가 용솟음치며 주변을 새빨간색으로 물들인다.

'싫어.'

녀석은 웃음을 지은 채 발에 힘을 더한다. 몸은 발에 움푹 파여 그로 테스크한 장면을 연출한다.

'집에 돌아가……. 집에 돌아가……. 집에 돌아가…….'

“무거워.”

땀으로 홍건해진 온몸. 눈을 떠 보자 시아의 머리가 내 몸을 베개같이 짓누르고 있는 것이 보였다. ‘휴’ 하고 한숨이 저절로 나온다.

가슴 부분이 심하게 얼룩져 있다. 아마 시아의 눈물일 것이다. 그녀의 눈가가 붉게 부어오른 것을 보면 말이다.

천천히 녀석이 깨지 않도록 조심스레 몸을 움직였다. 하지만 예상외로 민감한 녀석이었다.

“…….”

눈 근처가 엉망으로 부어올라 있었지만 그래도 귀여운 모습이다. 녀석은 살짝 눈을 뜨고 고개를 들어 내 눈을 마주 바라보고 있었다. 조금 당황스럽기도 했지만 어색하게 살짝 웃어주는 수밖에 도리가 없었다.

잠시 동안 멍한 눈빛으로 나를 쳐다보더니 내 가슴에 얼굴을 묻고 갑작스레 그렇게 안겨왔다.

가슴이 축축해지는 것이 느껴진다. 등을 두들겨 주거나 위로의 말이라도 건네주고 싶었지만 몸이 마음대로 움직여 주지를 않는다. 정말 아무짝에도 쓸모 없는 몸뚱이라고 생각했다.

그래도 억지로 팔을 움직여 살며시 작은 어깨를 감싸 안아주었다.

생각보다 상처가 깊지 않았던 것일까?

이틀 정도 휴식을 취하니 평소처럼 정상적으로 움직일 수 있었다.

목 언저리에 미미하게 실선처럼 그어진 상처가 남아 있기는 하지만 그다지 신경 쓰이는 정도는 아니었다. 오히려 조금 남자다워 보이기도 하니까 장점이 될 수도 있겠지 하고 긍정적으로 생각하는 것이 더 좋을 듯하다.

　침대에서 일어나 기지개를 켜고는 대충 세수를 한 후 밥을 먹기 위해 천천히 계단을 내려갔다.

　침대에 누워만 있다 보니 몸이 좀 뻑적지근했지만 크게 신경 쓰이는 정도는 아니었다.

　엉망진창으로 얻어터진 다음 식사는 언제나 시아가 가지고 왔다. 새삼스럽게 왠지 조금 쑥스러운 기분이 들었다.

　기르디 씨에 대한 감정은 솔직히 이틀 전에는 때려죽이고 싶을 정도로 격해 있었지만 차분히 누워서 생각해 보니 어느 정도 이해가 되었다.

　그는 단정하게 생긴 외모와는 달리 엄청난 실력—그런 실력을 가지고 있으면서도 왜 이런 식당을 운영하고 있는지조차 의문이다—을 가지고 있었다. 나도 싸움에는 또래의 아이들치고는 능숙한 편이었지만 그의 압도적인 무력 앞에서는 상대조차 되지 않았다.

　그런 그의 시점에서 보면 나는 실력도 없는 주제에 쓸모없는 자존심만 내세우는 애송이 녀석에 불과했다.

　일단은 실력을 키우자. 그리고 다시 도전하는 것이다.

　너무 단순한 결론이라고 비웃을 수도 있겠지만 현재로서는 그것이 나의 최우선으로 삼아야 할 목표였던 것이다.

　달그락거리는 소리가 요란하다. 무엇인가 상당히 '엄한' 분위기의 식사 시간이다.

　"저기, 이 생선 요리 좀 먹어봐."

　아이린 씨—적어도 나보다는 나이가 많다는 것을 직감적으로 느낄 수 있었기에 어떤 호칭을 사용하는가에 대해서 고민을 조금 했었다. '님' 은 조금 딱딱한 것 같고 '양' 은 조금 이상한 뉘앙스가 풍겨 고민 끝에 '씨' 로 낙찰―가 어색한 분위기를 만회해 보려는 듯 어색한 웃음을 지으며 나와 시아를 바라보며 말했지만,

"……."

"……."

나야 워낙 말 없는 녀석이니 넘어가고 시아는 나를 제외한 모두에게 최대한 말 안 하고 살자는 주의 같으니 역시 넘어가고 기르디 녀석도 평소에는 무뚝뚝한 성격 같으니 웃음이 오가는 정상적인 식사를 하기에는 굉장한 노력이 필요할 듯했다(불가능이라는 데에 1골드 걸겠다).

아이린 씨는 그런 우리를 못마땅한 눈으로 쳐다보더니 토라진 듯 음식으로 시선을 돌리고 조금은 무식하게 퍼먹기 시작했다. 아마도 조금 삐친 듯하다.

하지만 그렇다고 나나 시아나 기르다나 조금이라도 그런 아이린 씨에게 마음이 동하거나 양심에 가책을 느끼지도 않았다. '그냥 그런가 보다' 하고 생각할 뿐.

대충 어색한 아침 식사 시간이 끝나자 아이린 씨는 일을 하기 위해 주방 쪽으로 사라졌고 기르디 녀석도 곧 어딘가로 일을 하기 위해 사라졌다.

시아는 잠시 내 눈치를 보다가 청소를 할 모양인지 대걸레 하나를 들고 식당의 중앙으로 걸음을 움직이고 있었다.

'나는 무엇을 해야 하지?' 하고 잠시 동안 멍하니 생각하다가 공부라도 하는 게 좋을 것 같아서 다시 방으로 올라갔다.

문을 열고 들어가서 공부하기 위해 가방에서 책 한 권을 빼어 들었다.

전혀 이해는 되지 않았지만 그래도 장래를 위해 암기하는 것이다.

책 제목은 '정령 마법의 허와 실'.

역시나 단편적이고 지극히 이론적인 말들의 나열이다. 무엇인가 특별하고 개성있는 내용이라고는 조금도 들어 있지 않다. 하지만 재미를 위해서 마법을 배우는 것은 아니니까 그냥 대충대충 참고 삼아 읽는 것이다.

대충 어느 정도 시간이 흐르자 시아가 노크도 없이 방문을 열고 들어왔다.

요 며칠간 아이린 씨와 시아가 많이 친해진 것도 같았다. 내 간병을 하기 위해서 같이 지내는 시간이 많았으니까.

왠지 모르게 응석이 심해진 것도 같다. 걸핏하면 이렇게 노크도 없이 내 방에 들어와서 '횡포'를 부리고 사라지니 말이다.

"……"

내가 아무런 반응도 보이지 않자 은근슬쩍 옆까지 다가와 멍하니 쳐다본다.

'안아줘요'라고 말하는 것 같은 표정이다.

내가 이번에도 유혹에 못 이길 것이라고 생각하면 오산이다. 오늘은 아침부터 각오를 단단히 했으니까 말이다.

"……"

윽! 그렇게 멍하게 쳐다보지 마! 그건 반칙이라고!

"……"

시간은 흘러가고 서서히 이마에는 식은땀까지 나기 시작한다.

나는 신경 쓰여 죽겠는데 시아는 어느새 책상 위에 가는 턱을 올려놓고 공부하는 척하는 나의 눈을 멍하니 쳐다보고 있다. 그 모습이 또 나를 시험에 들게 만드는 듯하다.

"……."

뭐, 이번만은 괜찮겠지. 어차피 한두 번 있었던 일도 아니니까 말이야.

책에 고정되어 있던 시선을 돌려 그녀를 쳐다보자 순간이지만 미소 짓는 모습. 역시 악마 같은 녀석이다.

몸을 일으키더니 천천히 내 무릎 위에 앉는다. 그리고 뭐가 그렇게 기쁜지 웃음 지으며 날 쳐다본다(이봐, 부탁이니까 다른 녀석한테는 이렇게 행동하지 않는 게 좋을 거야. 당장 잡아먹힐 테니까).

그렇게 잠시 멍하니 바라보다가 내가 긴장을 끈을 놓는가 싶은 순간 슬쩍 품에 안긴다. 마치 먹이를 낚아채는 독수리같이 재빠르게.

저절로 '헉' 하고 뜬 소리가 나왔지만 전혀 그런 나를 신경 쓰지 않고 나의 품에 얼굴을 비비적거리는 시아 녀석. 왠지 새삼스레 창피한 기분이 드는 이유가 뭔지 잘 모르겠다. 이 녀석을 이성으로서 생각하는 것도 아닌데.

힘들었던 일이 끝나고 어느덧 거의 폐점 시간이 다 되어갈 즈음.

"잠깐 할 말이 있다."

기르디는 기척도 내지 않고 어느새 내 등 뒤로 다가와서 그렇게 말했다.

이런 녀석하고는 별로 말하고 싶지 않지만 거절할 사이도 없이 벌써 밖으로 나가 버렸으니 어쩔 수 없지.

나도 피곤한 몸을 이끌고 녀석을 따라 식당 밖으로 움직였다.

시민들을 위해 만들어놓은 조그만 공원의 벤치에 앉은 채 기르디가 멍하니 서 있는 나에게 말했다.

"뭐 하냐? 어서 앉아."

내가 옆에 앉자 기르디는 품에서 뭔가를 뒤적이더니 구겨진 종이 쪼가리 같은 것을 꺼내 대충 던져 내게 건네주었다.

펼쳐 보자 익숙한 필체의 글이 보인다. 아버지의 글씨다.

네 녀석이 포기하지 않을 것이라고는 예상했다. 역시 내 아들놈답구나. 피는 못 속인다는 말이 갑자기 떠오른 이유가 무엇일까?

이왕지사 이렇게 된 것이라면 마음 단단히 먹고 집 생각은 하지 말고 열심히 지내주길 바란다.

ps. 그리고 네 녀석의 마음을 시험해 보기 위해서 과격한 행동을 한 것은 미안하게 생각한다. 너무 섭섭해하지는 말거라.

하지만 '과격한 행동' 이 자식을 죽음의 문턱까지 몰고 갈 뻔한 것은 예상치 못하셨겠지?

"휴~ 그런 것이군요?"

대충 예상은 했던 일이지만 조금 착잡하다고나 할까? 싱숭생숭한 기분이다.

"내가 심하게 한 것은 인정한다. 사과하지."

이 녀석이 이렇게 고개를 숙이고 사과를 다 하다니 조금은 의외의 일이다.

이미 지나간 일은 그냥 넘어가기로 마음먹고 나는 생각해 두었던 말을 하기 위해 진지한 표정으로 기르디를 바라보며 입을 열었다.

"대신 부탁이 있습니다."

기르디는 내 진지한 모습을 보고 눈살을 찌푸리더니 이내 대답했다.

"뭐지?"

잠시 동안의 정적, 그리고 천천히 입을 열었다.

"검술을 가르쳐 주십시오."

기르디는 당황한 듯 잠시 동안 멍한 눈으로 날 쳐다보더니 곧 입가에 미소를 지으며 말했다.

"정말?"

뭐랄까, 좋은 장난감을 얻은 어린아이의 미소라고나 할까? 그것도 개구리같이 살아 움직이는 장난감 말이다. 나는 그런 기르디의 눈을 바라보며 진지하게 다시 대답했다. '예' 라고.

기르디는 조금 망설이는 듯 뜸을 들이기 시작했다. 그 모습에 살짝 긴장되는 것도 사실이었다.

"뭐… 좋겠지."

갑작스레 눈을 빛내며 내 어깨에 팔을 두르더니 기르디가 대답했다.

기르디의 행동에 나도 모르게 조금은 뜨끔한 것도 사실이었다. 어느 정도 각오했던 일인데도 말이다.

"그럼 내가 너의 스승이겠지?"

"그, 그렇겠죠?"

능글맞은 사악한 질문에 나는 그렇게 주춤거리며 대답할 수밖에 없었다. 기르디는 내가 불안해하는 것을 보고 즐기는 듯이 더욱더 짙게 미소 짓고 있었다. 역시 이 녀석은 남을 괴롭히기 좋아하는 변태 녀석 같다.

하지만 그 실력만은 인정할 만하니까 장래를 위해서 고생하는 것도 나쁘지는 않을 것이라고 생각했다.

“그럼 내일 아침부터 시작하겠다. 준비해 두도록.”

그 말을 끝으로 기르디는 어깨에 두른 팔을 빼고는 식당 쪽을 향해 느긋하게 발걸음을 움직이기 시작했다.

괜한 짓을 한 건가? 아니, 설마 죽이기야 하겠어? 그냥 편하게 마음먹는 게 좋겠지. 하지만 이 해석 불능의 떨림은 무엇인가?

이것이 바로 인간 안에 내재되어 있는 원초적인 본능이라는 건가? 휴~ 잡생각은 관두고 들어가서 잠이나 자는 게 좋겠지. 내일부터는 더 괴로워질 테니 말이다.

조금 황당하다고 할까? 무엇으로 설명할 수 있을까, 지금 상황을?

“으으… 5분만 더 잘게. 5분만.”

기르디 녀석은 평소와는 전혀 어울리지 않는 모습으로 몸을 달팽이처럼 둘둘 말고는 베개를 양손으로 부여잡으며 그렇게 볼썽사나운 폼으로 침대에 누워 있었다.

참으로 한심한 모습이다. 절로 한숨이 나온다.

엉덩이를 발로 후려 차주고 싶었지만 그럴 수 없다는 나의 위치가 안타까웠다.

스승의 엉덩이를 후려 차는 제자는 없을 테니 말이다.

그렇게 내가 당황하고 있을 때 어느덧 문을 열고 아이린 씨가 들어왔다. 아이린 씨는 잠시 기르디를 바라보더니 ‘이럴 줄 알았지’ 하고 한숨 쉬며 말하고는 옷소매를 걷어붙이고 일기당천의 폼으로 침대를 향해 돌진하기 시작했다. 굉장히 역동적인 모습이란 생각이 퍼뜩 내 뇌리를 강타했다.

“일어나!! 일어나라고!! 빨리 일어나지 못해!!”

정말 방 안이 쩌렁쩌렁 울릴 정도로 큰 아이린 씨의 목소리. 가냘퍼 보이는 체구에 상상조차 못했던 행동이다.

기르디의 고막은 괜찮을 것인지 새삼 걱정되었다. 귀 근처에 대고 저런 고함을 질렀다면 그 충격 때문에 고막이 찢겨 나갈지도 모르는 일이니까 말이다.

"으윽! 시끄럽다고! 일어나면 되잖아!"

짜증을 내고 어기적거리며 천천히 일어나는 기르디의 모습은 정말 '황당하다' 라는 말로밖에는 설명할 수 없을 것 같다. 평소에 보이던 냉소적인 모습은 도대체 어디로 간 것인지.

기르디가 세수를 하러 세면대 쪽으로 어기적거리며 움직이자―도중에 아이린 씨한테 엉덩이를 여러 번 채이면서―나도 슬슬 식당 뒤 공터 쪽으로 움직였다(식당의 뒷문으로 나가면 조그만 공터가 있었다. 그리 넓지는 않았지만).

"음, 오늘부터 하는 거야?"

나의 뒤를 총총 따라오며 아이린 씨가 물어왔다. 기르디에게 대충 사정을 들은 모양이다.

내가 고개를 끄덕이자 아이린 씨는 조금 망설이다 이내 다시 입을 열었다.

"으음, 오빠는 저렇게 보여도 대단한 실력을 가지고 있는 사람이니까……."

나도 그 말에 고개를 끄덕이며 동의를 했다. 저런 사람이지만 실력이 뛰어난 것은 확실한 것 같으니까 말이다.

"열심히 하라고."

새삼스럽게 응원해 주는 아이린 씨에게 그래도 조금은 감사하는 마음이 들었다. 그래도 이 식당에서 제대로 된 사람, 아니, 엘프는 그녀 밖에 없을 것이라고 생각했다. 나나 시아 녀석은 왠지 나사 한두 개는 빠진 것 같았고 기르디 녀석은 뭐, 설명할 필요도 없이 이상한 녀석이 었으니 말이다.

공터에 도착하고—도중에 아이린 씨는 영업 개시 준비한다고 말하며 사라 졌다—기르디를 기다렸지만…….

"안 오는군."

심심한 나머지 목검도 휘둘러 보고 이리저리 뛰어보기도 하고 장난 도 치며 시간을 때워보았지만 기르디 녀석은 뭐 하고 있는 것인지 도 무지 오지를 않았다.

'망할 녀석.'

이렇게 속으로라도 욕을 해야 마음이 편했다. 내가 천사 같은 성격 을 가지고 있는 녀석도 아니니까 말이다.

그렇게 '젠장, 무의미한 아침이다', '녀석에게 가르침을 받는다는 것은 거의 불가능한 일이 될지도 모른다' 라고 생각하고 있을 때쯤 등 뒤에서 기르디가 부스스한 모습으로 어기적거리며 나타났다.

"하아암~ 기다렸냐? 음, 그럼 시작하지."

이렇게 늦은 이유나 알고 시작하자.

"왜 이렇게 늦게 온 거죠?"

기르디는 내 질문에 헛기침을 하며 어물쩍 넘어가려고 했다. 하지만 그런다고 내가 그냥 '네, 알겠습니다' 하고 넘어갈 것 같은가? 더 냉정 한 눈빛으로 바라봐 주자,

"음, 세면대에서 졸아서."

“…….”

정말 할 말이 없다. 두 손, 두 발 다 들었다. 대단한 녀석 같으니라고.

기르디는 썰렁한 분위기를 만회해 보려는 듯 안색을 굳히며 외쳤다.

“자자, 일단 자세부터 잡자!”

기르디는 더욱 목소리에 힘을 주며 재촉했다.

“어서! 그렇게 조금 몸을 낮추고! 손에 힘을 더 주라고!”

눈곱이나 떼고 그런 말 하라고! 이 무책임에 무신경한 남자 같으니!

‘으으, 내 팔자야. 첫날부터 이 모양이니 안 봐도 앞날이 훤하다, 훤해. 괜히 가르쳐 달라고 그런 거 아냐?

“구시렁거리지 말고! 어서!”

“네, 네. 어련하시겠어요?”

갑작스레 어젯밤의 내가 때려죽일 만큼 밉다는 생각이 들었다. 그래도 녀석의 말에 순순히 따라주는 척이라도 해야만 했다.

첫날은 대충 기본적인 자세라든지 찌르고, 베고, 대충 그런 것들을 알려주었다.

“음, 일단 손에 익숙해질 때까지 휘둘러 봐. 검이란 것은 하루아침에 이루어지는 게 아니니까 말이야.”

하도 힘을 써서 녹초가 된 나를 바라보며 기르디는 그렇게 말했다.

더 휘두르고 싶어도 이제는 무리다, 무리. 목검을 들 힘도 없다고.

“음, 그럼 오늘은 이 정도만 하지. 그리고 혼자 있을 때도 틈틈이 열심히 연습해 두라고.”

그 말을 끝으로 기르디는 문을 열고 식당으로 들어가 버렸다.

그렇게 오랫동안 운동을 한 것도 아닌데 땀은 온몸을 적시고 심장은 미칠 듯이 뛰며 날 괴롭게 만들고 있었다.

체력이 그렇게 약하다고는 생각하지 않았는데 막상 이렇게 검술 연습을 시작하자 내가 얼마나 부족한 녀석이었는지 조금이나마 깨달을 수 있었다. 일단은 체력 먼저 기르는 게 급선무일 것 같다. 이렇게 꼴사나운 모습을 보이지 않기 위해서라도 말이다.

일단 싸우다가 체력이 달려서 진다는 것은 정말 한심스러운 일이 될 테니 말이다.

나른한 오후다. 간만에 손님들도 없고 할 일도 없었기에 테이블에 몸을 묻고 휴식을 취하고 있었다. 한참 그렇게 빈둥거리고 있는데 딸랑거리는 종소리와 함께 문이 열리고 두 사람, 한 남자와 한 여자가 문을 열고 식당 안으로 들어왔다.

나이는 내 또래 같아 보였지만 입고 있는 옷을 보니까 저절로 눈살이 찌푸려진다. 보석과 장식품들이 주렁주렁 달려 있는 옷. 무거워서 제대로 걸을 수나 있을까 생각되는 옷차림이다. 아무리 뽐내는 것도 중요하다지만 이 더위에 저렇게 긴 소매의 옷을 입고 싶을까?

소녀는 또래의 여자 아이에 비해 키도 크고 굉장히 단정하게 생겼지만 눈썹이 올라가 있는 게 한성깔 할 듯싶었다. 그에 대비해서 소년은 키도 작고 어깨도 좁은 게 한소심 하게 생겨 보였다. 솔직히 전체적으로 보아서 굉장히 안 어울리는 커플이었다.

아마도 귀족의 자식들인가 보다. 이 날씨에 저런 옷을 입고 아무렇지도 않다는 듯 돌아다니는 것을 보면 말이다.

그중 소녀가 식당을 둘러보더니 눈살을 찌푸리며 외쳤다.

"흠, 여기가 그 식당이란 말이지? 역시 평민들이 다니는 곳답게 불결하고 좁아 터졌군."

굉장히 신경질적인 소리다. 절로 나까지 짜증이 치밀어 올랐다. 갑자기 '짜증나게 하는 인간 심사 대회'라는 것을 연다면 분명히 순위 안에 들 것이라는 실없는 생각까지 했다.

하지만 아무리 싸가지없더라도 일단은 손님이다. 내 식당이었다면 엉덩이를 두들겨 주고 쫓아버릴 수도 있겠지만 나는 힘없는 종업원에 불과하니까 뭐라 할 수도 없는 노릇이었다.

"이봐! 어서 자리로 안내하지 못하겠어?"

성깔있어 보이는 소녀가 날 바라보며 그렇게 외쳤다. 널린 게 빈자리인데 자기는 발도 없는 병신인가? 왜 안내를 받아야 하는 거지? 도대체……. 짜증지수가 절로 올라간다.

그래도 일단은 자리에서 일어나 대충 전망이 좋아 보이는 창가 쪽 자리로 그 둘을 안내했다.

"여기가 특등석이겠지?"

특등석이라……. 이 식당에 그런 게 있기는 한 건가? 내가 오히려 반문하고 싶었지만 저런 여자랑 말하는 것조차 짜증났기 때문에 대충 고개를 끄덕이며 그렇다고 해주었다.

메뉴판 두 개를 건네주자 고귀해 보이려는 몸짓으로 받아 들고는—보는 나는 괴로웠다—음식 이름을 훑어보기 시작했다.

"이봐, 종업원 소년! 오늘의 추천 메뉴는 무엇이지?"

뭐? 오늘의 추천 메뉴? 이 식당에 그런 게 어디 있을 것 같은가?

그리고 나이도 나랑 비슷해 보이는데 '종업원 소년'이라니? 진짜 기분이 더러워진다.

"방금 생선이 들어왔습니다. 생선 요리 쪽을 추천하고 싶군요."

하지만 나는 임기응변으로 그렇게 대답했다. '그런 거 없는데요?' 라고 대답할 수는 없는 노릇이니까 말이다.

"그래, 그럼 적당히 2인분 가져오도록. 그리고 포도주는 아트로퐁산으로 부탁한다."

아트로퐁? 그건 또 뭐냐? 정말 갈수록 가관이군.

내가 멍하니 그 소녀를 바라보고 있자 그녀는 가만히 마주 바라보더니 이내 웃음을 지으며 대답했다.

"쳇! 어린것이 벌써부터 돈 맛이 든 거냐?"

무슨 소리 하는 거야, 대체? 내가 당혹스러워하자 그녀는 품에서 금화 하나를 꺼내더니 테이블 위에 올려놓았다.

"자, 여기 팁이다."

"……."

마치 기르는 개한테 음식을 던져 주는 것 같은 뉘앙스다. 정말 짜증이 폭발할 듯이 솟구쳐 오른다.

"필요없습니다."

그렇게 대답을 해주고 나는 주방 쪽을 향해서 발걸음을 움직였다.

정말 재수없는 오후라는 생각이 들었다.

기르디는 대충 내 말을 듣더니 눈살을 찌푸리며 말했다.

"아트로퐁산이라고? 젠장, 그런 거 마실 연놈들이 왜 이런 식당에 온 거야?"

내 말이 그 말이오. 당신도 가끔씩은 제대로 된 말을 하는구려. 근데 대체 아트로퐁산 포도주가 뭐요? 포도주에 금이라도 넣은 건가?

"최저 30년 이상 숙성된 포도주다. 물론 처음으로 수확하는 극소량의 포도로만 숙성시켜 만든 거지. 최고급이라면 네 녀석 몸값보다도 훨씬 비쌀 거야."

음, 그러니까 아트로퐁이라는 곳에서 처음으로 수확하는 극소량의 포도를 숙성시켜 만든 포도주의 이름이라는 거지? 근데 말을 해도 저렇게 싸가지없게 하지? 인간을 어떻게 값어치로 환산할 수 있다는 거야?

"하여튼 기다려 봐."

'음, 그런 최고급 포도주도 있기는 한가 보지?'

기르디는 주방의 안쪽으로 걸음을 움직이기 시작했다. 기르디가 그런 것을 알고 있다는 사실도 놀라운데 가지고 있다는 것은 더 놀라웠다. 예의상 당황해 줘야겠다고 생각했다.

퐁 하는 소리와 함께 뚜껑이 열리자 코를 근처에 대고 냄새를 맡기 시작한다.

오래 숙성해서 썩은 거라도 있었나 보지? 저렇게 개처럼 킁킁거리며 냄새를 맡다니 일단 보기에는 좀 추해 보이는군.

"음, 좋아. 최고급이군. 마음에 들었어."

"……."

그녀는 만족했다는 듯이 슬쩍 미소를 지어 보이더니 내게 질문했다.

"이봐, 소년, 이름이 뭐지?"

이름? 무슨 이름? 저 포도주 이름 말인가?

"아트로퐁 50년산 포도……."

"아니, 소년의 이름이 뭐냐고."

조금은 신경질적으로 다시 질문하는 그녀였다.

"…베리입니다."

"쿠쿡, 웃기는 이름이군. 안 그래요, 치터린 오라버님?"

갑작스레 그녀가 질문하자 조금은 당황하는 옆의 남자였다. 생긴 대로 소심하게 논다는 생각이 들었다.

"응. 그렇구나, 루비아스."

치터린? 루비아스? 너희들 이름도 구리긴 마찬가지다. 내 이름이 구린 건 나도 인정하지만 말이다(뭐 묻은 개가 뭐 묻은 개 욕한다고). 새삼스레 다시 기분이 더러워지는 순간이었다.

"소년, 손님 앞에서 그렇게 인상 쓰면 안 되지."

젠장, 대변이 무서워서 피하냐, 더러워서 피하지? 난 그렇게 생각하고 주방을 향해 발걸음을 옮겼다.

괴로웠던 시간은 끝나고 그 잘난 두 사람은 음식 값을 치르기 위해—교양 떠느라고 한참 동안이나 시간을 끌었다—내 이름을 불렀다.

"베리야, 얼마지?"

정말, 진짜 기분 더러워진다. '베리야' 라니? 내가 네 종이냐?

젠장, 빨리 계산하고 꺼져 버려.

"10골드입니다."

소녀는 뻣뻣한 자세로 가만히 있었고 소년은 창밖에 시선을 둔 채로 아무 말도 하지 않았다.

"빨리 계산하세요."

꽤 오래 시간이 흘렀음에도 그런 태도를 유지했기 때문에 나는 그렇게 독촉하며 말했다. 그 둘은 의아한 듯 서로를 바라보며 말하기 시작했다.

"오라버니, 어서 계산하세요!"

"무슨 소리야? 네가 억지로 끌고 오는 바람에 돈은 가져올 생각도 못했다고!"

뭐야, 이건? 이 사람들, 돈도 없이 식당에 온 거란 말야?

"레이디에게 계산을 하라뇨? 그리고 저도 돈을 별로 가지고 오지 않았단 말이에요!"

"그러니까 왜 나오자고 한 거야? 도대체!"

으으! 짜증나, 짜증. 이 녀석들, 도대체 뭐야? 돈도 없이 거저 먹으려고 한 거야? 하여튼 있는 놈들이 더한다는 소리가 맞는 말이라니까.

그 둘이 막 말싸움에 심취하고 난 어쩔 줄 몰라 하고 있는데 타이밍 좋게 기르디가 다가왔다. 난 모르겠다. 기르디가 알아서 처리하겠지. 죽이든 잡아먹든 알아서 말이야.

무엇이랄까, '강하다' 라는 느낌이라고 할까? 기르디에게는 그런 분위기가 풍겼다. 단순히 강인한 육체를 가지고 있다는 느낌이 아니라 마치 '저 남자는 이길 수 없다' 라는 이상한 분위기 말이다. 나도 어느 정도 수준에 다다르면 저렇게 될 수 있을까? 지금은 이렇게 어설픈 애송이에 불과하지만 말이다.

하여튼 그런 기르디의 분위기를 그 귀족 아이들도 느낀 것인지 조금 안색을 굳히고 긴장하는 듯한 눈치였다. 기르디는 바로 나의 옆까지 다가와서는 살짝 사악해 보이는 미소를 지으며 물었다.

"무슨 일이지?"

"돈이 없다는데요?"

'돈이 없다는데요?' 라는 말을 듣자마자 기르디의 웃음은 더 짙게 번지기 시작했다. 기쁜 듯이 웃는 웃음이 아니라 악마처럼 사악해 보이는 그런 웃음 말이다. 그런 모습에 귀족 아이들은 겁을 먹은 건지 더욱

안색이 창백해졌다.

기르디는 시선을 다시 그 두 사람에게 돌리고 천천히 또박또박 말했다.

"이름있는 귀족 자제 분들이 이런 협소한 식당에서 돈도 내지 않고 공짜로 얻어먹는다는 것은 그 가문의 명예에 먹칠을 하는 것이겠지요. 안 그렇습니까?"

정말 가시 돋친 말투다. 나까지 소름이 돋을 정도니까 말이다.

"누, 누가 공짜로 얻어먹는다고 했어!"

귀족 소녀는 창백한 얼굴을 하고 그렇게 외쳤다.

"자, 그럼 어서 여기에 사인하십시오."

기르디는 어느새 종이와 펜을 그 둘에게 건네주며 말했다. 궁금한 나머지 종이에 무엇이라고 써 있는지 살짝 훔쳐보았다.

A씨는 B가게에서 돈을 내지 않고 식사를 했기 때문에 X월 X일까지 그 값을 치러야만 한다. 만약 어길 시에는 국법에 따라 죄를 묻는다.

상인 길드 조합.

그리고 대충 사인할 수 있는 공간이 두어 개 있었다.

종이와 펜을 받아 들더니 귀족 소녀는 치욕스러운 모습으로 휘적휘적 사인을 하기 시작했다. 프라이드에 상당히 상처를 받은 모양이다. 기르디는 웃는 얼굴로 종이와 펜을 돌려 받더니 다시 말했다.

"자, 그럼 일주일 안에 계산해 주시기 바랍니다. 안녕히 가십시오."

귀족 소녀는 빠드득 이를 갈고는 그 치터린이라는 귀족 소년의 손을 부여잡고 빠른 발걸음으로 식당 밖으로 사라졌다.

힘들었던 종업원 일도 그렇게 끝내고 나는 목검 한 자루 들고 뒷마당을 향해 걸음을 움직였다.

침대에 쓰러져 잠이나 자고 싶을 정도로 피곤했지만 그래도 체력 단련을 위해서는 이렇게나마 스스로 노력하는 것밖에 도리가 없다고 생각했기 때문이다.

날이 어두웠기 때문에 슬쩍 빛(Light) 주문을 시전했다. 그 빛으로 뒷마당은 육안으로 사물을 구별할 정도로 환해졌다. 어둡기 때문에 연습하기 힘들다는 것은 마법을 쓸 수 있는 나에게는 해당되지 않는 말이었다.

한번 심호흡을 하고는 연습했던 찌르기와 베기를 하기 위해 전신에 힘을 주며 자세를 잡았다.

팔을 휘두르자 휙휙 하는 바람 소리와 함께 목검이 밤하늘의 공기를 가른다.

그렇게 열 번, 스무 번, 백 번……. 수도 세기 귀찮을 때쯤에는 완전히 녹초가 되어버렸다.

그대로 땅바닥에 몸을 묻고 숨을 고르게 쉬려고 노력해 보았다.

심장은 터질 정도로 빠르게 뛰고 땀은 온몸을 적신다. 하지만 그렇게 괴롭다는 생각만은 들지 않았다.

이상하게 기분은 그다지 나쁘지 않았다. 팔과 다리는 중풍 걸린 노인네처럼 떨려오고 숨도 고르지 못했지만 그래도 상쾌한 기분이다.

운동이라는 것도 즐거울 수 있다는 생각이 든다. 전에는 제대로 하지 않았기 때문에 느끼지 못했으리라.

앞으로는 이렇게 정기적으로 운동을 해야겠다. 학교에서 뒤떨어지지 않기 위해서라도 체력을 기르는 건 필수일 테니 말이다.

"내일인가?"

기르디는 내 목검 든 자세를 교정해 주며 그렇게 말했다.

내일. 내일이 뜻하는 의미는 너무나도 잘 알고 있었기 때문에 나는 잠시 목검 휘두르는 것을 멈추고 그를 바라보며 고개를 끄덕였다.

내일이 바로 제27회 공립 성 카이리온 기사 양성 학교의 입학식인 것이다.

"그렇군. 뭐, 잘해보거라."

이곳에 온 지도 어느덧 거의 한 달이 다 지나갈 때였다.

내가 재능이 없는 것은 아니었는지—기르디가 구박하는 것이 듣기 싫어서 죽을 각오로 연습하기도 했다—기초적인 자세는 대충 잡힌 상태였다.

체력도 조금은 는 것 같기도 하다.

"근데 너, 검은 가지고 있는 거냐?"

검이라니? 검이 따로 필요한 건가? 내가 궁금하다는 듯이 기르디를 바라보자 그는 한심스럽다는 듯이 나를 바라보며 입을 열었다.

"그럼 공짜로 학교에서 제공할 줄 알았냐, 이 한심한 녀석아?"

누구는 모르고 싶어서 모른 건가? 왜 괜한 신경질이야? 뭐, 알았는데 깜빡 잊어먹은 것도 아니고 말이다. 그리고 한심한 녀석이라니, 말 좀 곱게 쓸 수는 없는 건가?

"따라와 봐."

그는 문을 열고 식당 안쪽으로 들어가더니 창고 쪽으로 걸음을 움직이기 시작했다.

나도 그 뒤를 따라서 걷기 시작했다. 속으로 녀석을 저주하는 말을 중얼거리며 말이다.

기르디는 창고에 도착하자 그중 가장 큰 크기의 상자를 뒤적거리더니 기다란 보따리를 찾아내어서는 내게 던져 주었다.

"이게 뭐죠?"

기르디는 귀찮다는 듯이 내 물음에는 대답도 하지 않고 창고 밖으로 나가 버렸다.

뭐 저런 녀석이 다 있어? 절로 욕이 나온다. 하여튼 보따리를 풀어보면 뭔가 나오겠지 하고 보따리로 시선을 돌렸다.

꽉 매인 매듭을 풀려고 하니 울컥하고 짜증이 나기 시작했다. 하여튼 진정하고 대충 풀어헤쳐 보니 안에는 적당한 크기의 검 한 자루가 있었다.

크기는 롱 소드보다는 조금 더 길었다. 하지만 그렇다고 바스타드 소드라고 보기엔 손잡이가 짧고 크기도 모자란 편이다. 한마디로 정체가 애매한 검이었다.

검집과 손잡이 부위는 검은색을 바탕으로 황금색 실과 붉은색 보석 같은 것으로 치장돼 있었다. 겉으로 보기에도 눈에 띄게 세련되고 귀해 보이는 검 같다는 생각이 들었다.

검집에서 검을 뽑자 '스릉' 하는 소리는 나지 않았다. 그냥 아주 살짝 '스륵' 하는 소리가 났을 뿐이다.

부드럽게 뽑히는 검을 보고 난 의외로 이 검의 가치가 내 생각보다 훨씬 높은 것일지도 모른다는 생각이 들었다.

전설에 나오는 검처럼 번쩍번쩍 빛나지는 않았지만—말이야 바른 말이지, 검이 빛난다고 더 쓸모있는 것은 아니다. 아니, 오히려 '나 여기 있소. 나 죽이쇼' 하는 짓이지—그래도 척 보기에도 굉장히 날카롭고 아무거나 잘

벨 것 같은 느낌이 드는 검이었다.

아니, 왜 이런 귀해 보이는 검을 나에게 주는 것이지? 평소에는 원수처럼 대하더니 뭐가 예쁘다고 이런 것을?

'그래도 준 것이니까 고맙게 받아야지. 앞으로는 그 녀석이 구박해도 욕을 좀 덜해야겠군.'

그렇게 생각하며 검을 다시 검집에 넣은 후 창고 밖을 향해 몸을 움직였다.

눈을 뜨자마자 느껴지는 것은 간만의 따스함, 즉 시아의 온기였다.

내가 다치고 한동안 자제하더니만 오늘부터 또 시작인가? 세 살 버릇 여든까지 간다더니만 그 말이 딱 맞는 말이라니까.

하여튼 이제는 익숙해진 모양인지 그렇게 당혹스럽지도 않았다. 그냥 '아, 그런가 보구나' 하는 정도였다(역시 인간은 적응하는 생물이다). 대충 침대에 똑바로 눕혀주고 이불을 덮어준 후 천천히 학교에 갈 준비를 했다.

오늘은 첫날이니까 첫인상이 중요하다. 평민이지만 자기들보다 뒤지지 않는다는 이미지를 녀석들에게 주어야 하니까.

우선은 용모를 단정히 하는 게 중요하겠지. 몸을 씻으러 욕탕으로 몸을 움직였다. 지저분하다는 이미지는 최악이니까 몸을 깨끗하고 청결하게 관리하는 것도 나름대로 중요한 일이라고 생각했다.

욕탕 앞에 옷을 벗어놓은 후 몸에다 물을 몇 번 뿌리고 차가운 탕 안으로 들어갔다.

"……."

날이 더우니까 이렇게 차가운 물에 목욕한다고 감기 걸릴 일은 없겠지.

내 몸이 그렇게까지 약골은 아닐 테니 말이다.

한참을 그렇게 있는데 갑자기 문밖에서 누군가의 인기척이 느껴졌다.

"누구시죠?"

조금 뜸을 들인 후 문밖에서 목소리가 들려왔다. 익숙한 시아의 목소리다.

"등 밀어드리겠습니다."

"푸훗!"

갑자기 욕탕 안에서 미끄러져 머리가 물 안으로 들어갔기 때문에 입에 머금어져 있던 물을 뿜어낼 수밖에 없었다. 아니, 이게 대체 무슨 소리란 말인가? 저 아이, 갑자기 자다 일어나서 한다는 소리가 저런 엄한 소리라니?

내가 당혹스러워하고 있는데 다시 문 저편에서 목소리가 들려왔다.

"그럼 안으로 들어가겠습니다."

크악! 무슨 소리 하는 거야? 순진한 여자 아이가 못하는 소리가 없네?

"돼, 됐어! 다 했어! 이제 곧 나갈 거야!"

"……."

잠시 후, '그럼'이란 소리와 함께 시아의 발소리가 멀어졌다. 방으로 다시 돌아가는 것이겠지.

휴~ 요새 나의 페이스가 저 녀석 덕분에 자주 무너지는 느낌이 든다.

이러다가 나중에 크게 당할 일이 생길지도 모르겠다. 미리미리 조심해야겠다.

카이리온 기사 양성 학교

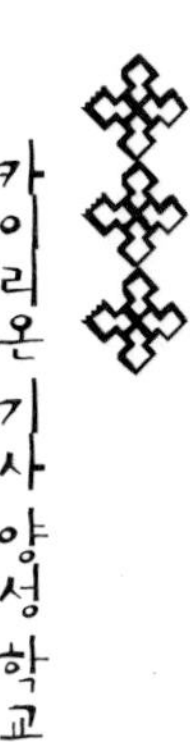

카이리온 기사 양성 학교

카이리온 기사 양성 학교의 교복은 하얀색을 베이스로 푸른색과 검은색으로 화려하게 수놓아져 있는 세련된 디자인으로 이 나라 모든 소년, 소녀의 동경의 대상이며 꿈이었다.

가슴이 뛰기 시작했다. 막상 교복을 바라보니 실감났기 때문이다. 기대와 불안, 그리고 두려움……. 마음속은 알 수 없는 감정들로 그렇게 휘몰아치고 있었다.

셔츠를 입고 바지를 입은 후 재킷을 입었다.

거울을 바라보니 꽤 멋들어진 단정한 소년의 얼굴이 보인다(자화자찬이 아니다). 아직은 좀 어려 보여서 불만이긴 하지만 이 정도면 단정한 얼굴이겠지? 어려서부터 잘생겼다는 말은 여러 번 들었으니까 귀족 아이들에게 뒤지는 용모는 아닐 거라 생각한다.

옷매무새를 단정히 하고 심호흡을 한 다음 가방을 든 후 천천히 발걸음을 움직였다.

그렇게 방문을 열고 계단으로 내려간 다음 막 식당 문을 열려고 할 때에,

"잘해봐."

기르디 녀석이 조금은 떨어진 곳의 벽에 기대서서 나를 바라보며 그렇게 말했다.

당연히 잘해야지. 살짝 웃음 지으며 고개를 끄덕여 주었다. 기르디 녀석은 그런 나를 바라보며 피식하고 한번 웃어준 후 주방 쪽으로 걸음을 움직였다. 나는 잠시 동안 그 모습을 바라보다 다시 빠른 몸놀림으로 식당 문을 연 후 학교를 향해 발걸음을 옮겼다.

아침 공기가 상쾌하다. 어젯밤에 잠을 든든하게 잔 덕분인지 몸도 상쾌하고 컨디션도 나쁘지 않았다.

아침의 거리는 한산하기 그지없었다. 간혹 어딘가를 향해서 부지런히 걸음을 움직이는 사람들이 보이긴 했지만 말이다.

학교에서 식당까지의 거리는 그렇게 멀지 않았다. 도보로 약 2, 30분 정도 부지런히 걸으면 도착할 정도. 그 정도면 운동 삼아 걷는다고 편하게 생각해도 큰 무리는 없을 듯하다.

학교가 점점 가까워지기 시작하자 드문드문하게 같은 교복을 입고 있는 녀석들의 모습이 보인다. 의식하고 싶지 않았지만 저절로 시선이 가는 것은 어쩔 수 없었다.

역시 모습도 단정하고 실력도 쓸 만해 보이는 모습들이었다.

아무리 귀족들이 썩었다고 해도 실력도, 재능도 없는 녀석들을 이 학교에 집어넣지는 않았을 것이다. 실력도 없는 녀석이 카이리온 기사

학교를 졸업한다는 것은 절대 불가능하다고 기르디가 설명해 주었으니까 말이다.

이렇게 된 이상 더욱더 열심히 노력하는 수밖에 도리가 없다. 내가 그렇게 재능이 뛰어난 것도 아니니까 말이다.

생각을 하다 보니 어느새 학교 앞까지 도달해 있었다.

전에 다니던 학교와는 비교도 할 수 없을 정도로 크고 웅장한 모습. 저절로 입이 벌어지며 당혹성이 새어 나왔다. 눈에 보이는 건물만도 세 개. 그것도 하나하나가 전에 다니던 학교와는 비교도 할 수 없을 정도로 크고 웅장했다. 검술이나 체력 단련을 위해 마련된 장치 같은 것도 운동장 드문드문 보인다.

"신입생인가?"

한 여자가 내게 다가와 물었다. 붉고 긴 머리가 인상적인 단정하게 생긴 여학생이었다. 교복에 붙은 두 자루의 검 모양 장식을 보면 아마 상급생인 듯하다.

내가 고개를 끄덕이자 그녀는 다시 말했다.

"그럼 저 붉은색 건물로 가라."

나는 다시 고개를 끄덕이고 그 붉은색 건물로 걸음을 움직였다. 아마 저곳이 신입생들을 모아놓는 장소인 모양이다.

백여 명은 넘을 듯한 아이들이 모여 있었지만 그래도 건물 안이 워낙 넓었기 때문에 크게 움직임에 제약이 오지는 않았다.

내가 소속된 D클래스 쪽으로 걸음을 움직였다.

조그만 깃발 같은 것에 'D'라고 쓰여진 곳에는 아이들이 한 줄로 나란히 서 있었다. 나는 그 줄의 끝으로 간 후 가만히 그렇게 입학식이 시작되기를 기다렸다.

한참을 그렇게 기다리고 있자 선생으로 여겨지는 사람들이 하나둘씩 강당 안으로 들어오기 시작했다.

그리고 맨 마지막에는 교장으로 여겨지는 사람이 들어왔다. 선생들이 꾸벅하고 고개를 숙이며 인사하는 모습으로 알 수 있었다.

생각한 것처럼 그렇게 늙지는 않았다. 키도 크고 몸도 튼튼해 보이는 것이 젊었을 때는 대단한 기사였을 거라는 느낌이 들었다.

대충 '열심히 수행해서 훌륭한 기사가 되어라' 같은 말로 시작해서 이 학교의 역사와 역대 유명했던 이곳 출신의 기사들의 이름 등 그런 말들을 나열하고는 그렇게 입학식은 끝이 났다.

특이한 것이 있다면 어떤 마법을 사용한 모양인지 교장의 목소리가 강당 안을 울릴 정도로 컸다는 것, 그리고 굉장히 유명한 기사라는 사람이 참석했다는 것―이름은 잘 생각나지 않지만―정도였다.

하여튼 나는 앞서 가는 D클래스 아이들의 뒤를 따라서 교실을 향해 걸음을 움직이고 있었다.

교실 안은 생각했던 것보다 크거나 화려하지는 않았다.

그냥 세련된 무늬로 된 벽과 편해 보일 것 같은 의자 같은 것들이 눈에 들어왔을 뿐이다. 나는 대충 교실 안을 훑어본 후 전처럼 창가 쪽 맨 앞 자리로 걸음을 움직였다.

아이들은 역시 앞쪽보다는 뒤쪽에 앉는 것을 선호하는 듯하다. 앞 자리의 대부분이 초라하고 썰렁하게 비어져 있었기 때문이다. 그래서 나는 서두를 것 없이 여유롭게 자리를 맡아 앉을 수 있었다.

대충 어느 정도 아이들이 다 자리에 앉을 무렵 앞쪽의 문이 열리며 한 사람이 교실 안으로 들어왔다.

"하하! 여러분, 안녕하세요?"

문을 열자마자 그렇게 말하며 그 사람은 교탁 앞으로 빠르게 걸음을 움직여 들어왔다.

짙은 푸른색의 단순하게 생긴 디자인의 옷을 입은 그는 교탁 앞에서 모두를 바라보며 다시 입을 열었다.

"제가 여러분의 담당 선생이 될 사람입니다. 잘 부탁드립니다."

사람 좋아 보이는 미소를 하고 모두에게 그렇게 인사를 하는 그는 선생치고는 대단히 젊고 단정하게 생긴 모습을 하고 있었기 때문에 나는 조금 놀라웠다.

저런 얼굴이면 여학생들에게 인기가 제법 있을 것 같은데. 그리고 성격도 나빠 보이지 않고 말이야. 나는 속으로 그렇게 생각하며 다시 그 선생의 말에 귀를 기울였다.

"하하! 그럼 먼저 출석을 부르도록 하지요."

선생은 빠른 속도로 대충 학생들의 이름을 호명하며 출석을 부르기 시작했다. 그 모습이 조금 경박스럽다고 느껴지는 것은 비단 나 혼자뿐이 아닐 것이라는 생각이 들었다. 그리고 말하기 전에 '하하' 하고 웃는 버릇이라니. 저 선생의 부모는 매를 지나치게 아낀 것도 같다(조금은 이상한 생각이지만 말이다).

출석 체크가 끝나자 선생은 칠판 위에 무엇인가 글씨를 쓰기 시작했다.

"이게 제 이름입니다. '에이단' 선생님이라고 불러주세요. 취미는 독서, 특기는 정령술. 가르치는 분야도 역시 정령술입니다. 좋아하는 요리는 샐러드 같은 것들이고요."

에이딘이라……. 간단한 이름이군. 외우기 편해서 마음에 든다. 속으로 그렇게 생각하며 나는 저 에이딘 선생을 좋은 사람이라고 마음속에 각인시켜 두기로 했다(단지 이름이 외우기 쉽다는 이유로 사람을 평가해서는 안 되겠지만). 하여튼 선생은 자신의 소개를 마치고 학생들을 바라보며 입을 열었다.

"그럼 여러분도 자기소개를 해야겠죠? 번호순대로 나오시기 바랍니다."

윽! 자기소개 따위는 질색이란 말이다. 어차피 친하게 지낼 녀석들은 친하게 지낼 테고 말도 안 하고 지낼 인간들끼리는 그렇게 지낼 텐데 왜 그렇게 애를 써서 자신의 소개를 해야 한단 말인가? 내가 속으로 구시렁거리는 것을 알아차렸는지 선생을 별로 달가워하지 않는 학생들을 바라보며 말했다.

"자자, 이왕 할 거면 기분 좋게 하는 게 좋은 거죠. 빨리 순서대로 교탁 앞으로 나오시기 바랍니다."

선생이 그렇게 재촉하자 어쩔 수 없다는 듯 아이들은 하나둘씩 교탁 앞으로 나와 자신을 소개하기 시작했다.

어색해하는 아이들도 있었지만 대부분은 적극적으로 자신을 소개하는 아이들이 많았다. 역시 어느 정도 실력과 집안 배경이 되니까 하는 행동도 저렇게 활동적이고 적극적인 것이겠지. 휴~ 다 잘난 놈들만 있으니까 어련하시겠어(좀 치졸한 생각 같기도 하다)?

그렇게 시간이 어느 정도 흐르자 호기심 같은 것도 없어졌기 때문에 나는 얼굴을 책상에 묻고 휴식을 취했다. 역시 식당 일 하고 검술 연습과 체력 단련 하느라 몸이 많이 피곤해져 있었다. 이렇게 조금이라도 편안한 자세로 휴식을 취하고 있으면 어느새 졸음이 쏟아져 오며 저절로 눈이 감겨온다.

막 잠이 들 무렵 그런 나에게 조금은 익숙한 목소리가 들려왔다.

"그럼 저의 소개를 마치겠습니다. 앞으로 잘 부탁드려요."

무거운 고개를 들어 올리고 소개를 끝마친 그녀를 쳐다보았을 때,

"헉!"

이렇게 꼴사나운 당혹성을 지르며 놀라움의 감정을 드러낼 수밖에 없었다. 소개를 마치고 교탁 아래로 총총히 내려오는 소녀의 모습은 얼마 전에 음식 값을 떼어먹은 그 거만한 귀족 소녀의 얼굴과 똑같았기 때문이다.

다행히도 그녀는 아직 날 발견하지 못한 모양인지 웃는 얼굴로 자신의 자리로 돌아가 옆 자리의 소녀와 무어라 대화를 나누기 시작했다.

"취미는 독서이고 특기는… 뭐, 그다지 잘하는 것은 없습니다."

나는 그렇게 무뚝뚝하게 말하고는 교탁을 내려왔다. 아이들, 그리고 에이딘 선생마저도 나의 짧고 간단한 소개에 조금은 당혹스러워하는 것 같았지만 그런 그들의 시선을 가뿐히 무시하며 자리로 돌아와 털썩 하고 앉으며 아무렇지도 않다는 뉘앙스를 비추었다.

자기소개를 하라고 해서 취미, 특기, 이름을 알려주었으면 된 거지 더 이상 뭘 바라는 것인가? 내 족보의 우월성? 아니면 위대한 기사가 될 것이라는 자신감의 표출? 그런 것은 지나가는 꼬마 애들한테나 물어보라고. 나는 그런 한심한 말은 그다지 하고 싶지도 않고 관심도 없으니까 말이야.

하여튼 이미 전에 트러블이 있었던 그 거만한 소녀는 적개심이 가득한 눈으로 내 얼굴을 바라보고 있었다. 내가 잘못한 것도 없는데 왜 나

를 저런 눈으로 바라보는 것인가? 아니, 말이 나왔으니 말이지 잘못은 자기가 해놓고 나를 죽일 듯이 바라보다니 정말 적반하장도 유분수다.

새삼스레 첫날부터 일이 꼬이는 것 같아 기분이 더러워지기 시작했다. 재수가 없어도 이렇게 재수가 없을 수가 있다니! 하늘도 무심하지. 젠장!

그렇게 대충 학교에서의 첫날 일정이 끝나고 하교 시간이 되었다.

막 교실 밖으로 나가려는 순간—이 학교는 청소 당번 같은 게 없었다. 그런 잡일은 일하는 하녀들이 하는 것이라고 당연하다는 듯이 뒷자리의 어떤 녀석들이 말하는 것을 듣는 순간 화가 나서 미치는 줄 알았다—등 뒤에서 누군가가 내 어깨를 붙잡으며 말을 건네왔다.

"잠시 이야기 좀 할까?"

혹시나 했더니 역시나 그 귀족 소녀였다. 표정이 상당히 굳어 있는 것이 기분 나쁜 기색이 역력했다.

거절하고 싶었지만 뒤끝이 지저분한 것은 질색이다. 나는 대충 고개를 끄덕여 주고 먼저 앞서 가기 시작하는 그녀의 뒤를 따라서 걸음을 움직였다.

학교 뒤에 마련된, 나무와 벤치가 있는 일종의 휴식 장소 같은 곳에 도달해서 그녀는 주위를 살피며 사람이 없는 것을 확인하고는 나를 바라보며 입을 열었다.

"그래, 네 녀석이 어떻게 이곳에 있는 거지?"

정말 기분 더러워지는군. 여기는 사람이 오면 안 되는 곳인가? 부드럽게 이야기하고 싶어도 저절로 눈살이 찌푸려지는 것은 내가 정신 수

양이 부족하기 때문만은 아닐 것이다. 저런 말을 들으면 누구라도 기분이 더워지는 것은 인지상정이다.

"왜 대답하지 못하는 거지?"

대답할 가치도 느끼지 못하기 때문에 대답하지 않는 거다. 나는 그런 뉘앙스를 담은 눈빛을 보내며 그녀를 한심스럽다는 듯 쳐다보았다. 그녀는 그런 내 모습을 바라보며 비웃는 듯한 어조로 다시 말했다.

"평민 주제에."

근거없는 우월 의식. 단지 그렇게 태어났다는 것만으로 가지게 되는 자만과 오만, 그리고 빌어먹을 자존심. 저주스럽다. 경멸 같은 감정을 가지는 것조차 사치스럽다.

내가 그렇게 무표정하게 가만히 바라보고 있자 그녀는 갑작스레 팔을 들어 올렸다.

짝—

피할 수도 있었지만 나는 피하지 않았다. 그리고 똑바로 그녀를 바라보았다. 그녀는 내가 따귀를 맞고도 아무렇지 않다는 표정을 짓자 조금은 당혹스러워하는 눈치였다. 나는 그런 그녀를 바라보며 입을 열었다.

"…이제 만족하나?"

너의 그 오만함과 우월 의식에 스스로 만족하고 있는가? 나는 그렇게 말하고 싶었다. 하지만 그녀가 나에게 적개심을 가지는 것은 평화스러운 나의 학교 생활에 큰 타격을 줄지도 모르는 일이다. 그렇기 때문에 나는 대충이나마 그녀에게 그렇게 질문했다.

그녀의 얼굴은 새빨갛게 달아오르기 시작했다. 분노, 수치, 당혹의 감정이 그런 그녀의 인상 쓴 얼굴에 피어오르기 시작했다. 뭐라고 말해 주고 싶었지만 그녀는 잠시 동안 나를 그렇게 바라보고는 빠른 걸음으로 어딘가로 사라져 버렸기 나는 멍하니 그 자리에 서 있을 수밖에 없었다.

조금은 이른 시각에 다시 식당으로 돌아왔다. 아직 정오가 되지 않은 이른 시간이었기에 식당 안은 예상대로 몇몇 손님이 느긋하게 담소를 즐기며 차와 음료를 마시는 그런 여유있는 풍경이었다. 나는 나지막이 한숨을 쉬며 옷을 갈아입기 위해 내 방으로 올라갔다. 이 학교의 교복은 이런 식당에 입고 돌아다니기에는 너무 부적합한 복장이었기 때문이다(일단은 뭐 씹은 얼굴로 바라보는 손님들이 많겠지).

간단한 평상복으로 갈아입고 침대 한 편에 앉아서 빈둥거리고 있는데 갑작스레 방문이 열리며 아이린 씨가 들어왔다. 이제는 많이 친숙해진 상태였기 때문에 노크도 하지 않고 방문을 열고 들어왔다는 것은 그냥 '그런가 보다' 하고 생각하며 넘어가기로 했다. 그런 나를 바라보며 아이린 씨는 미소 지은 얼굴로 대뜸 질문해 왔다.

"학교는 어땠어?"

'최악이었어요' 라고 대답하고 싶었지만 그녀의 반짝이는 눈은 그런 독설스러운 말을 하기 어렵게 만드는 재주가 있었다. 그래서 나는 조금은 순화된 대답을 하기로 마음먹고 입을 열었다.

"안 좋았습니다."

그러자 그녀도 미소 짓던 얼굴을 거두고 조금은 심각한 표정을 지어 보이며 재차 질문해 왔다.

"왜?"

거짓말은 하고 싶지 않았기 때문에 나는 솔직하게 대답해 주기로 마음먹고 전에 있었던 일을 빠짐없이 그녀에게 이야기해 주었다. 아이린 씨는 처음에는 미소 지으며 듣다가 나중에는 '그래서 뺨까지 맞았지요'라는 대목에 이르러서는 조금 심각한 표정을 지으며 내 말을 경청했다(왠지 이야기해 주는 보람이 있는 사람, 아니, 엘프인 거 같았다. 그래서 쓸데없는 말도 조금 해버린 듯하다). 대충 말을 끝마치자 그녀는 어울리지 않게 진지한 표정을 지으며 내게 말했다.

"음, 전에 와서 뭐라고 화내면서 돈을 집어 던지고 간 여자 아이가 그 아이였구나? 내가 물어보니까 오빠는 '알 것 없어' 하고 냉정하게 말해서 궁금해하고 있었는데……. 그나저나 이제 어떻게 할 거야?"

물론 내가 그런 생각을 해놓았을 리 없다. 검술 연습만으로도 머리가 부서질 것같이 신경 쓰여 죽겠는데―기르디 녀석이 최근에 들어와서 워낙 살벌하게 연습시키기 시작한 덕분이겠지―그런 사소한 문제 가지고 고민하고 싶지는 않았기 때문이다. 그래서 나는 조금은 무성의하게 대충 그녀에게 대답해 주었다.

"뭐, 어떻게든 되겠죠."

아이린 씨는 조금은 한심스럽다는 표정으로 나를 바라보더니 이내 한숨을 쉬며 허탈해하곤 다시 말했다.

"그래, 설마 무슨 일이야 있겠어?"

나는 그런 그녀의 말에 고개를 끄덕이며 동의를 표했다. 하지만 그래도 마음 한구석에 무겁게 그 귀족 소녀의 수치스러워하는 표정이 자리 잡고 있었기 때문에 조금은 후환이 두렵다는 생각도 들었다. 역시 오늘은 재수없는 날이다. 젠장!

괴로웠던 식당 일도 끝나고 지금은 기르디와 함께하는 즐거운 검술 수련 시간이다. 너무 괴로우면 반대로 생각하고 싶은 것이 사람 심리일지도 모른다. 그래서 반어법이란 것이 존재하는 것일지도. 하지만 이것은 '연습'의 탈을 쓴 일방적인 '폭력'이라고 나는 굳게 주장하고 싶다.

"…젠장."

이런 죽는소리는 하고 싶지 않았지만 그래도 날 여유있게 한 손으로만 장난치듯이 상대하는—하지만 어린아이가 장난으로 던진 돌에 개구리는 맞아서 죽는 법이다—저 괘씸하고 사악한 녀석을 보면 저절로 이가 갈리고 억센 소리가 새어 나온다.

찌르기든 베기든 가진 기술을 전부 사용해서, 그리고 시간 차를 줘 보기도 하고 속임수를 써보기도 하지만 저 녀석은 내 어수룩한 수법을 대번에 간파하고 반격해 온다.

위협으로 휘두르는 것이 아니라 정말 피가 튀고 살점이 찢어지게 말이다. 그래도 아침에 일어나 보면 이상하게 몸이 회복돼 있긴 했지만 그래도 아픈 건 아픈 거고 기분 더러운 것은 더러운 것이다.

게다가 내가 트롤같이 상처를 입으면 곧장 치유되는 괴물도 아닌 이상 한번 피가 흐르고 상처가 나기 시작하면 그 고통이나 통증 때문에 전투 능력이 현저하게 떨어졌다(그래도 최근에는 웬만한 상처에는 끄덕하지 않을 정도로 무신경해졌다). 지금도 팔다리에 상처를 입어서 움직임은 자연스럽지 못하고 평소보다 훨씬 둔해졌다.

검을 몇 차례 섞어보다가 발이 풀려 버려서 그대로 땅바닥에 엉덩이를 찧는 추태를 보이고 다시 일어나기 위해 몸에 힘을 주었지만 이미 내 몸의 한계 이상으로 대련했기 때문인지 그것은 불가능했다.

"오늘은 여기까지 하지."

기르디는 그런 나를 한번 쳐다보더니 곧 냉정하게 식당 안으로 사라져 버렸다.

독한 녀석 같으니라고. 그래도 제자가 쓰러졌는데 스승이라는 인간이 저렇게 냉정하게 말하고 사라진다는 게 말이 되는 이야기인가? 이가 갈리고 욕이 나온다.

"휴~"

그래도 처음보다는 나아진 거겠지. 전에는 내 실력이 너무 형편없어서 대련이라는 것이 아예 불가능했었으니 말이다. 한방에 나가떨어질 정도였으니 말 다한 거였지, 뭐.

나는 하늘에 떠 있는 둥근 달을 보며 조금은 궁상맞게 웃기 시작했다. 이렇게 땅바닥에 누워서 바라보니 달이라는 것도 참 예쁘구나. 별도 참 빌어먹게 반짝이고 말이야.

'휴~ 한심하군.'

그렇게 조금 휴식을 취한 다음 나는 다시 아픈 몸을 억지로 이끌고 식당 안을 향해서 천천히 걸음을 옮겼다.

아침이다. 나는 일어나자마자 학교 갈 준비를 하기 시작했다. 오늘은 기르디가 피곤하다는 이유만으로 검술 훈련이 없었기 때문에 다른 때보다 조금 늦잠을 잔 상태였다. 잠이라는 것이 많이 자면 잘수록 피곤함은 증가되는 괴상한 성질을 가지고 있어서 그런지, 아니면 어제 스트레스를 많이 받아서 그런지 하여튼 피곤하고 날카로운 상태였기 때문에 컨디션은 굉장히 엉망이었다.

몸은 피가 굳어서 얼룩져 지저분했다. 목욕을 하기 위해 그렇게 터벅터벅 걸음을 움직였다. 아직 잠이 덜 깬 상태여서 그런지 만사가 귀

찮게 느껴져 왔기 때문에 천천히 옷을 벗고 차가운 물속으로 몸을 집
어넣었다.

그렇게 대충 몸을 씻고 옷을 챙겨 입은 후 조금은 빠르게 걸음을 움
직였다. 늑장을 부린 덕분에 시간이 꽤 흐른 상태였다. 이대로 게으름
을 피우다가는 지각할지도 모른다.

학기 초부터 재수없게 지각하다가는 선생한테도, 학생들한테도 안
좋은 이미지로 낙인 찍혀 버릴지도 모르는 일이다. 첫인상이라는 것이
한번 정해지면 끝까지 그 사람의 이미지를 좌우할 만큼 중요하다는 것
을 난 알고 있었다. '만년 지각생' 같은 별명이 붙는다면 학교 생활이
좀 고달파질 것이 분명한 일이기에.

하여튼 오늘부터 본격적인 학교 생활이 시작된다. 혼자 있는 편이
편하긴 하지만 그래도 누군가 말을 걸어온다면 상냥하게 대답해 줘야
겠다. 괜히 '구석에서 분위기 잡는 재수없는 녀석' 이라고 반 아이들에
게 불려지는 것은 절대 사양이니까.

＊　　　＊　　　＊

"…실험체 하나가 도망쳤다고?"

한 사내. 짙은 검은색 후드를 눌러쓴 사내가 눈앞에 무릎 꿇고 있는
한 남자를 보며 조금은 당혹스럽다는 듯이 그렇게 물었다.

무엇이랄까? 상당히 이질적인 분위기가 가득 차 있는 방 안이다. 설
명할 수 없는 기괴한 분위기라고 할까? 후드를 눌러쓴 중년 사내의 말
을 들으면서 무릎 꿇은 남자는 언제 와봐도 기분 안 좋은 곳 같다고 속
으로 생각했다.

"지자크, 언제나 기분 나쁜 곳이라서 미안하군."

후드를 눌러쓴 중년의 사내는 그렇게 불쾌한 감정을 표현하며 자신의 수하를 잠시나마 날카로운 눈빛으로 주시했다. 무릎 꿇은 남자는 한순간이나마 풀어져 있었던 자신을 저주하며 최대한 충성스러운 어조로 바닥에 닿을 정도로 더욱더 고개를 숙이며 답변했다.

"죄송합니다. 죽여주십시오."

잠시 동안의 정적. 무릎 꿇은 남자는 자신의 생명이 이렇게 사소한 사건으로도 죽임당할 수 있다는 사실을 알고 있었다. 그리고 자신을 대신할 사람 또한 부족하지 않다는 사실도 충분히 알고 있었다.

잠시 동안의 정적 후 후드를 눌러쓴 중년 사내가 말을 이었다.

"뭐, 무슨 이유인지 말해 보게."

나의 생명은 연장되었다. 여기서 우물쭈물하다가는 바로 끝이다.

최대한 빠르고 알기 쉽게 설명하기 위해 무릎을 꿇은 사내는 머리 속에 암기해 두고 있었던 일들을 정리하며 말을 이었다.

조금은 황당할지도 모르는 그런 이야기. 하지만 듣는 입장도, 말을 하는 입장도 꾸밈없이 진지한 표정이다. 숨도 제대로 쉬지 않고 무릎 꿇은 사내는 빠르고 간결하게 사건의 정황을 설명했다.

후드를 눌러쓴 중년 사내는 자신의 수하의 말을 믿어야 할지 아니면 자신이 직접 나서서 행동해야 될 것인지 잠시 고민하기 시작했다.

"뭐, 나쁘지는 않겠지."

성공하면 얻을 수 있는 것도 크다. 하지만 그 리스크—달콤한 사과나무 옆에는 끔찍한 독사가 있는 법이다—또한 만만치 않은 것이 될 것이다. 후드를 눌러쓴 사내는 자신의 앞에 부복해 있는 충성스러운 수하를 바라보며 그렇게 말을 이었다.

"수락하겠다."

＊　　　＊　　　＊

나는 평범한 인간이다. 평범한 인간이라는 것은 즉 '먹고, 자고, 쉬고, 대소변 싼다' 같은 원초적이고 기본적인 것들은 최소한적으로 자유롭게 할 수 있어야 마땅할 것이다. 하지만 난 이 기본적인 세 항목조차 침해받으며 그렇게 생활하고 있었다.

뭔가 상당히 꼬아서 말한 것 같지만 쉽게 풀어 말하자면 그냥 개고생하고 있다는 소리다.

아침에는 검술 지도, 학교 가서 수업 듣고 식당에 돌아온 뒤 일한 다음 저녁에 또 검술 지도……. 무엇인가 상당히 간결해 보이지만 실상은 그렇게 간단한 것이 아니다. 게다가 학교에서 내주는 숙제 같은 것까지 잠을 줄여가며 했다가 아니라 해야만 했다.

내가 무슨 드래곤이 폴리모프한 사람도 아니고 이렇게 뼈 빠지게 고생하는 이상 휴식을 취해야만 하는 것이 당연하다. 이 더운 여름에 몸살나서 앓아눕는다는 것이 얼마나 추한 일이겠는가?

오늘은 아이린 씨가 하루도 빼지 않고 힘들게 일하는 나를 가엾게 생각하여 그 포악한 기르디에게 바득바득 우겨서 겨우 생긴 휴일이었다.

나는 정말 오랜만에 일어나야 할 시간이 훨씬 지났음에도 불구하고 침대에 누워 뒹굴거리며 간만의 휴식을 즐기고 있었다.

'학교 도서관이나 가볼까?'

이렇게 느긋하게 쉰 후 빠른 점심을 먹고 학교 도서관—자벨린의 도서관보다 더 시설도 좋고 책도 많았다—에 가서 책을 빌려 볼 생각이었다.

그렇게 막 평화로운 휴일의 시나리오를 구상하며 즐거워하고 있는데 방문이 열리며 누군가가 내 방으로 들어왔다.

"뭐 해?"

여전히 노크라는 것은 생각하지 않는군. 하여튼 난 침대에서 어기적거리며 일어나 눈앞에 있는 엘프 소녀 아이린 씨에게 대답했다.

"늦잠 자요."

아이린 씨는 그런 나를 바라보며 한심스럽다는 듯 얼굴을 찡그리더니 말을 이었다.

"아니, 하루 온종일 잠만 잘 거야? 그러지 말고 소풍 가자!"

소풍? 어린아이도 아니고 무슨 소풍이야? 내가 조금 당혹스러워하자 아이린 씨는 빠르게 날 몰아붙이며 말하기 시작했다.

"누구 덕에 생겨난 휴일이라는 건 알고 있겠지? 은혜를 원수로 갚을 셈인 거야? 게다가 나들이옷도 준비해 놓았단 말이야! 도시락은 이제 슬슬 준비할 거고. 하여튼 가는 거야. 알았지?"

으으, 여전히 목청 좋은 사람, 아니, 엘프라니까. 이불로 귀 전체를 덮었음에도 불구하고 귀가 멍멍할 정도라니. 원래 엘프들이 저렇게 목소리가 큰가?

내가 막 엘프의 신체 구조가 인간과 비교해 어느 정도 다른가라는 주제로 생각하고 있는데 아이린 씨는 '그럼 어서 준비하도록!' 하는 말과 함께 내 방문을 걷어차며 나가 버렸다.

휴~ 하루도 편할 날이 없구나. 긍정적으로 생각해야겠지만 절로 한숨이 나오는 것은 어쩔 수 없었다.

'이왕지사 일이 이렇게 된 이상 즐겁게 노는 것이 아이린 씨를 배려하는 일이겠지? 라고 생각해 보지만 내 성격상 소풍 가서 룰루랄라 하며 즐겁게 논다는 것은 불가능한 일이다. 크윽! 젠장!

대충 몸을 씻고 식당의 주방 쪽으로 나가니 기르디가 무엇인가를 손에 들고 내게로 다가왔다.
내가 막 손에 든 것이 무엇인지 질문하려고 하는데 기르디 씨가 말없이, 내 품으로 그것을 내밀었다.
"이게 뭐죠?"
"입고 가라는군."
내가 그것을 받아 들고 의아해하자 기르디는 별다른 말도 하지 않은 채 주방 안 구석 쪽으로 걸음을 움직이고 있었다.
"옷이군."
이게 아이린이 말했던 그 나들이옷이라는 것인가? 하여튼 어떤 디자인일까 궁금하기도 해서 난 옷을 입기 위해 내 방으로 다시 돌아왔다.
방에 도착한 나는 옷을 벗고 그 나들이옷을 입어보았다.
흰색과 하늘색으로 치장돼 있는 반팔 셔츠와 흰색 반바지.
잘 어울리는 것도 같았지만 무엇인가 상당히 '발랄' 한 디자인이다.
'젠장, 이런 어린 티 나는 옷은 질색인데…….'
하지만 그렇다고 그냥 평소 입던 옷을 입고 가기에도 조금 꺼려지는 건 사실이다. 비싼 돈 주고 산 옷을 입지도 않고 버린다는 것은 적어도 내 사전에는 있을 수 없는 일이었기 때문이다.
어쩔 수 없이 울며 겨자 먹기로 나는 그 '발랄' 한 옷을 입은 채 아이린 씨와 시아가 있을 것이라 생각되는 식당의 정문으로 걸음을 움직일 수밖에 없었다.

"기사가 될 사람이 숙녀를 기다리게 하다니."

숙녀? 여기 내 도움을 받아야 할 레이디가 어디 있다는 거지? 그렇게 내가 딴청을 부리고 있자 아이린 씨는 그런 나를 바라보며 인상을 구기더니 곧장 밝은 표정으로 옆에 있는 시아에게 말했다.

"오빠에게 귀여운 모습 좀 보여줘야지?"

그러고 보니 시아 녀석은 이상하게도 왠지 겁에 질린 것처럼 아이린 씨 옆에 바짝 붙어서 우물쭈물 내 눈치를 보는 듯했다.

내가 고개를 갸우뚱거리며 바라보자 빠르게 아이린 씨의 등 뒤로 숨는다(뭐, 숨는다고 해봤자 눈을 빼꼼 내밀며 나를 쳐다보고 있었지만). 조금 어이가 없어지는 순간이다. 평소에는 그렇게 어리광이 심하더니 조금 배신감(…)이 들기 시작하는 것도 사실이었다.

내가 조금 당황해하고 있자 아이린 씨가 미소 짓는 얼굴로 나를 바라보며 말했다.

"쑥스러워서 그래."

매일 얼굴 보며 사는데 새삼스럽게 뭐가 쑥스럽다는 거지? 이해가 안 간다는 내 얼굴을 보고 아이린 씨가 말을 이었다.

"눈치 없기는……. 하여튼 이제 준비되었으면 출발합시다."

에휴, 모르겠다. 하여튼 유일하게 남자인 내가 도시락과 기타 필요한 물품들을 들고 가야 하는 것이 당연한 분위기였다. 투덜거려 봤자 스스로를 낮추는 행동 같았기 때문에 나는 무덤덤하게 짐 꾸러미를 들고 앞장서서 가는 아이린 씨의 뒤를 따라 천천히 걸음을 옮기기 시작했다.

수련의 성과인지 뼈 빠지게 고생한 보람인지 하여튼 조금은 무거운 짐을 들고 그렇게 30여 분을 걸었음에도 불구하고 지쳐서 탈진하거나 그렇지는 않았다. 하지만 그래도 숨이 거칠어지고 발걸음도 조금은 무거워져 오는 것은 사실이었다.

그렇게 슬슬 짜증이 나기 시작할 무렵 타이밍 좋게 일행은 목적지에 도착할 수 있었다. 이 도시에 이런 곳도 있었구나 하는 생각이 들었는데 생각보다 전망도 좋고 나무도 많고 해서 나들이나 소풍을 하기에 적절하게 느껴지는 그런 공원이었다.

대충 전망이 좋아 보이는 곳에 자리를 잡고 돗자리를 깔고 앉은 일행은 천천히 힘들게 걸어왔던 피로를 풀기 시작했다(나는 그냥 자리에 누워서 잠이나 자고 싶은 생각이 강하게 들었지만 그런 짓을 했다가는 저 아이린 씨에게 엄청난 잔소리를 들을 테니 한숨 쉬며 포기하는 수밖에 없었다).

아이린 씨는 바구니에서 차와 케이크를 꺼내 들고는 시아와 자신의 몫과 내 몫을 차례차례 배분해 주었다. 내가 그 차를 받아 들고 곧장 단숨에 들이켜 버리자 아이린 씨는 얼굴을 찡그리며 그런 나에게 핀잔을 주었다.

"조금은 향을 느끼며 여유있게 마시라고! 무슨 냉수도 아니고."

냉수든 차든 마실 것이란 의미에서는 일맥상통하는 건 마찬가지 아닌가? 내가 뚱한 표정을 지어 보이자 아이린 씨는 '휴' 하고 한숨 짓곤 교양을 떨어가며 차를 마시기 시작했다. 내가 보기에는 그러한 모습이 더 추한데 말이야(먹을 것이란 생존을 연명하는 수단 그 이상도 이하도 아니라고 생각하기 때문이다).

시아 녀석은 칠칠맞게도 케이크의 크림을 입가에 묻히면서 조금은 게걸스럽게 먹고 있었다. 어지간히 단것을 좋아하는 모양이다. 주머니에서 손수건을 꺼내 들고는 녀석의 입 주위를 닦아주었다(녀석은 처음에는 내 손길을 고개를 돌리며 거부했으나 내가 조금은 강압적으로 손으로 얼굴을 부여잡고 고정시켜 버리자 얼굴을 붉히며 얌전히 있었다). 그렇게 차와 케이크, 과자 등을 먹으며 숨을 돌리며 휴식을 취하고 있자 어느덧 시간이 흘러 점심 먹을 시간이 되었다. 아이린 씨는 바구니에서 도시락을 꺼내 돗자리 위에 먹기 좋게 나열하기 시작했다. 군침이 돌 정도로 모두 맛있어 보이는 것들뿐이었다.

그렇게 기분 좋은 식사가 끝나자 슬슬 생리 작용이 반응하기 시작했다. 눈꺼풀이 무거워지며 졸음이 쏟아졌다. 내가 졸음을 이기지 못하고 그렇게 돗자리에 누워버리자 아이린 씨는 조금 얼굴을 찡그리기는 했지만 별다르게 핀잔을 주지는 않았다(아이린 씨도 내가 그동안 무척 고생하고 있었다는 사실을 알고 있었기에).

누워서 눈을 감은 지 얼마 되지도 않았는데 자연스레 잠이 쏟아져 온다. 나는 그렇게 쓰러지듯이 잠들고 말았다.

"일어나라고! 시아 다리 아프겠어!"

다리가 아프다니? 왜 다리가 아프지?

아이린 씨의 말은 눈을 뜨자마자 이해할 수 있었다. 시아는 내 머리를 자신의 허벅지 위에 올려놓은 채 미소 짓는 얼굴로 날 바라보고 있었다. 나는 당혹스러워서 즉시 몸을 일으켰다.

"……."

얼굴이 저절로 붉어져 오는 것이 새삼스레 저 녀석의 이중성을 절실하게 느낄 수 있었다.

"아이고, 눈꼴시러워서 정말. 하여튼 이제 어두워질 테니 슬슬 식당으로 돌아가자."

아이린 씨는 조금은 히스테릭한 목소리로 그렇게 말하며 자리에서 일어났다.

그러나 그때에……

"머리가 아파요."

"머리가 아프다니?"

시아가 내 어깨에 머리를 기대며 그렇게 말하자 아이린 씨는 눈을 동그랗게 뜨고는 녀석을 바라보며 대꾸했다. 시아는 천천히 그 자세에서 몸을 가누지 못하며 허물어져 내리기 시작했다. 나는 빠르게 녀석의 몸을 안아 들었다.

"뜨거워! 불덩어리 같아!"

녀석의 머리에 손을 얹으니 저절로 그런 소리가 나왔다. 내가 당혹스러워하자 아이린 씨는 재빠르게 내 품에서 시아를 낚아채더니 진지한 얼굴로 무엇인가 상태를 살피기 시작했다.

"질병 치료(Cure Disease)."

아이린 씨가 주문을 캐스팅하자 새하얀 빛이 뿜어져 나와 시아의 전신을 덮었다. 그러나 그 마법을 받고도 시아의 상태는 나아지질 않았다. 아니, 오히려 더 안색이 창백해지는 것이었다.

"왜지? 주문이 전혀 먹혀들지 않아."

아이린 씨가 입술을 깨물며 그렇게 외쳤다. 어느새 시아의 입 근처에는 실같이 붉은 피가 새어 나오고 있었다.

"어떻게 하죠?"

내 질문에 아이린 씨는 잠시 고민하더니 곧장 바구니에 나들이 도구를 쓸어 담고는 내게 외쳤다.

"어서 식당으로 돌아가자!"

　침대에 시아의 몸을 내려놓자마자 나는 바닥에 털썩 주저앉을 수밖에 없었다. 녀석을 들쳐 업고 정말 죽을 각오로 뛰어왔던 것이다. 가만히 있어도 다리는 저절로 떨려오고 심장은 터질 듯이 뛰었다.

　하지만 녀석의 고통에 비하면 나의 고통은 새 발의 피였다.

　"비켜라."

　기르디가 어느새 다가와 시아의 몸을 살피기 시작했다. 그런 그의 표정은 정말 오금이 저릴 정도로 살기에 젖어 있었다. 한참을 그렇게 시아의 온몸 구석구석을 살펴본 그는 나지막이 한숨을 쉬며 말했다.

　"독은 아니군. 하지만 마법도 아니야."

　질병도 아니다. 하지만 독이나 마법도 아니다. 그렇다고 외상도 아니다. 그렇다면 대체 무엇 때문에 저렇게 된 것인가? 아까 전까지만 해도 멀쩡했던 아이가 도대체 왜 저렇게 된 것이지? 정말 믿을 수 없는 일이다.

　시아의 모습은 정말 죽은 시체처럼 창백해져 있었다. 입에서는 쉴 새 없이 붉은 피가 뿜어져 나온다. 나는 녀석의 손을 잡은 후 연신 '이렇게 죽을 리 없어' 라고 자기 암시처럼 그렇게 말했다. 기르디는 옆에서 그런 나의 어깨에 손을 얹으며 침착하게 위로하듯이 말했다.

　"너무 걱정하지 말도록. 반드시 죽게 놔두지는 않는다."

　그런 그의 말을 들었음에도 나도 모르게 볼에서 눈물이 흘러나온다. 침대의 시트는 이미 녀석의 피로 새빨갛게 붉어져 있었다. 발작하듯이 몸이 경련하기 시작했기 때문에 나는 녀석의 몸을 꼭 껴안으며 고정시켜 주었다. 하지만 내 몸도 같이 흔들릴 정도로 엄청난 진동이었다. 쉴 새 없이 피는 뿜어져 나와 내 얼굴과 온몸을 뒤덮기 시작했다.

곧 문을 열고 아이린 씨가 재빠르게 들어와 숨을 고른 후 기르디에게 말했다.

"우리 힘으로는 어쩔 수 없어. '그분' 을 모셔와야겠어."

"……."

'젠장, 악마라도 좋으니까 누가 좀 낫게 해달라고!' 하고 외치고 싶었지만 사정없이 흔들리는 녀석의 몸 때문에 그럴 수도 없었다. 스스로 생각해 보아도 참 형편없는 꼬락서니 같았지만 녀석이 조금이라도 나아진다면 그런 하찮은 것은 중요하지 않았다.

"호출했으니까 곧 오실 거야."

"……."

발작은 끝났지만 그렇다고 상태가 나아진 것은 아니었다. 창백하게 식어버린 녀석의 몸은 살아 있는 자보다는 죽은 자의 것처럼 느껴졌다. 눈물은 말라 버려서 더 이상 나오지 않았다. 나는 폐인의 행색처럼 피와 눈물이 말라붙은 옷을 입으며 그렇게 녀석의 침대 옆에 주저앉아 있었다. 모처럼 비싼 돈 주고 산 옷이 이렇게 엉망이 되어버리다니……. 아이린 씨에게 조금 미안해진다.

피로 엉망이 되어버린 시트를 새것으로 교체하며 아이린 씨는 걱정스런 어조로 나에게 말했다.

"이제 되었으니까 방으로 돌아가서 쉬도록 해."

"……."

녀석도 내가 기르디에게 당해 엉망이 되어버렸을 때에 이런 감정이었을까? 같이 지낸 지 얼마 되지도 않았는데 새삼스럽게 녀석이 나에게 얼마나 소중한 존재였었는지 느낄 수 있었다.

나는 아이린 씨에게 억지로 웃음을 지어 보이며 고개를 좌우로 흔들
었다. 아이린 씨는 그런 나에게 무엇이라 말하고 싶어하는 것 같았지
만 나는 그대로 고개를 숙이고 더 이상의 대화를 원치 않는다는 기색
을 보여주었다. 아이린 씨는 시트를 끌어안은 채 그런 나를 잠시 동안
바라보더니 곧 아무 말 없이 방을 나갔다.

팔로 무릎을 감싸 안으며 나는 녀석의 얼굴을 바라보았다. 죽은 자
처럼 창백하지만 그래서 더욱더 그로테스크한 아름다움을 발하고 있는
녀석의 얼굴을……

믿고 싶지 않은 것

믿고 싶지 않은 것

　그것은 지금으로부터 조금 오래된, 그러니까 내가 일고여덟 살쯤 되었을 때였다. 그때의 나는 정말 어리고, 생각없고, 당돌한 꼬마였었다. 툭하면 말썽이나 부리고 동네 남자 아이들끼리 싸우고 해서 아버지가 거의 매일마다 사과하러 동네를 돌아다니실 정도였으니 말이다.

　그날도 어김없이 동네 아이들에게 따돌림받은 것에 발끈해서 여러 명의 남자 아이들과 박 터지게 싸운 후였다. 악을 쓰고 싸운 덕분인지 싸움에는 이겼지만―어린아이치고 나는 꽤 실전 경험이 풍부했다―상처뿐인 영광이라고 평소보다 더 심각하게 상처를 입은 상태였다. 이마는 찢어져서 피가 나고 몸 여러 곳은 멍들거나 까지거나 해서 볼품없었고 어떻게 보면 처절하기도 한 그런 상태였다. 나는 마을 근처 숲에 있는 시냇물에서 피와 상처를 씻고 있었다. 쓰라리고 참기 힘들 정도로 아팠지만 나는 울거나 하지는 않았다. 싸움에 이겼으니까, 그래도 지지는 않았으니까 속으로 내심 약간은 흐뭇하게 여기고 있었다.

그러던 중 어느새 그런 나의 등 뒤에서 누군가가 다가와 말했다.

"참, 형편없는 몰골이구나."

얼굴과 몸 이곳저곳에 보기 흉할 정도로 흉터가 있는 그런 사람이었다. 하지만 생김새와는 달리 목소리는 부드러웠던 걸로 기억된다. 그의 말을 듣고 발끈한 나는 이렇게 말했다. '더 이상 나에게 접근한다면 아저씨는 더 이상 자식을 낳지 못할지도 몰라요. 제 이빨은 늑대처럼 날카롭거든요' 라고. 아마 맹세코 이런 말을 할 수 있는 꼬마는 이 대륙에서 나 혼자뿐일 것이다. 그 사내는 그 말을 듣고 잠시 주춤하며 당혹스러워하더니 정말 유쾌하게 웃기 시작했다.

"내 평생 그런 말을 듣기는 꼬마가 처음이구먼."

사내의 말이 자신을 조롱하는 줄만 알았던 나는 울컥한 마음에 이빨을 갈며 적의를 나타냈지만 아무리 막가는 아이라고 해도 그렇게 크고 무서워 보이는 사내에게 달려들지는 않았다. 그래도 자신의 분수는 알고 있었던 것이다.

나는 코웃음 치고 등을 돌리며 다시 상처와 먼지를 씻는 일에 열중했다. 그런 내가 귀여워 보였는지 사내는 어느새 내 등 뒤로 더 가까이 다가와 주문을 캐스팅했다.

"가벼운 상처 치료(Cure Light Wound)!"

당황한 나머지 피하려 했지만 그의 따스한 손길이 닿으니 어느새 상처는 아물고 있었다. 멍해진 나는 그렇게 얼빠진 표정으로 가만히 있을 수밖에 없었다.

그는 나에게 이렇게 말했다.

"지금보다 더욱더 강해지기 바란다, 꼬마야. 그렇다고 싸움을 잘하라는 게 아니라 소중한 사람을 지킬 수 있도록 강해지라는 말이다.”

사내는 그렇게 말하고 내게서 등을 돌리며 숲 속 깊은 곳으로 걸음을 움직이기 시작했다. 감사의 말이라도 하고 싶었지만 나는 그런 그의 등을 바라보며 가만히 있을 수밖에 없었다.

“…잠꾸러기.”

귓가에 따스한 숨결이 느껴지는 바람에 나는 그렇게 무겁게 감기어진 눈을 뜨며 꿈에서 깨어났다. 정신을 차리고 주위를 둘러보니 누가 옮겼는지는 몰라도 침대에서 편하게 누워 있는 내 자신과 그리고 옆에서 누워 그런 나를 바라보는 시아 녀석의 얼굴이 보였다.

꿈이었던 것인가? 생각조차 하기 힘든 먼 과거의 일이다. 평소 꿈이라고는 거의 꿔본 적이 없어서 조금은 당혹스럽기도 하다(기르디에게 엉망으로 터진 날은 제외하기로 하자).

하여튼 오래간만이구나, 시아 녀석이 침대에 숨어들어 온 것도. 요즘엔 통 대화조차 나누어보질 않았으니까.

“사, 상처는?!”

그게 문제가 아니다. 녀석은 어제까지만 해도 죽는다고 해도 이상하지 않을 정도로 피를 토하며 발작했었다. 먼 과거에 있었던 꿈 따위는 중요한 것이 아니란 말이다!

내가 막 그렇게 녀석의 머리를 만져 보기도 하고 맥박을 재보기도 하며 호들갑을 떨자 갑작스레 문이 열리며 아이린 씨가 들어왔다.

“다 나았으니까 그렇게 호들갑 떨 필요 없어!”

그렇게 심하게 발작했는데 하루 만에 다 나았다고? 내가 막 그렇게 질문하기도 전에 시아 녀석이 자신의 머리 위에 올려진 내 손을 마주

잡으며 말했다.

"이제 괜찮아요. 아무렇지도 않아요."

진짜 괜찮은 건가? 속으로 아프고 괴로우면서 거짓말하는 것은 아닌가?

"으이구! 진짜로 괜찮다니까! 하여튼 내려와서 밥이나 먹으라고. 하루 종일 잠만 자고 있을 거야? 그리고 이미 학교 가기에는 너무 늦은 거 같으니까 오늘은 시아랑 같이 푹 쉬라고. 내가 보기에는 시아보다 네가 더 아픈 사람 같으니까 말이야."

아이린 씨는 나와 시아가 누워 있음에도 불구하고 침대의 시트를 벗기며 품에 안아 들었다. 그렇게 되니 나나 시아나 어기적거리며 일어나서 씻기 위해 걸음을 움직일 수밖에 없었다. 어제 너무 무리해서 몸 이곳저곳이 욱신거리며 아프기도 했지만 그것보다는 시장기가 더 강했다. 저녁도 먹지 못하고 잠들어서 오후 늦게 깬 것이었다.

대충 몸을 씻고 식당으로 내려가 보니 조촐하지만 그래도 먹음직스러운 음식들이 차려져 있는 것이 보였다. 나와 시아는 자리를 잡고 앉은 후 기분 좋게 식사를 하기 시작했다.

나는 그럭저럭 깨죽거리며 먹고 있는데 시아 녀석이 더 맛있게 퍼먹는 거 같아 왠지 좀 속상하기도 했다(…). 참, 저 녀석은 어제의 일도 기억하지 못하는 것인가? 웬만한 사람이라도 그렇게 심하게 다치거나 하면 식욕이 떨어지는 것이 당연한데 말이다.

"좀 깨끗하게 먹어라."

입가에 소스를 묻히고 포크질도 서툴러서 주변에 음식을 흘리는 걸 보고 내가 핀잔을 주자 입을 살짝 내밀고 '흥!' 하고 코웃음 친다. 왠지 주먹이 부들부들 떨리며 분노라는 감정이 치밀어 오르는 것이……

하여튼 이렇게 건강하게 식사하는 것을 보니 나도 이제 겨우 마음이 놓인다. 저렇게 얄미워 보여도 오늘만은 웃어 넘겨주자. 일단은 그렇게 생각하며 나도 제대로 식사를 하기 시작했다.

　식사를 그렇게 끝마치고 역시 나와 시아는 식당 일을 해야만 했다.
　이 식당이란 곳이 워낙 수도 내에서 인기가 있는 편이라서 거의 매일마다 손님들이 와글와글거리며 식사와 음료를 즐기는 덕분에 나 같은 종업원 하나만 빠져도 남아 있는 식당 사람들 전부가 그만큼 할 일이 늘어나는 것이다. 기르다나 아이린 씨는 하루쯤 더 쉬어도 좋다고 했지만 나와 시아는 그냥 미소 지으며 거절했다. 얹혀사는 주제에 그렇게 쉬는 것도 예의는 아니라고 생각했다. 저녁 내내 힘들게 일하고 시아는 잠자러 자기 방으로 올라가 버렸고 난 검술 연습을 하기 위해 뒤뜰을 향해 걸음을 옮기고 있었다. 쉬고 싶었지만 연습이란 것이 원래 조금 하더라도 꾸준히 하는 것이 더 중요한 것이다. 어제는 시아 덕분에 연습도 하지 못하고 잠들었으니까 오늘은 평소보다 조금 더 연습하기로 마음먹었다.
　막 그렇게 힘들게 연습하고 있던 도중 어느새 기르디가 기척도 없이 등 뒤로 다가와 말했다.
　"검을 쥔 손에 더 힘을 줘라. 강한 파괴력은 악력과 속도가 좌우하니까 말이다."
　땀을 닦으며 뒤를 돌아보자 거만하게 팔짱을 긴 채 나를 날카로운 눈으로 주시하는 기르디의 모습이 보였다.
　"…물론 아직 너에게 정확함이나 기교를 바라는 것은 아니니까."
　반박하고 싶지만 그래도 내 주제를 아는 이상 가만히 있는 게 좋을 듯했다. 내 자신의 실력은 나 스스로가 뼈저리게 알고 있었던 사실이니까 말이다(그래도 실은 나중에 두고 보자 하고 속으로 생각했다).

"두고 보라고요. 반드시 강해질 테니까 말이죠."

기르디는 내 말을 듣고 피식하고 웃었지만 나는 심각한 표정으로 그를 바라보았다. 그리고 다시 천천히 시선을 검으로 돌린 후 작은 소리로 말을 이었다.

"소중한 사람을 지킬 수 있도록 말이죠."

코웃음 칠 거 같았던 기르디였지만 의외로 그는 아무런 말도 하지 않고 천천히 등을 돌린 채 식당을 향해서 걸음을 움직이기 시작했다. 나는 그런 그에게 시선을 돌리고 다시 검을 휘두르기 위해 자세를 잡았다.

막 연습을 재개하려고 하는데 기르디의 목소리가 들려왔다.

"조금은 나아진 것 같군."

고개를 돌려 보니 문을 열고 식당 안으로 들어가는 그의 뒷모습이 보일 뿐이었다. 저 녀석도 칭찬이라는 것을 할 줄 안다는 것이 신기하게 느껴져 오는 순간이었다.

철커덕 하는 마찰음과 함께 문이 열리고 시야에는 하나둘씩 조금은 익숙해진 얼굴들이 보인다. 안면이 조금 있는 아이들과는 눈인사 정도 하며 그렇게 나는 터벅터벅 내 자리를 향해서 걸음을 움직였다.

어느 정도 시간이 흐른 후였기 때문인지 처음에는 몰라도 지금은 내 위치를 어느 정도 잡은 상태였다. 말을 걸어오거나 친해지기 위해 접근하는 아이들은 없었지만 그렇다고 유치하게 특별히 따돌리거나 비아냥거리는 아이들도 없었다. 평민이라는 것을 제외한다면 내게는 약점이라는 것이 없었으니까 말이다. 성적이 떨어지는 것도 아니고 행실이 올바르지 않은 것도 아니다. 그렇다고 성격이 나쁜 것도 아니었으니까 말이다.

상황이 이렇게 되니 별로 꼬투리 잡을 것조차 없는 것이다. 학기 초에는 시비를 걸어오는 머리 나쁜 녀석들도 드물지 않게 있었지만 단지 신분과 지위가 높다는 이유 하나만으로 나를 무시한다는 것은—게다가 나를 무시하거나 욕하려고 하는 아이들의 대부분은 성적도 나보다 아래고 검술도 형편없는 경우가 더 많았다—스스로 생각해 보아도 자신만 낮추는 결과를 낳는 한심한 일이라는 것을 깨닫게 해주었던 것이다. 물론 그것을 가능하게 하기 위해서 내가 쏟은 노력이라는 것은 상상조차 하기 힘들 정도로 괴롭고 고통스러운 것이었다. 평균적으로 네다섯 시간 정도밖에 잠을 못 잤고 학교에서는 정신을 집중해서 수업을 들어야만 했었다. 식당에 돌아와서는 식당 일을 도와야 했고 그것을 끝내면 또 검술 연습을 해야만 했다. 피를 말리는 자신과의 싸움이었다. 하지만 사나이가 칼을 뽑았으면 야채라도 썰어야 된다고 누가 말했던가? 조금은 어울리지 않는 비유 같기도 하지만 일단 이곳까지 온 이상 한 발자국도 물러설 수 없었다.

종합적으로 성적을 계산해서 1학년에서 2학년으로 올라가는 것만 해도 반수 이상이 탈락되는 이곳은 졸업만 할 수 있어도 탄탄대로의 인생을 보장받는 그런 곳이었다. 학년을 진급할 때마다 반수 이상의 탈락자가 나오고 또 그 탈락된 자 중에서 반수 이상이 자퇴서를 제출해야만 하는 것이다. 그렇게 진급할수록 실력 심사는 더욱더 철저하고 엄격해진다. 최후까지 가서는 같은 또래의 나이라고 상상조차 하기 힘들 기량을 소유하게 되니 말이다.

사실 어느 정도만 진급한다면 그 실력을 인정받아 유명한 기사단에서 스카웃 제의가 들어오기도 했었다(인재를 갖기 위한 눈물겨운 노력이라고도 말할 수 있겠다).

대충 자리에 앉고 어느 정도의 시간이 흐르자 에이딘 선생이 문을 열고 교실 안으로 들어왔다.

에이딘 선생은 평민이라는 이유로 특별히 나를 다른 아이보다 무시하거나 혹은 차별하는 그런 선생은 아니었다. 아니, 오히려 다른 아이보다 나를 더 챙겨주기도 하고 책 같은 것도 특별히 싸게 구입할 수 있도록 신경 써 주기도 했다(작년 선배에게 부탁해 공짜로 얻어오시기도 할 정도였다). 덕분에 나는 쉽게 학교 생활에 적응할 수 있었다.

하여튼 에이딘 선생은 출석을 부르며 오늘 있을 수업을 확인시켜 주고 전달 사항을 알려준 후 그렇게 조회를 끝마쳤다.

"…아, 그리고 베리, 너는 수업 끝나고 잠시 내게 오너라."

아마 어제 학교를 빼먹은 것 때문이겠지. 나는 고개를 끄덕이며 알았다고 대답했다. 잠시 후 종이 울리자 곧 선생은 교실 밖으로 사라져 버렸고 대부분의 아이들은 화장실을 가거나 친한 아이들끼리 잡담을 나누며 그렇게 쉬는 시간을 보내고 있었다. 나는 가방에서 책을 꺼내 오늘 있을 수업을 예습하기 시작했다. 막 그렇게 공부를 하고 있던 도중 갑작스럽게 짜증 섞인 말이 귓가에 들려왔다.

"젠장, 저번에 누가 결석할 때는 혼내더니 왜 저 녀석만 특별 대우야? 서러워서 살겠나, 정말."

"하여튼 재수없다니까."

앞서 말했듯이 대부분의 아이들이 날 인정하고 있었지만 그래도 예외는 있는 법이다. 아무리 품질 좋은 사과 상자라 해도 그 안 깊은 곳에는 썩고 볼품없는 것이 포함되어 있기 마련이니까. 내가 약점 하나 잡히지 않자 그것을 못마땅하게 여기는 녀석들이 있었다.

성적이 우수한 아이들이 저런 소리를 한다면 그래도 이해는 해줄 수 있지. 가만히 있으면 중간은 간다는 말도 못 들어본 녀석인가? 짜증이 솟구쳤지만 나는 표정 하나 바꾸지 않으며 그렇게, 아무렇지도 않다는 듯 책에 시선을 고정시켰다(한마디로 '어떤 개가 짖는구나' 라고 여기는 것이다).

그런데 의외로 생각지도 못한 일이 발생해 버렸다.

"아아, 짜증나네. 안 그러냐, 엘리?"

"정말 주제도 모르고 떠드는군. 얼굴도 못생긴 것들이."

갑작스레 들려온 목소리에 나는 박수라도 쳐 주고 싶었지만 차마 그런 행동은 하지 못하고 고개를 들어 목소리의 주인을 찾았다. 약간은 안면이 있는 같은 반의 두 여학생이었다.

이 학교라는 곳은 실력만 있다면 성별은 상관없다라는 자유스러운 교풍이 남아 있었다(전 교장이었던 사람이 여자였던 모양이다. 그 교장이 여학생을 조금이라도 차별하는 교칙은 다 삭제해 버렸다고 들었다). 남녀의 성비율은 약 3:1정도로 남자가 압도적으로 많은 편이었다. 그것은 바꿔 말하면 여학생이라는 존재 하나는 남학생 세 명을 뛰어넘는 것이 된다고 해도 과언이 아니다(약간 문제성있는 발언인가?). 그래서 아무리 멍청하고 골 빈 녀석이라고 해도 여학생, 그것도 얼굴이 단정한 여학생을 건드리지는 못했다.

솔직히 말하자면 좋은 곳에서 신랑감을 얻기 위해 강압적으로 이 학교에 자신의 딸을 입학시키는 부모도 많다고 들었다. 남자 아이들의 경우도 마찬가지여서 졸업은 하지 못하더라도 여자 친구 하나는 건져야만 한다라고 생각하는 녀석들이 득실거리고 있는 것이다(이것이 우리 나라 최대의 기사 양성 학교의 진실이었던 것이다. 젠장!).

하여튼 나를 도와주는 두 여학생의 얼굴은 눈에 확 뜨일 정도로 단정한 편이었다. 상황이 이렇게 돌아가자 그 두 여학생에게 작업 들어가는 녀석들이 거드는 것은 불 보듯 뻔한 일이었다.

"저 녀석들, 평소에는 안 그러더니 왜 저래?"

"웃기지도 않는 권위주의로군 그래."

이렇게 되자 당혹스러워하는 쪽은 시비를 걸었던 남학생들이었다. 나는 속으로 회심의 미소를 짓고 있었지만 짐짓 목소리를 가다듬으며 표정 관리를 하고는 차분한 톤으로 그렇게 입을 열었다.

"그만 해주십시오. 결석한 것은 제 잘못이니까요."

참, 얼굴색 하나 안 바꾸고 마음에도 없는 대사를 하는 걸 보니 나도 보통은 아니구나. 하여튼 내가 그렇게 말하자 그 시비 걸었던 남학생들은 얼굴을 붉히고 교실 밖으로 사라져 버렸고 교실 안은 잠시 동안 정적 속에 파묻혔다.

잠시 후 아이들은 아무 일 없었다는 듯이 수다스럽게 잡담을 하기 시작했다. 나도 다시 시선을 거두고 책을 보기 위해 정신을 집중했다. 오늘은 생각지도 못한 수확을 거뒀군. 그렇게 생각하니 얼굴에는 나도 모르게 살짝 미소가 번져 오기 시작했다.

"그래, 무엇 때문에 결석한 거냐?"

에이딘 선생은 조금은 염려스러운 표정으로 나를 바라보며 그렇게 물었다. 나는 최대한 솔직하게 어제 있었던 사실들을 대충 말해 주자 선생은 고개를 끄덕이며 그럴 줄 알았다는 듯한 표정으로 고개를 끄덕이며 물었다.

"동생 몸은 이제 괜찮은 거니?"

'너무 괜찮아서 문제인데요' 하고 대답하고 싶었지만 대충 '워낙 근본이 튼튼한 녀석이라서' 라고 말했다. 에이딘 선생은 굳어 있던 표정을 풀고 팔을 뻗어 내 손을 잡은 채 말했다.

"솔직히 말하자면… 나의 어머니도 평민이셨단다. 아름다운 분이셨지. 그래서 그런지 네 녀석만 보면 어머니 얼굴이 떠오르는군."

내가 얼굴이 곱상하고 평민이기 때문에 어머니가 떠오른다는 것인가? 하여튼 나는 그런 선생에게 대충 고개를 끄덕여 주고는 곧 교무실을 빠져나와 집으로 향했다.

'에이딘 선생이 나에게 잘해주는 이유가 있었구나.'

새삼스레 그렇게 생각하며 막 교문 밖을 지나는데 누군가 날 부르는 소리에 걸음을 멈추었다.

"어이, 잠시 시간 좀 내줄래?"

오늘 아침에 내 편을 들어주었던 그 두 명의 여학생이 아닌가? 내가 조금 당혹스러워하자 '엘리' 라고 불려지던 그 여학생이 미소 짓는 얼굴로 나를 바라보며 다시 입을 열었다.

"특별히 바쁘지만 않다면 부탁하고 싶은데."

막상 지금 식당으로 빨리 돌아간다고 해도 뼈 빠지게 종업원 일이나 하겠지 하는 생각이 들자 나는 그 둘을 바라보며 고개를 끄덕였다. 그 두 여학생은 앞장서서 천천히 다시 학교 안을 향해서 걸음을 움직였다. 왠지 조금 불길하기도 했지만 '설마 아무짝에도 쓸모없는 나에게 특별히 무슨 이상한 짓을 할 리 없잖아' 하고 생각하며 스스로를 안심시킬 수밖에 없었다.

학교에서 제일 구석진 어느 낡은 교실 안이다. 창고로 쓰고 있는 모양인지 잡동사니 같은 것이 교실 안에 엉망으로 널브러져 있어서 저절로 눈살이 찌푸려졌다. 그 여학생 둘은 어디서 구해온 것인지 편해 보이는 의자를 나에게 권하며 자신들도 의자에 몸을 묻고는 잠시 뜸을 들이더니 천천히 나를 바라보며 입을 열었다.

"음, 베리는 서클 정해둔 거 혹시 있어?"

엘리라고 불리는 소녀가 크고 시원해 보이는 눈을 빛내며 그렇게 나에게 질문했다. 물론 당연히 식당 일 하기에도 바쁜 내가 서클을 들었을 리는 만무하다. 천천히 고개를 저으며 '아뇨' 라고 대답했다.

"일단 소개부터 하자. 내 이름은 엘리자베스 타르니안이라고 해. 그냥 편하게 엘리라고 불러주었으면 좋겠어."

엘리자베스라……. 그러고 보니 집에 놔두고 온 엘리자베스가 생각나는군. 내가 없어도 집 잘 지켜주었으면 좋겠는데 쓸쓸하다고 날 원망하고 있는 건 아닌지 모르겠네.

"어이, 이봐! 무슨 생각해?"

엘리의 옆에 있는 소녀가 얼굴을 갸우뚱거리며 나에게 말했다. 남이 말하고 있는데 다른 생각 하는 것은 예의가 아니겠지? 내가 고개를 숙이며 죄송하다고 사과하자 그녀가 괜찮다는 미소를 지으며 입을 열었다.

"뭐, 내 이름은 리체라고. 그리고 동갑 같은데 존칭 쓰면 어색하잖아? 나는 그런 거 딱 질색이니까 그냥 말 트자고."

굉장히 털털한 성격인가 보군. 하여튼 나는 나 스스로에게 다짐한 것이 있었기 때문에 반 아이들 전부에게 존칭을 사용하고 있었다. 그녀의 마음 씀씀이가 고맙기도 했지만 나는 그냥 고개를 가로저으며 대답했다.

"전 이게 편하니까 괜찮습니다. 그리고 서클에 관해서 말씀하고 싶으신 거 같은데, 아닌가요?"

둘은 잠시 아무 말도 못하다가 조금은 어색해 보이는 미소를 지으며 입을 열었다.

"솔직히 말하자면 그래. 나와 엘리는 서클을 하나 만들려고 하고 있거든. 단도직입적으로 말하자면 베리가 우리 서클에 가입해 주었으면 좋겠어."

서클이라……. 생각이 없는 것은 아니지만 그래도 여건상 불가능할 듯싶은데 말이야. 나는 잠시 고개를 숙이고 생각하다가 조금은 슬픈 미소를 지어 보이며 말했다.

"여건상 불가능할 것 같군요. 흥미가 없는 것은 아니지만 시간도 없고 활동할 자신도 없으니까요."

리체는 그런 나를 진지한 표정으로 바라보았다.

"음, 서클을 한 군데도 들지 않는다면 성적에 감점 대상이 되는 건 알고 있는 거지? 그리고 솔직히 말하자면 우리도 그냥 놀고 먹기 편하기 위해서 서클을 만드는 거라고. 나와 엘리는 모르겠지만 너는 그냥 일단 아무것도 하지 않는다고 해도 좋으니까 그냥 가입만 해주었으면 좋겠어."

음, 나쁜 조건의 이야기는 아니군 그래. 일단 성적에 마이너스를 받지 않아서 좋다. 제대로 활동하지 않아도 된다고 하니까 그냥 확 가입해 버릴까? 내가 그렇게 망설이고 있는 것을 알아차렸는지 엘리가 조금은 기합이 든 목소리로 입을 열었다.

"일단 나중에 마음에 들지 않으면 퇴부하더라도 뭐라고 하지 않을 테니까 가입 좀 해줘. 내일까지 서클 신청서를 제출해야 되는데 인원이 부족하단 말이야. 여학생들은 다 선별했고 남학생들에게는 부탁하고 싶지도 않아."

남학생이 가입하기에는 조금 이상한 뉘앙스가 느껴지는 그런 서클인가 보군. 나는 그렇게 생각하며 입을 열었다.

"도대체 무엇을 하는 서클이기에 그러는 것입니까? 서클 이름이 뭐죠?"

내 질문을 듣더니 갑자기 두 소녀는 조금은 안색을 굳히며 대답하기 주저하는 기색을 보였다. 대체 무엇이기에? 설마 무슨 나쁜 목적을 계획하고 있는 것인가? 내가 그렇게 궁금한 표정을 지어 보이자 잠시 후 리체가 무엇인가 험악한 표정을 지으며 입을 열었다.

"…미소년 사랑 동호회."

"왜 그렇게 심각한 표정이야? 학교에서 무슨 일 있었어?"

거의 폐점 시간이 다가올 무렵 대걸레질을 하고 있는 나를 바라보며 아이린 씨가 물었다. 내색치 않으려고 했지만 나는 생각하고 있는 게 표정으로 비치는 타입인가 보다. 내가 아무 말도 하지 않고 한숨을 쉬며 대걸레질을 계속하자 아이린 씨는 그런 나를 바라보며 고개를 가우뚱거리더니 곧 주방 안쪽으로 사라져 버렸다.

"우리가 마음만 먹는다면 학교 생활이 굉장히 고달파질 수도 있다는 것을 알고 있겠지? 너에게 손해 되는 일이라고 생각지 않으니까 좋은 쪽으로 결정 내려주기 바래. 일단 내일까지 시간을 줄 테니 천천히 생각해 보라고."

당황한 내가 아무 말도 하지 못하자 순식간에 그 둘은 자리에서 일어나더니 문밖으로 사라져 버렸다.

생각해 보니 정말 일방적인 권유잖아? 좋게 생각하려고 해도 조금은 억울하기도 하고 말이지.

"……."

어느새 다가온 것인지 시아 녀석이 노엘을 안아 들고 나를 바라보고 있었다. 내가 만지기만 하려고 해도 죽기 살기로 저항하던 노엘 녀석은 이상하게도 시아에게만은 얌전했다.

수도로 오기 위한 여행을 했을 때에 저 고양이 녀석에게 입은 상처를 생각해 보면 정말 자다가도 이가 갈릴 정도다. 일 년 동안 먹여주고 재워준 주인에게는 원수라도 만난 것마냥 포악하게 굴고 갑작스레 나타난 시아 녀석에게는 저렇게 얌전하다니, 정말 은혜도 모르는 싸가지 없는 고양이 녀석이다.

굶어 죽은 고양이 귀신 원혼이 밤마다 꿈속에 나타나는 것은 죽어도 사양이기 때문에 일단 무리를 해서 데리고 오긴 했지만 지금 돌이켜 보면 그것만큼 미련한 것도 없다는 생각이 든다.

"……."

불규칙적으로 고개를 꾸벅꾸벅 떨구며 나를 바라보는 시아 녀석. 저녁때가 되어서인지 굉장히 피곤하고 졸린 눈이다. 나도 피곤하기는 했지만 청소를 끝마치고 검술 연습도 하고 숙제도 해야 되는데 말이지. 하여튼 저렇게 멀뚱멀뚱 바라보고 있으면 청소에 집중할 수가 없잖아.

"졸리면 방에 가서 자."

조금 더 시간을 끌며 나를 바라보더니 시아 녀석은 곧 아이린 씨의 손에 이끌려 반강제로 자신의 방으로 사라져 버렸다.

"평소보다 검이 가볍군. 무슨 일이 있었던 거냐?"

기르디는 심각한 표정으로 바닥에 널브러져 있는 나를 바라보며 입을 열었다. 숨이 턱까지 차올랐기 때문에 대답하기조차 힘들었지만 나는 간신히 숨을 가다듬으며 천천히 학교에서 있었던 일을 말하기 시작했다.

"……."

사정을 들은 기르디의 표정은 참으로 애매모호했다. 비웃기는 해야 할 텐데 간신히 참고 있는 표정이라고나 할까? 잠시 후 나는 땅바닥에 누워 있는 상태를 유지하며 그런 기르디에게 질문했다.

"어떻게 해야 되죠?"

기르디는 그런 내게서 시선을 돌리며 말없이 식당 쪽으로 걸음을 움직이기 시작했다. 저런 녀석에게 해결 방안을 듣는다는 것은 불가능하다는 것을 알고 있었지만 막상 저렇게 아무 말 없이 사라져 버리니 조금은 약이 오르기 시작한다. 나중에 늙으면 두고 보자고. 시설 후진 양로원을 구해서 처박아 버릴 테니 말이야(세상에서 제일 심한 욕 중에 하나라고도 하며 어떤 사람은 이렇게 말했다. 예라, 이 늙어서 죽을 놈아!).

으윽! 하여튼 짜증나는군. 그래, 다 좋은데 왜 하필 '미소년 사랑 동호회'인 것이냐?! 차라리 '하프링, 드워프 사랑 동호회'라고 하면 이해를 하겠다(이종족에게 평등하게 대하자. 뭐라고든 변명은 할 수 있을 테니 말이다).

잡념을 떨쳐 내기 위해 나는 미친 듯이 검을 휘두르며 그렇게 쓰러지듯이 잠들 수밖에 없었다.

하교 시간이다. 가방에 책을 집어넣으며 집으로 돌아갈 준비를 하고 있는 나에게 갑작스레 누군가 다가와 질문했다.

"결정은 내렸냐?"

리체라고 하는 소녀였다. 나는 그녀를 바라보며 고개를 끄덕이며 대답했다.

"네, 입부하겠습니다."

리체, 그리고 어느새 다가왔는지 엘리가 내 대답에 흐뭇한 미소를 지으며 말했다.

"환영해. 잘 지내보자."

그 말에 겉으로는 웃고 있었지만 속으로는 이빨을 가는 나였다.

하여튼 기어이 입부 신청서까지 받아내고는 둘은 발걸음도 가볍게 어딘가로 사라져 버렸다. 아무도 없는 쓸쓸한 교실에서 나는 그렇게 허탈한 눈으로 창밖에 비치는 푸른 하늘을 바라보았다.

졸지에 변태가 되어버린 기분이군. 젠장, 요새는 왜 이렇게 안 좋은 일들의 연속인가? 겹경사, 줄초상이라고 하더니 그 말이 딱이다.

하여튼 나는 대충 책을 가방에 쑤셔 넣으며 천천히 집으로 돌아가는 걸음을 움직이기 시작했다.

식당 일을 하기 전에 방으로 올라간 나는 책을 펼쳐 놓고 조만간 있을 시험 공부를 하기 시작했다. 시험은 이제 일주일도 남지 않은 상태이다. 일단 처음인 만큼 더욱더 열심히 노력해야 한다. 남들보다 더 높은 점수를 받기 위해서는 말이다.

요즘 들어서는 정말 하루가 너무 짧다고 불평할 만큼 할 일도 많고 시간도 부족했다. 게다가 하나도 포기할 수 없는 입장이다. 식당 일을 하지 않으면 기르디에게 쫓겨날지도 모르고 공부를 하지 않으면 학교에서 쫓겨날 테고 그렇다고 검술 연습을 하지 않으면 나중에—2학년 때부터는 실기와 실전 위주다. 1학년 때는 이론 비중이 더 크지만 말이다—더 고생할 테니 말이다.

머리 좋다는 소리는 자주 듣기도 했지만 일단은 뭐든지 열심히 노력해야지 대가가 있는 법이다. 도둑질도 해본 놈이 잘한다고 자주, 열심히 이렇게 공부하는 수밖에 없다. 그리고 일단 이 학교의 수준이 수준인 만큼 대충대충 했다가는 어중간한 성적도 거두지 못할 것이다. 게다가 공부하는 책의 난이도도 전과는 비교도 하지 못할 정도로 어렵고 복잡했다. 전에는 눈으로 대충 여러 번 읽은 다음 그 의미를 생각해 보면 충분히 이해할 수 있을 정도의 난이도였지만 요새 공부하는 것들은 그렇게 대충 했다가는 이해는커녕 머리만 더 아파오는 것들이었기 때문이다.

좋아하는 과목은 수학이나 마법, 역사 쪽에 관련된 것들이다. 그만큼 전에 책을 열심히 읽기도 했고 지식도 대충은 밝은 것들이어서 웬만큼 공부해도 좋은 성적을 거둘 수 있을 것이라 예상되었다.

하지만 예법이라든지 전술과 진형, 기사도 같은 것들은 정말 취미도 맞지 않고 지식도 거의 전무하다고 할 정도로 부족했기 때문에 열심히 공부하지 않는다면 최악의 점수가 나올지도 모르겠다고 통감하고 있었다.

예를 들어 '레이디에게 할 수 있는 예법에 대해서 서술하시오' 라든지 '다음 중 자신의 주군에게 해서는 안 되는 일은 무엇일까요?' 같은 문제들 말이다(소위 열심히 교양 떠는 일이다. 내 단순 무식한 성격과는 거리가 먼 것들이었다).

취미가 맞지 않는다고 해도 좋은 성적을 거두기 위해서는 어쩔 수 없는 일이다. 일 년 동안 반에서 평균 성적이 10위권 안이면 자동 진학의 특혜가 있다고 들었다. 그리고 나머지 학생들은 담임 선생의 '공정한' 심사를 거쳐 진학의 유무가 결정된다고 했다(말이 좋아 공정한 심사지 집안 배경이 좋고 성적이 그렇게 나쁘지만 않는다면 3학년까지는 그냥 진학한다고 들었다).

하여튼 나 같은 경우는 반에서 10등 안에 들지 못한다면 자동으로 떨어질 것이 분명하다. 한 반에는 대충 30명 정도의 학생이 수업을 들으니까 그렇게 힘들지는 않겠지만 그래도 일단은 하는 데까지 해보는 게 중요하다. 일단 성적이 우수하면 여러 가지 특혜가 주어진다고 들었으니까 말이다.

그렇게 공부를 끝마치고 나는 옷을 갈아입은 후 식당을 향해 털레털레 걸음을 움직였다. 계단을 내려와 보니 시아 녀석이 손님에게 쪼르르 달려가 주문을 받고 있는 모습이 보인다. 일단 아직은 별로 손님이 그렇게 많아 보이지 않았지만 이제 저녁을 먹을 시간대가 되면 인간들이 밥을 먹기 위해 득실득실거릴 것이 분명하다.

나도 그렇게 펜과 메모지와 메뉴판을 장비하고 천천히 테이블 사이를 누비며 주문을 받기 시작했다.

"어이, 이쁜이! 여기 맥주 두 잔 부탁해!"

단골 손님이란 것들은 슬슬 내 얼굴에 익숙해지면서 '이쁜이' 라든지 하는 극악한 별명으로 나를 부르기 시작했다. 맨 처음에는 얼굴이 저절로 붉어올 정도로 창피했지만 이제는 뭐, 무덤덤한 상태였다. 듣기는 싫었지만 참는 수밖에 도리가 없었다. 복수한다는 것은 상상도

못할 일이다(그렇게 부르는 손님의 음식에 소금이 왕창 들어가 있다든지 맥주
의 양이 다른 손님의 비교해서 현저하게 적다는 것 같은 사소한 문제들은 제외
하기로 하자).

역시 익숙해진 만큼 처음과 달리 음식이 뒤바뀐다거나 바닥에 떨어
뜨린다거나 하는 일은 거의 없었다. 처음에는 너무 실수를 자주 해서
기르디에게 매일 구박을 들었을 정도였는데 말이다.

게다가 이 일도 체력을 늘려주는 데 한몫을 했다는 것은 부정할 수
없었다. 무거운 음식을 들고 이리저리 돌아다니는 것은 엄청난 체력
소모였던 것이다. 영업이 끝날 무렵에는 땀이 온몸을 뒤덮을 정도로
쏟아져 있었고 다리는 걷지도 못할 정도로 후들후들거리는 정도였으니
까 말이다(그래도 처음에 비하면 요즘은 체력이 늘어서 조금은 쌩쌩하기도 했
다).

하여튼 내가 온 후 달라진 것이 있다면 일단은 식당에 단골 손님이
늘었다는 사실이다. 평민이라는 신분의 벽에도 불구하고 카이리온 기
사 양성 학교에 입학했다는 사실이 사람들에게 알려지면서부터 손님들
은 날 조금은 안쓰럽게 여기기도 했지만 그래도 자랑스럽게 생각하고
있었던 것이다. 그리고 간혹 가다가 아이린 씨나 시아를 통해서 팬레터
가 오기도 했다. 보잘것없는 내가 뭐가 좋은지는 모르겠지만 말이다(일
단은 그래도 조금 흐뭇한 것도 사실이었다. 비록 다 교제를 거절하기는 했지만
말이다).

장사가 끝나고 식당 문을 닫을 무렵. 나와 아이린 씨, 그리고 기르디
녀석은 늦은 저녁을 먹고 있었다(시아 녀석은 졸음을 참지 못하고 자신의
방에서 잠들어 있었다).

아무 말 없이 밥만 먹는 것도 지겨운 나머지 나는 아이린 씨를 바라보며 전부터 궁금하게 생각하고 있었던 사실을 질문했다.

"시아를 낫게 해준 사람은 누구죠?"

나는 그때 정신을 잃듯이 잠들어 버렸으니까 말이다. 그렇게 심하게 발작하던 아이를 한순간에 낫게 해줄 정도니까 평범한 사람은 아닐 것이라고 생각했다.

내 말을 들은 둘은 조금은 표정이 굳기 시작했다. 말하기가 껄끄러운 모양이다. 한참을 그렇게 아무 말도 하지 않던 아이린 씨는 포크를 테이블 위에 내려놓고는 굉장히 심각한 표정으로 나를 바라보며 입을 열었다.

"사실대로 이야기해 주길 바라니?"

나는 고개를 끄덕였다. 기르디는 음식을 먹다 말고 의자에서 일어나서는 자리를 피해주었다. 아마도 그만큼 심각한 일인가 보다. 아이린 씨는 조용히 한숨을 쉬고는 천천히 말을 이어갔다.

"시아는 인간이 아니다. 굳이 말하자면 마법 생명체라고 할 수 있겠지. 그리고 얼마 살지도 못할 거야. 길어봐야 몇 년이겠지."

아이린 씨의 눈은 서서히 물기에 젖기 시작했다. 나는 그녀가 한 말의 뜻이 무엇인지 이해가 가지 않았기 때문에 멍청하게 그녀를 바라보고 있을 따름이었다. 한참의 적막 후에 그녀는 슬픈 목소리로 말했다.

"엄청난 고통… 매일마다 그렇게… 설령 어른이라고 해도 참지 못할 그런 고통을 겪었다고 하더라. 그런데 멍청하게 우리 중 누구 하나 알아채지 못한 거야."

천천히 방울째로 테이블 위에 그녀의 눈물이 떨어져 내리기 시작했다. 나는 아직도 그녀가 한 말의 의미를 알지 못했다. 고통이라니? 인간이 아니라니? 그게 무슨 뜻이지?

"그것은 저주받은 고대 마법의 결정이지. 마법이 굉장히 발달했던 고대에서만 존재하던 그런 것들……."

고대의 것들이든 그것은 중요하지 않다. 인간이 아니더라도 좋아. 하지만 왜 죽어야 하는 거지?

"무슨 소리 하는 거죠?"

"믿지 못하겠지. 나도 그랬으니까. 하지만 사실이다. 증거로 그녀는 모든 마나의 성질을 무시하고 있으니까 말이야. 설령 화염구(Fire Ball)에 직격으로 맞는다 해도 그 아이는 죽지 않을 거야."

머리 속은 한없이 복잡해지기 시작했다. 소설에서나 나올 법한 이야기의 나열이다. 이런 것들을 나에게 믿으라고 강요하는 것인가?

"매일 잠들지 못할 정도로 괴롭고 고통스러웠던 거야. 하지만 나는 눈치 채지 못했어. 그냥 잠이 없는 아이라고만 생각했어. 가끔씩 슬픈 미소로 사람을 바라보는 것도… 그냥 대수롭지 않게 생각했어."

가끔씩 침대에 숨어들어 오는 것도, 그렇게 아무렇지도 않다는 듯 미소 지으며 얄밉게 말하는 것도……. 왜 나는 알아채지 못했을까? 시아는 나에게 말하지는 않았지만 눈치 채주었으면 하고 언제나 생각하고 있었을지도 모른다. 내가 언제나 '힘들다' 라고 불평할 때도 웃으며 미소 지어 주었던 그녀의 마음은 어떤 것이었을까? 적어도 나보다 백 배는, 아니, 비교할 수 없을 만큼 더 괴로웠을 텐데. 하지만 아무 말도 하지 않았다. 그냥 그렇게 아무렇지도 않다는 듯이 웃으며 내게 다가왔다.

"…왜 말하지 않았을까요? 나 같은 것보다는 비교할 수 없을 정도로 괴로웠을 텐데."

이를 악물고 울지 않으려고 했지만 어느새 눈물은 방울째 떨어져 내려 옷을 적시기 시작했다. 남자는 울면 안 되는 건데, 바보같이 이렇게 울면 안 되는 건데 하고 생각하지만 어쩔 수 없다. 나는 아직 철이 들지도 않은 아이니까.

"죽기에는 아직 너무 어려요. 좀 더 행복하게 살아야 하는데……."

나 자신이 너무 한심하고 저주스러워서 참지 못할 정도로 부끄럽다. 소중한 사람도 살리지 못하는 사람이 어떻게 기사가 된단 말인가? 다 쓸모없는 일이다.

아이린 씨는 조용히 다가와 그런 나를 두 팔로 감싸 안아주었다. 울고 싶지 않았지만 나는 그녀의 셔츠를 다 적실 정도로 눈물을 쏟아내고는 쓰러지듯이 잠들었다.

"방법은 없는 것인가요?"

침대에 누워 그렇게 천장을 바라보았다. 전에 살던 집과는 비교할 수 없을 정도로 깨끗하고 깔끔한 디자인의 천장. 물방울, 아니면 다이아몬드 같은 기하학적인 무늬들의 나열이다. 말을 했지만 대답을 듣기 위해서는 약간의 시간과 인내심을 필요로 했다.

"우리 힘으로는 불가능해. 그분도 그렇게 말씀하셨고."

자신이 잘못한 것이 하나도 없음에도 불구하고 굉장히 자학적인 톤이 묻어나는 대답이다.

휴일이었기 때문에 학교에는 가지 않아도 되었다. 전날 밤 조금은 한심스럽게 울었던 그날의 기억을 떠올리니 왠지 아이린 씨에게 조금은 쑥스럽기도 하다. 나보다 더 마르고 가냘픈 그녀의 품 안에서 그렇게 슬프게 울었던 모습이 떠올랐기 때문이다. 앞으로 남은 시간은 얼마 되지 않았다. 죽음을 쉽게 받아들일 만큼 나는 근성없고 한심한 녀석은 아니다. 설령 불가능하더라도 1%의 가능성이 있다면 해보는 수밖에 도리가 없는 것이다.

"…하지만 찾아봐야지. 남은 시간 동안."

한참의 시간을 그렇게 나를 바라보며 서 있던 그녀는 그래도 쉽게 포기하지는 않을 것이라는 눈빛으로 말을 이었다.

"그래도 급한 대로 손을 썼으니 당분간은 괜찮을 거야."

나를 위로하려는 듯 아이린 씨는 부자연스러운 웃음을 지은 채 천천히 말하며 침대 위에 놓여진 내 한 손을 잡아주었다. 따스한 온기가 느껴져 왔기 때문에 그래도 조금은 마음이 가벼워져 오기 시작했다.

순간 갑작스레 문이 열리고 누군가 급히 내 방 안으로 뛰쳐들어 왔다. 시선을 돌리자 시아 녀석이 미소 짓는 얼굴로 고양이 노엘을 품에 안고 서 있는 모습이 보였다. 시아는 나와 아이린 씨를 번갈아 보더니 천천히 인상을 굳히기 시작했다.

"……."

혹시 또 몸이 아픈 것인가? 당혹스러운 마음에 이불을 걷어차고 빠르게 침대에서 일어나 녀석에게 다가갔다. 인상을 굳히고 있던 녀석은 내가 갑작스레 뛰쳐나오자 눈을 동그랗게 뜨고는 조금은 당황스러워하는 모습이다.

"어디 아프니?"

갑작스러운 질문에 멀뚱히 날 바라보다가 잠시 후 고개를 좌우로 흔든다. 몸이 아픈 것이 아니라면 왜 그런 표정으로 날 바라본 것인가? 내가 의아해하자 녀석이 천천히 고개를 아래로 내리며 얼굴을 붉히기 시작했다. 어색한 침묵이 방 안을 감돌았다. 눈치없는 노엘 녀석만 시아의 품에서 야옹거리며 울고 있을 뿐이다. 시아는 힘겹게 천천히 작은 입술을 열었다.

"다른 사람하고 그렇게 손 잡고 있는 게 싫어."

"뭐?!'

내가 무어라 말하지 못하고 있자 아이린 씨가 옆에서 쿡쿡거리며 웃음을 터뜨렸다. 시아는 무어라 더 말하고 싶어했지만 그런 아이린 씨와 나를 번갈아 보더니 고개를 푹 숙이고는 얼굴만 붉힐 뿐이었다.

이거 웃어야 하는 건가, 아니면 울어야 하는 건가? 아무런 말도 못하고 머뭇거리고만 있는데 갑자기 아이린 씨의 목소리가 귓가에 아른거렸다.

"용기 내어서 고백한 거라구. 그 마음 고맙게 받아줘야지."

마법의 일종인가? 하여튼 그것이 중요한 것이 아니다. 고맙게 받아주라는 말의 의미는 알겠는데 대체 내가 무슨 대답을 해야 한다는 거냐? 대충 쉽게쉽게 대답하고는 싶은데 그랬다가는 저 눈앞에서 부끄러워하는 골칫덩어리 녀석이 상처받을지도 모르는 일이다. 대충 긍정적인 감정이 묻어나는 말을 해야 할 듯싶은데 말이다(그렇다고 '이제는 시아하고만 손 잡을게' 하고 대답해 줄 수는 없는 일 아닌가?).

저 녀석, 의외로 질투심(…)이 강한 성격이었구나. 평소에는 얌전하게만 있어서 느끼지 못했지만 말이다.

"으응. 나도 시아가 좋아."

크아아악! 왠지 말해 놓고도 이상하다. 저 녀석이 동생으로서 누구보다 사랑스럽고 좋은 건 사실이기는 하지만 말이다. 하여튼 내 대답이 적절했는지 시아는 고개를 들고는 초롱초롱 눈을 빛내며 나를 바라보았다. 이거 무엇인가 단어 선택의 실수가 예상치 못한 결과를 낳은 거 같다. 하지만 말이라는 게 한번 뱉으면 주워담을 수 없는 것 아닌가? 일단 저렇게 좋아하는 거 같으니 말이다. 좋은 게 다 좋은 거라고.

녀석은 한참을 그렇게 쑥스러워하며 좋아하더니 노엘 녀석을 땅에 내팽개치고는 살짝 내 품으로 안겨왔다. 그 모습을 옆에서 쿡쿡거리며 아이린 씨가 바라보고 있는 것이 느껴졌기 때문에 무엇인가 후회스러운 생각이 들기도 하는 순간이었다.

선생이 나가자 아이들은 하나둘씩 자리에서 일어나더니 시끌벅적하게 잡담을 하기 시작했다. 드디어 괴로웠던 시험이 끝났다. 성적이 나쁘더라도 일단 시험이 끝났으면 떠들며 놀고 싶어지는 것이 학생의 심리다.

하여튼 나쁘지는 않은 성적이다. 조금 불만족스럽기는 하지만 최소한 상위권 안에는 들 것이다. 일단은 노력한 만큼 대가가 나온 것 같다.

"베리, 오늘이 동호회 첫 소집일인 거 알지?"

리체 녀석이 내 어깨에 손을 얹고는 음흉스럽게 말을 건네왔다. 특별히 손해 볼 게 없는 한 친절하게 대꾸해 주자 리체 녀석은 이렇게 넉살스럽게 다가와 말을 자주 건네오고는 했다. 생긴 거 답게 남성스럽고 터프한 녀석이라고나 할까? 하여튼 이 녀석을 보면 제프리 녀석이 떠오른다. 성격도 비슷하고 하는 행동도 비슷했기 때문이다.

나는 몸을 앞으로 빼서 녀석의 손을 피하고는 퉁명스럽게 대꾸했다.

"알고 있으니까 그만 좀 말하세요."

며칠 전부터 리체 녀석은 계속해서 오늘 있을 소집일의 중요성을 말하고는 했다. 뭐, 특별히 활동을 하지 않아도 되니 가끔씩 모임 같은 것을 할 때는 꼭 참여해 달라고 설득하며 말이다(남자인 내가 이 변태 같은 동호회에서 활동을 한다는 것은 정말 생각하기조차 괴롭고 끔찍한 일이다). 하여튼 내 말을 듣더니 리체 녀석은 내 머리를 쓰다듬으며 연신 흐뭇해했다.

내가 리체 녀석에게 함부로 대할 수 없는 이유가 있다면 일단 저 녀석의 외모와 성격 때문이다. 녀석은 털털한 성격과 어울리지 않게 굉장히 단정하고 여성스러운 외모의 소유자였던 것이다. 그래서인지 남학생들에게 인기가 상당히 있었다.

전에 설명했듯이 이 빌어먹을 학교의 남학생이라는 것들은 여학생들의 환심을 사기 위해서는 불구덩이 속으로 들어가는 것도 마다하지 않을 녀석들이었다(꼴에 귀족이고 기사가 될 것이라는 명분 덕분이겠지만). 내가 함부로 저 녀석에게 엄한 소리를 한다거나 가볍게 뒤통수를 때린다거나 하는 행동을 한다면 곧장 결투를 신청할 녀석들도 널려 있는 것이다. 덕분에 이렇게 반 아이들이 많이 있는 곳에서는 대화조차 조심스럽게 나누어야 했다. 귀를 쫑긋 세우고 트집을 잡기 위해 안달이 난 녀석들도 있는 덕분에 말이다.

하여튼 조금의 시간이 흐르자 에이딘 선생이 문을 열고 들어왔다. 선생은 교탁 앞에서 미소를 지으며 학생들을 향해 말하기 시작했다.

"자자, 일단은 내일 모레부터는 3일 동안 학교에 나오지 않아도 된다는 사실은 다 알고 있겠죠?"

내일도 오전 수업 몇 개만 하고 평소보다 빨리 끝나니 실상은 4일 동안 탱자탱자 논다고 해도 과언이 아니다. 아이들은 미소 가득한 얼굴을 하고는 큰 소리로 '네!' 하고 대답했다. 에이딘 선생은 그런 학생들을 바라보며 대충 전달 사항을 알려주기 시작했다.

“일단 성적 발표는 일주일 정도 후에 할 것 같습니다. 그리고 노는 것도 좋지만 틈틈이 복습해 두기 바래요. 아참, 그리고 새로 온 친구가 있습니다. 자룬 군, 어서 들어오세요.”

선생이 말하자 곧 문이 열리고 한 학생이 교실 안으로 들어왔다. 이 나라에서는 거의 찾아보기 힘든 검은색 머리. 긴 장발을 휘날리며 한 남학생이 교실 안으로 들어오자 대부분의 여학생들은 넋을 잃고 바라보기 시작했다(대조적으로 남학생들은 인상을 구기기 시작했다). 검은색 머리와 대조적으로 하얀 얼굴이 인상적인 모습이다. 전체적으로 무척 차갑고 냉소적으로 생겼지만 그래도 그것을 뛰어넘을 정도로 아름다운 모습이었다. 선생은 그런 녀석을 바라보며 입을 열었다.

“라무안 국에서 유학 온 학생입니다. 라무안 국 세 번째 왕자님이기도 하죠. 취미는 없고 특기는 검술이라고 하는군요. 아, 그리고 제가 대신 설명하는 이유는 다 알겠죠?”

라무안. 최근 우리 나라와 해상 무역을 활발히 하고 있는 나라이다. 이 나라는 침묵을 제일 소중한 미덕이라고 생각하고 있었다(그리고 수다쟁이 남성을 가장 혐오한다고 한다). 선생이 일일이 소개하는 것도 무리는 아니었다. 그 나라 일반 남성들도 하루에 열 마디 이상 말하면 많이 하는 편이라고 하는데 왕족인 사람은 얼마나 말을 아낄 것인지 쉽게 예상할 수 있는 문제였기 때문이다. 에이딘 선생이 학생들을 향해 다시 입을 열었다.

“이름은 자룬이라고 합니다. 모두 친하게 지내길 바래요.”

저 나라의 이름은 성을 제외하고 세 자 이상 넘어가는 것이 극히 드물다고 들었다. 하여튼 녀석은 학생들을 바라보며 고개를 살짝 끄덕거리는 것을 마지막으로 자기소개를 끝내고는 빈자리를 향해 천천히 걸어가기 시작했다.

키도 크고 늘씬한 몸이다. 하지만 대충 봐도 느낄 만큼 강하게 생긴 인상이다. 한 자루의 늘씬한 검(劍)을 보는 느낌이라고나 할까? 하여튼 기르디를 제외하고 이런 느낌을 받은 것은 처음이었기 때문에 난 적지 않게 당황하고 있었다.

하여튼 그렇게 종례가 끝나고 나는 리체와 엘리 녀석의 손에 이끌려 반강제로 부실로 걸어가야만 했다.

저번에도 한번 온 그 장소다. 문을 열고 들어가자 전과는 비교할 수 없을 정도로 깨끗해진 모습이다. 아마 동호회의 모임 장소로 쓰기 위해 깨끗하게 청소해 놓은 모양이다.

"차 마시자."

엘리는 가지고 온 보온병—드워프와 마법사의 기술 결정체이다. 아주 비싼 가격으로 마법사 길드에서 판매하고 있다—의 뚜껑을 열고는 찻잔에 따르며 말했다. 참, 저런 것도 준비해 오다니 준비성도 철저한 여자들이다.

차와 과자를 차려놓고 의자에 앉은 후 리체가 입을 열었다.

"자, 그럼 우리 동호회의 첫 번째 '간부' 회의를 시작한다."

"푸훗!"

나는 그 소리에 마시고 있던 차를 입에서 내뿜는 추태를 보일 수밖에 없었다. 간부 회의라니? 이 무슨 엄청난 소리란 말인가?

"쯧쯧, 매너도 빵점 같으니. 자, 여기 손수건."

신경질적으로 손수건을 받아 들고는 물었다.

"그것보다 간부 회의라니, 그게 무슨 소리죠? 내가 언제부터 이 엽기적인 동호회의 간부가 된 것입니까? 누가 알아듣기 쉽게 설명 좀 해 주시겠습니까?"

리체 녀석은 내 말을 끝까지 듣고는 차를 한번 들이켜 마시더니 사악한 미소를 지은 채 천천히 말하기 시작했다.

"그거야 우리 동호회의 공식적인 남자 회원은 너밖에 없거든. 비공식적인 남자 회원은 한 명 있지만 말이야. 그러니 당연히 니가 남학생 '대표'가 되는 것 아니겠……."

"납득할 수 없군요!"

조금은 날카로운 얼굴로 리체의 말을 끊으며 나는 자리에서 일어났다. 엘리는 그런 나를 바라보며 조금은 당황스러운 표정을 지어 보였지만 리체 녀석은 찻잔을 손에 든 채로 아무렇지도 않다는 듯 천천히 말을 잇기 시작했다.

"그렇다면 간부 회의가 아닌 모든 회원들이 있는 자리에 참석하고 싶은 모양이지? 우리 동호회 부원들의 수는 오십 명도 넘는 걸로 알고 있는데 말이야. 물론 그중에 남자는 하나도 없고."

"……!"

그건 그것 나름대로 더 끔찍하군. 젠장. 어쩔 수 없이 나는 다시 의자에 앉아야만 했다. 수십 명이 넘는 여학생의 눈요기가 되는 것은 죽어도 사양이니까 말이다. 하여튼 내가 자리에 앉자 엘리, 리체 녀석은 예상했다는 듯 흐뭇하게 웃기 시작했다. 정말 기분 더러워지는 순간이었다.

"자, 자, 하여튼 그래도 네가 우리 동호회에 입부했다는 사실은 누구에게도 발설하지 않았다고. 그렇게 비협조적으로 나오면 섭하지."

말이나 못하면 밉지라도 않지. 젠장.

"그럼 한 주간에 있었던 일들을 체크해 보자."

리체는 가방에서 노트와 수첩을 꺼내 들었다. 한 주간에 있었던 일이라고 해봤자 '무슨 반 누구의 취미는 뭐더라' 라든지 '누구와 누구는 사귀기로 했다더라' 같은 알아봤자 하등 도움도 안 되는 쓸모없는 말들의 나열이었다. 막 지겨움을 이기지 못하고 하품하는 순간 갑작스레 문이 열리며 누군가가 동호회실 안으로 뛰쳐들어 왔다.

"하하! 위대한 내가 왔도다, 동생아!"

그 괴상스러운 인간은 갑작스레 엘리 쪽을 향해 두 팔을 벌리며 뛰어가기 시작했다. 감동의 포옹 씬이 연출되는 건 아닌가 하고 바라보았지만 괴한을 대하는 엘리 녀석의 대응은 자못 폭력적이었다.

퍽!

엘리의 날카로운 정권이 괴한의 복부에 적중했다. 둔탁한 타격음과 함께 괴한의 몸이 바닥으로 허물어지기 시작했다.

"으윽! 나이스 펀치다!"

도대체 뭐가 뭔지 알 수가 없다. 내가 무슨 일이 일어나고 있는 건지 당황하고 있을 때에 리체 녀석이 그런 나를 보며 입을 열었다.

"엘리의 오빠라구. 이 학교 학생회장이기도 하고 말이야. 평소에는 저렇게 한심해도 능력있는 사람임에는 틀림없으니까."

학생회장이라……. 이 학교에 그런 게 있었기는 한 모양이구나. 막 내가 그렇게 생각하고 있는데 그 학생회장이란 녀석이 몸을 일으키며 수다스럽게 말하기 시작했다.

"으음, 내장이 파열될 정도의 나이스 펀치였어. 역시 위대한 나의 동생답군. 아, 그리고 본인은 이 학교에 학생회장이 맞으니 그렇게 노골적인 불신의 눈빛을 보이지는 말게나. 하여튼 처음 보는 후배군. 내 이름은 코인일세. 자네의 정체는 무엇인가?"

내가 아무런 말도 하지 않자 리체 녀석이 그 학생회장이란 사람과 어깨동무를 하고는 귓속말로 무엇인가 대화를 나누기 시작했다. 그렇게 조금의 시간이 흐르자 학생회장이란 녀석은 왠지 상당히 기분 나쁜 미소를 지은 채 내 손을 잡은 후 말했다.

"아아, 그런 사정이 있었군. 하하! 앞으로 친하게 지내자고."

"…이 손 좀 치워주세요."

저런 가벼운 녀석하고는 그다지 친하게 지내고 싶은 마음이 없다. 하여튼 이런 변태적인 동호회가 어떻게 지속될 수 있는 것인지 이제야 그 내막을 어렴풋이 알 수 있을 것 같았다. 학생회장이란 직책이 그렇게 가벼운 것은 아닌 만큼 대충 허울 좋게 간판만 만들고 속으로는 이런 변태적인 모임을 하는 것을 도와주는 권한 정도는 있을 것이라 생각된다.

저렇게 연줄이 있으니 비공식적으로나마 활동할 수가 있었던 것이다.

"자, 그럼 모일 사람은 다 모인 것 같으니 본격적으로 시작해 보자."

리체 녀석이 활기 찬 목소리로 그렇게 말했다. 빨리 집에 돌아가 쉬고 싶었지만 그것은 불가능했다. 후회라는 것은 아무리 빨리 해도 늦는 법이다라는 말이 가슴속에 와 닿는 순간이었다.

"자, 오늘 회의는 이것으로 끝이야."

리체 녀석은 그렇게 말하고는 필기도구와 노트를 가방에 집어넣기 시작했다.

정말 듣는 것조차 고역인 말들을 긴 시간 동안 듣는 것도 나름대로 엄청난 고문이다. 차라리 검을 들고 기르디 녀석과 대련하는 것이 낫겠다. 육체적인 아픔은 많이 익숙해져 있으니까 말이다.

"근데 오늘 전학 온 왕자님 말인데… 벌써부터 인기가 장난이 아니더라? 성적만 우수하면 팬클럽이라도 창설될 분위기이던데?"

진지한 눈빛으로 리체 녀석이 엘리를 바라보며 말했다. 엘리 녀석도 나름대로 심각한 표정으로 그 말에 대꾸하기 시작했다.

"음, 자료를 수집해 놓는 게 좋겠어. 주요 체크 대상이야."

왠지 저런 소리를 들으니까 점점 더 머리가 아파오기 시작한다. 나는 신경질적으로 가방을 품에 들고는 빠르게 그 자리를 빠져나왔다.

식당 안으로 들어가자 무엇인가 이상한 분위기에 나는 조금은 당황스러워할 수밖에 없었다.

"흐음, 그 사람의 제자란 말이지?"

"……."

기르디와 한 소년, 아니, 오늘 우리 학교로 전학 온 그 왕자는 그렇게 식당 한가운데에서 엄청난 살기를 날리며 대화를 나누고 있었다.

소년은 그 말에 대답하는 대신 살짝 고개를 끄덕거렸다. 기르디 녀석의 눈빛이 살짝 날카로워지는 것을 느끼는 순간 왕자, 아니, 자룬이 조용히 발도했다.

무기에 대해 그렇게 상식이 뛰어나지는 않지만 그것은 검(劍)이 아니라 도(刀)라는 사실은 대충 알고 있었다. 매끄럽고 눈부시게 빛나고 있는 칼은 무엇인가 엄청난 박력을 주위에 내뿜고 있었다. 기르디는 그러한 자룬의 행동을 끝까지 지켜본 후 어쩔 수 없다는 듯 멀뚱히 옆에 서 있는 아이린에게 말했다.

"내 검을 가져와라."

아이린은 그런 기르디를 울상을 지으며 쳐다보았지만 기르디 녀석의 눈빛은 담담할 뿐이었다.

잠시 후 아이린이 기르디의 검을 가져오자 두 사람의 대결은 시작되었다. 자룬은 기르디에게 살짝 고개를 끄덕이는 것을 끝으로 눈에 잘 보이지도 않는 엄청난 속도로 칼을 휘두르며 기르디를 압박해 오기 시작했다.

한 장면이라도 놓치지 않기 위해 정신을 집중하며 시선을 고정시켰지만 예상 밖으로 둘의 대결은 싱겁게 끝나고 말았다.

챙!

날카로운 소리와 함께 기르디의 일검에 자룬의 칼은 여관의 천장까지 솟아올라 박혀 버렸다. 정말 기가 막힌 순간이다.

보고 있는 나도 어이가 없는데 직접 당한 당사자는 어떠할까? 저 자룬이란 왕자도 굉장히 강할 것이라 생각했는데 역시 기르디 녀석이 몇 수 위였던 것이다. 뛰는 놈 위에 나는 놈 있다고 할까?

"너무 그렇게 실망하지 말아라. 비록 너의 그 능구렁이 사부에게는 못 당하지만 나도 조금은 검을 안다고 생각하고 있으니."

기르디 녀석이 자연스러운 동작으로 검을 검집에 넣은 후 아이린에게 던져 주며 말했다. 자룬은 무엇인가 비참한 표정으로 천장 위에 꽂혀진 자신의 칼을 바라보고 있었다. 뭐라고 위로의 말을 꺼내는 것조차 실례가 될 모습이다.

기르디 녀석은 그런 자룬을 놔둔 채 조용히 식당 안쪽을 향하여 걸음을 움직이기 시작했다. 뭐라고 더 이상 위로의 말을 건네주어 봤자 소용 없을 것이라는 것을 알기 때문에 그런 것이리라.

한참 동안이나 그렇게 자신의 칼을 바라보다가 자룬 왕자는 조용히 아이린에게 다가가 무엇인가를 전해주었다. 아이린이 그것을 받아 들자 자룬 왕자는 엄청난 도약력으로 자신의 칼을 천장에서 뽑아낸 후 천천히 식당 밖을 향해서 걸음을 옮기기 시작했다.

"무엇을 준 거죠?"

"편지 같은데?"

내가 질문하자 아이린 씨는 자룬 왕자가 건네준 쪽지를 소리내어서 읽기 시작했다.

"신세 지겠음. 숙박, 식사비는 추후 지불 예정이라고 적혀 있네?"

역시 간단하게 용건만 적어놓았군. 저 자룬 왕자도 자신의 역량이 기르디에게 미치지 못할 것이라는 것을 알고 있었나 보다. 그래서 이런 쪽지를 미리 적어놓은 거겠지. 하여튼 쪽지에 적혀 있는 대로라면 이 식당에서 지낸다는 거잖아?

으음, 솔직히 그렇게 달갑지는 않다. 자룬 왕자에게 적대감이나 경쟁 의식을 가지고 있는 것은 아니지만 그래도 내 성격 자체가 타인과의 교류를 좋아하는 편이 아니었기 때문이다.

하여튼 아이린 씨는 이리저리 분주하게 움직이며 손님 맞을 방을 준비하기 시작했다. 그래도 일국의 왕자가 머문다고 하는데 청소도 하지 않은 방에서 재울 수는 없는 노릇이니까 말이다.

◆ Chapter 6 ◆

왕자와 묘인족 소녀

王자와 모인족 소녀

자룬 왕자가 다시 식당을 찾은 것은 식당에 한참 손님이 많을 저녁 때였다. 덕분에 나나 아이린 씨나 그런 그를 반겨줄 여유는 조금도 있지 않았다. 대충 방의 위치를 듣고는 그는 커다란 짐 가방을 하나 들고 천천히 걸음을 움직이고 있었다(도와주고 싶기도 했지만 주문받을 손님이 잔뜩 밀린 상황이었기 때문에 어쩔 도리가 없었다).

오늘도 역시 손님들은 식당을 가득 메울 정도로 가득 차 있었다. 남녀노소 할 것 없이 각양각색의 사람들이었다. 직업도 가지가지다. 용병, 모험가, 마법사, 시민, 성직자 등등……. 아마 이렇게 인기 좋은 식당은 수도 내에서도 손에 꼽힐 정도로 몇 안 될지 모른다. 하여튼 덕분에 나 같은 종업원들은 작업량이 상대적으로 다른 식당에 비해 많은 것도 사실이었다.

식당에서 일하는 사람도 각양각색이었다. 설거지하는 사람, 음식 만

드는 요리사, 음식을 나르고 메뉴판 가져다 주는 웨이터—내가 하는 일이기도 하다—청소하는 사람 등등……. 작업량이 많은 만큼 일하는 것도 세분화되어 있었다.

음식을 나르고 메뉴판 가져다 준다는 것이 말하기는 쉽지만 사실 엄청 힘들고 괴롭고 어려운 일이다. 손님이 많을 때는 그만큼 많이, 그리고 빨리 음식을 가져다 주어야 한다. 주문을 받을 때도 한곳에서 어기적거리다가는 뒤의 손님이 더 오래 기다려야 하기 때문에 재빠르고 신속하게 주문한 요리를 암기해서 적은 다음 민첩하게 몸을 움직여야 했다. 그만큼 힘들고 체력 소모도 큰 일이라는 이야기이다.

그렇게 고된 일이 끝나자 역시 기르디와 함께하는 즐거운 수련 시간이 시작되었다. 오늘은 특별히 자룬 왕자도 뒤에서 수련하는 것을 보고 있었기 때문에 평소보다 더 긴장됐다.

일단 내가 검을 휘두르면 기르디가 자세를 교정해 준다. 기본적인 찌르기와 베기의 용법을 설명해 주고 실전에서 유용하게 써먹을 수 있는 수법도 알려준다. 그렇게 기본적인 훈련이 끝나면 곧장 대련을 시작한다(대련이라고 해봤자 기르디 녀석의 일방적인 공격의 연속이지만). 단순하게도 보이지만 그것은 그만큼 내 실력이 부족하다는 것이다. 일단 기초적인 것을 튼튼히 해야지 더 고급스러운 것들도 배우기 쉽다는 것이 기르디 녀석의 주장이었다. 일단 지금 이렇게 고생한 것이 나중에는 다 뼈가 되어서 기초를 형성해 준다는 것이다.

내가 생각해 봐도 맞는 말 같았기 때문에 나는 별 군말 없이 기르디 녀석이 가르치는 대로 그렇게 훈련을 하고 있는 형편이었다. 처음에는 물론 조금 트러블도 있긴 했지만 근래에 들어와서는 녀석의 엄청난 실력을 새삼 깨닫는 경우가 많아서 고분고분 하라는 대로 하는 실정이었다(조금 굴욕스럽기도 하지만 어쩔 수 없었다).

자룬 왕자는 날카로운 눈으로 내가 훈련하는 것을 바라보고 있었다. 조금 의식되기는 했지만 뭐, 그러려니 생각하고 평소 하는 대로 그렇게 훈련을 끝마쳤다. 설명할 수 없을 정도로 지치고 힘들어하는 나를 무시하고 자룬 왕자는 기르디를 바라보며 드디어 그 무거운 입을 열었다.

"다시 대련 부탁합니다."

음, 가까이서 들어보니 의외로 밝은 목소리군. 하여튼 기르디 녀석은 자룬 왕자의 말에 잠시 고개를 갸우뚱거리며 생각하더니 내가 사용하던 목검을 집어 던져 준 후 말했다.

"시작한다."

자룬 왕자가 고개를 끄덕거리는 것을 시작으로 다시 그 둘의 대결이 시작되었다. 자룬 왕자나 기르디 녀석이나 굉장히 심각한 표정이었기 때문에 나는 숨소리조차 조심스럽게 내뱉어야 했다. 하여튼 이번에도 역시 둘의 대결은 싱겁게 끝이 나고 말았다.

퍽!!

둔탁한 소리와 함께 자룬 왕자의 몸이 잠시간 하늘로 솟아오르다 바닥으로 허물어지기 시작했다. 기르디는 힘겹게 자신의 검을 막아낸 자룬 왕자의 몸을 발을 사용해서 터프하게 걷어차 버렸다. 그 힘에 못 이겨 왕자는 하늘의 별이 될 뻔하다가 중력의 원리로 다시 땅으로 떨어졌다.

참으로 기르디다운 변칙적인 기술이라고 할 수 있겠다. 저렇게 사정없이 발로 걷어차 버렸으니 타격도 굉장히 심할 텐데 말이다. 새삼스럽게 자룬 왕자의 상태가 염려스러워졌다(그래도 일국의 왕자인데 저렇게 사정없이 걷어차 버려도 되는 것인가?). 하여튼 자룬 왕자는 기절한 모양인지 바닥에 쓰러져 미동도 하지 않고 있었다.

"……."

기르디 녀석은 잠시 그런 자룬 왕자를 바라보더니 아무 말 없이 식당 안으로 걸음을 움직이기 시작했다. 상황이 이렇게 돌아가니 내가 저 왕자의 몸을 부축해야 할 입장이었다.

"젠장, 적당히 할 것이지."

이렇게 투덜거릴 수밖에 없는 이유는 자룬 왕자가 나보다 키가 더 컸기 때문이다. 호리호리하고 긴 몸은 부축하기에 상당히 방해 요소로 작용했다.

힘들긴 했지만 나는 겨우겨우 무사히 왕자를 방으로 옮길 수 있었다. 왕자의 방은 조금 깨끗하다는 것을 제외하면 내 방과 별 차이는 있어 보이지 않았다.

자룬 왕자를 침대에 옮겨준 후 나 역시 잠을 자기 위해 방으로 천천히 걸음을 움직였다. 힘들게 운동하였으면 몸을 씻어야 하는 것이 정상이겠지만 오늘따라 무척 피곤했기 때문에 관두기로 마음먹었다. 쓰러지듯이 내 침대에 몸을 묻고는 바로 잠들었다.

눈을 떠 보자 시아 녀석이 옆에서 자고 있었기 때문에 나는 깜짝 놀라며 침대에서 일어날 수밖에 없었다.

"……?"

시아 녀석은 내가 자신의 몸을 부여잡고 흔들자 당황스럽다는 표정을 지어 보였다.

"몸 괜찮아?"

내 질문에 녀석은 '무슨 말을 하시는 거죠?' 라는 표정을 지어 보이며 시치미를 떼었다. 나는 그런 녀석의 손을 잡고 입을 열었다.

"왜 말하지 않았던 거야? 여태까지 그렇게 아파왔으면서 왜?"

녀석은 이제야 눈치 챈 것인지 안색을 굳히며 고개를 돌려 내 시선을 피했다. 하지만 나는 집요하게 손을 사용해 녀석의 고개를 되돌려 눈을 맞춘 후 말했다.

"그렇게 아프고 괴로우면서……."

"……."

녀석은 눈을 질끈 감고 손으로 귀를 막아버렸다. 내가 당혹스러운 마음에 고개를 잡은 손의 힘을 풀자 녀석은 재빠르게 이불 속으로 몸을 숨겼다. 그리고 천천히 흐느끼기 시작했다.

한참의 시간이 지나고 흐느끼는 소리도 줄어들었을 때에야 천천히 난 입을 열었다.

"괜찮아. 아프고 괴로워도 좋으니까……."

아프면 같이 아파해 주고 슬프면 같이 슬퍼해 준다. 그것으로 고통은 줄어든다. 적어도 나는 그렇게 알고 있었다. 하지만 녀석은 그렇게 생각하고 있지 않은 모양이다. 나를 신용하고 있지 않은 것이다. 마음 한구석에서 그렇게 거부하고 있는 것일지도 모른다.

"내가 싫다면 아이린 씨에게라도 말하……."

"그게 아냐!"

녀석은 어느새 이불을 팽개쳐 버리고 날카로운 눈으로 날 바라보며 말을 잘랐다. 눈물로 엉망이 된 얼굴이다. 내가 뭐라고 말하기 전에 시아 녀석은 그렇게 외치듯 말했다.

"좋아해 주지 않을까 봐, 내가 미워질까 봐 그런 거야! 괴롭고 아파서 슬퍼질까 봐 그런 거야! 그래서 내가 미워질 거 같아서 그런 거야!"

녀석은 그렇게 말하고는 고개를 숙이며 큰 소리로 흐느끼기 시작했다. 나도 모르게 눈물은 볼을 타고 흘러내렸다. 바보라고 욕해주고 싶었지만, 그렇지 않다고 말해 주고 싶었지만 입은 마법으로 달라붙은 듯이 움직이지 않았다.

"…그냥 이렇게 살다가 죽어도 좋다고 생각했어! 이렇게 행복하게 살 수 있다면 언제 죽어도 상관없다고 생각했어! 그래서 그런 거야!"

그렇게 외치고는 녀석은 다시 이불 속으로 몸을 숨겼다. 나는 그런 녀석을 향해 천천히 입을 열었다.

"누구 마음대로 죽는다고 하는 거야? 내가 마음대로 죽게 놔둘 거 같아? 바보야, 걱정 마. 너는 절대 안 죽으니까. 그렇게 오래도록 나 괴롭히며 살 테니까 걱정하지 마."

젠장, 나도 한다면 하는 녀석이다. 지옥 불구덩이 속이라도 뛰어들라고 한다면 그렇게 해주겠다. 적어도 소중한 사람이 눈앞에서 사라지는 것을 손가락 빨면서 보는 그런 한심한 녀석은 아니란 말이다. 그러니까 말해도 되는 거란 말이다. 아프면 아프다고, 슬프면 슬프다고 해도 되는 거란 말이다. 네 녀석이 아프다고 미워지는 그런 머저리 같은 녀석은 아니니까, 나는.

녀석이 입을 연 것은 한참의 시간이 지나서 점심을 먹을 때쯤이었다.

침대에서 일어나며 녀석은 구겨진 옷을 추스르곤 입을 열었다.

"모르겠어요. 아무것도……."

내가 어떻게 저 녀석의 괴로움을 알 수 있을까? 상처받은 마음은 당사자가 아닌 이상 안다는 것은 불가능하니까. 직접 당해보지 않으면 그 아픔을 알지 못하니까. 내가 녀석에게 위로해 준다는 것도 어쩌면 조금은 이기적인 것일지도 모르겠다. 하지만 그래도 녀석이 조금이라도 아픔을 덜 수 있다면 상관없다. 억지웃음이라도 지어 보이게 할 테니까.

시아 녀석은 그렇게 나를 등지고 침대 위에서 한껏 몸을 웅크리며 앉아 있었다. 나는 천천히 녀석에게 다가가 부드럽게 팔로 목을 감싸 안았다. 녀석이 움찔하는 것이 느껴졌지만 나는 더욱더 팔의 힘을 세게 하며 녀석을 감싸 안아주었다. 작지만 따스한 체온이 느껴져 오기 시작했다. 나는 그렇게 녀석의 귀에 대고 조그만 목소리로 속삭이듯 말했다.

"앞으로 또 한 번 이러면 진짜 미워할 거야."

점점 녀석의 체온이 올라가는 것이 느껴진다. 평소에는 그렇게 안아 달라고 성화더니 이번에는 또 부끄러워하는군. 하여튼 녀석은 내 말에 조그맣게 고개를 끄덕였다. 그 모습이 귀여워 나는 녀석의 허리를 살짝 감싸 안아주었다.

"어이, 밥 먹어야지? 언제까지 잘 거야?"

갑작스레 들려온 아이린 씨의 목소리에 나와 시아는 화들짝 놀랄 수밖에 없었다. 마치 도둑질하다 들킨 사람처럼 말이다.

아이린 씨는 문을 열고 들어오더니 의심스러운 눈초리로 나와 시아를 바라보았다. 뜨끔(…)한 이유가 무엇인지는 잘 모르겠다.

"뭐야? 왜 그렇게 얼굴들이 빨개?"

시아 녀석은 그렇다 쳐도 내 얼굴이 빨갛다고? 손으로 살짝 이마를 짚어보니 평소보다 더 뜨거워졌다는 걸 느낄 수 있었다. 나는 살짝 헛기침을 하고는 아이린 씨에게 조금은 날카로운 어조로 말했다.

"제발 노크 좀 하고 들어오세요."

"언제부터 노크했다고? 새삼스럽게……."

에휴~ 잃느니 죽지, 죽어. 하여튼 나와 시아 녀석은 아이린 씨의 손에 이끌려 점심을 먹으러 식당으로 내려가야만 했다.

한 사람이 더 늘었음에도 불구하고 언제나처럼 조용하고 썰렁한 식사 시간이다. 자룬 왕자는 격식을 차리거나 하는 식사 예법을 보이지는 않았다. 그냥 묵묵히 자기가 먹을 양의 음식을 담아서 아무 말 없이 음식을 입에 넣은 후 씹어서 먹을 뿐이었다. 왕자라고 해서 굉장히 사치스러운 성격일 것이라고 추측했지만 그것은 나의 착각이었다. 예상 외로 자룬 왕자는 담백하고 소박한 음식을 좋아하는 듯했기 때문이다.

"입맛에 맞으세요?"

아이린 씨는 평소와는 다르게 조심스럽게 왕자에게 질문했다. 자룬 왕자는 그런 아이린 씨를 살짝 바라보며 시선을 맞춘 후 조심스럽게 고개를 끄덕거렸다.

확실히 내가 생각해 보아도 이곳의 음식은 맛있다. 그렇지 않다면 손님이 많이 모일 이유도 없었다. 서비스도 중요하고 가격도 중요하지만 역시 식당에서 제일 중요한 것은 맛이기 때문이다. 막말로 비싼 돈 주고 음식을 사 먹는데 맛이 없다면 그것은 말도 안 되는 이야기이다.

아이린 씨의 그 질문을 마지막으로 식당 안은 다시 침묵 속으로 빠져들기 시작했다. 전에도 말했듯이 나나 기르디 녀석이나 시아 녀석이나 다 불필요한 말은 하지 않는 성격이다. 자룬 왕자는 우리 세 사람보다 심하면 심했지 덜하지는 않는 인간이니까 썰렁한 식사 시간이 되는 것은 어찌 보면 당연한 일이었다. 하여튼 아이린 씨도 포기한 모양인지 음침한 표정으로 음식을 먹고 있었다. 조금 불쌍하게 느껴졌지만 그래도 뭐, 타고난 성격을 어떻게 고칠 수도 없는 노릇이니까. 그리고 개인적으로 이렇게 음침한 식사 시간이 말 많고 시끌벅적한 식사 시간보다 더 좋으니까 말이다(내가 생각해 봐도 마이너스적인 사고관이다).

그렇게 썰렁한 식사가 끝나자 나는 잠시 무엇을 해야 될지 고민에 빠지기 시작했다. 앞으로 오늘까지 합해서 3일 동안은 휴일이었다. 시험 때문에 무리해서 공부를 한 것도 사실이었기 때문에 가능하다면 천천히 집에서 쉬고 싶긴 하지만…….

자룬 왕자는 밥을 먹은 후 곧장 자신의 방으로 돌아갔다. 아이린 씨나 시아 녀석은 무엇이라고 대화를 나누고 있기는 한데 끼어들기가 조금은 애매한 상황이다.

하여튼 빈둥거리기 위해 천천히 방으로 돌아가는 순간 갑작스런 떠들썩한 소리에 나는 다시 식당으로 내려올 수밖에 없었다.

식당에서는 마법의 속성이 담긴 은은한 빛의 구체가 둥둥 떠 있었기 때문에 나는 조금은 당황스러운 마음이 들었다.

"이건 빛(Light) 주문 아냐? 대낮부터 왜 이런 주문을?"

내 말에 아이린 씨는 당황스러운 얼굴로 더듬거리며 대꾸했다.

"내, 내가 한 게 아니야! 시아가 사용한 거라고!"

지금 아이린 씨가 뭐라고 말한 거야? 마법이라고는 전혀 모르는 멀쩡한 꼬맹이가 어떻게 마법을 쓴다는 거야? 더워서 더위를 먹은 거 아냐?

"…두어 달 동안 내가 심심할 때마다 가르쳐 주기는 했지만……."

두 달 동안 배워서 마법을 쓴다고 하면 개나 소나 마법사 한다고 하겠다. 재능있다는 소리깨나 들은 나도 첫 번째 단계의 마법을 사용하기 위해서 거의 2년 동안이나 미치도록 연습해야만 했는데 아무리 천재라고 해도 어떻게 두 달 만에 배워서 마법을 사용한다는 말인가?

“…….”

하여튼 아이린 씨가 더위를 먹지 않은 이상 헛소리를 할 사람은 아니었다. 그럼 정말로 저 시아 녀석이 마법을 사용한 것이란 말인가?

“말도 안 돼요!”

내가 말한 것이지만 정말로 말도 안 되는 일이다. 마법사가 성장이 늦다는 것은 누구나 아는 사실이다. 재능이 있는 자라고 해도 노력하지 않는다면 그만큼 성장이 느릴 수밖에 없다. 시아 녀석이 몇 년 동안 꾸준히 연습한 것이라면 모를까.

“드래곤이라면 모를까, 어떻게 인간이?”

마법사는 세계에 불규칙적으로 떠돌아다니는 마나(Mana)를 이용해서 주문을 사용하지만 드래곤은 그렇지 않다고 들었다. 그들은 태어나면서부터 막대한 양의 마나를 가지고 있다. 그리고 자라면서 그것을 꾸준히 조금씩 축적해 나간다고 한다.

드래곤은 용언(龍言)을 이용해 현실 세계의 강제력을 행사한다. 고룡 같은 경우에는 고대 마법들도 기억하고 있다고 전해진다. 인간의 언어로는 표현하지 못할지 모르지만 드래곤의 머리 속에는 그렇게 계승되어 나가는 것이었다(그것은 인간과 비교해서 무한이라고 말할 수 있을 정도로 엄청난 수명을 가진 드래곤이기에 가능한 것이다).

“…….”

시아 녀석은 아무렇지도 않다는 듯이 순진한 미소를 지어 보일 뿐이다. 나와 아이린 씨는 그 모습에 정말 어찌할 바를 모르며 당황할 수밖에 없었다.

아이린 씨와 나는 시아를 가운데 앉혀놓고 대화를 나누기 시작했다.

"어떻게 이런 일이 가능한 거죠?"

"음, 글쎄. 설명하기는 어렵지만 시아는 드래곤과 약간 유사한 점이 있어. 주문을 몸속에 기억한다고나 할까?"

주문을 몸속에 기억한다고? 그게 가능한 것인가? 내가 날카롭게 바라보자 아이린 씨는 심각한 표정으로 말을 이었다.

"하지만 내가 생각하기에 시아가 마법을 쓰는 것은 바람직한 일이 아닌 것 같아. 잘못하면 수명을 단축시킬지도 모르는 일이고……."

시아는 인간이 아니라고 아이린 씨는 전에 말했다. 마법 생명체. 고대에서부터 전해지는, 지금은 사라진 그런 것이라고. 하지만 난 납득할 수 없다. 저렇게 멀쩡하게 생긴 아이가, 벌레 하나도 제대로 못 죽일 것 같은 아이가 무식한 골렘 같은 마법 생명체라니?

"이런 속도로 마법을 배운다면 정말 엄청난 마법사가 될지도……."

아이린 씨는 짐짓 대단하다는 듯이 말하고는 살짝 말끝을 흐렸다. 맞는 말이긴 하지만 마법을 배우는 것도 오래 살아야 가능한 것이다. 습득력이 빠르다고 해도 몇 년 살지도 못하고 죽을 바에는, 아니, 오히려 그것이 더 수명을 단축시키는 계기가 될 바에는 배우지 않는 편이 백 배는 낫다고 생각했다. 나는 시아 녀석을 가능한 무서운 표정을 지어 보이며 입을 열었다.

"이제 내 허락 없이는 절대로 마법을 쓰지 마. 알았지?"

시아 녀석은 조금은 뚱한 표정을 지어 보이며 고개를 끄덕였다.

"일단 '그분' 하고 상의해 봐야겠어."

아이린 씨는 한 손으로 고개를 짚으며 잠시 생각하더니 말했다. 나는 전부터 궁금하게 여기고 있던 사실을 물어보기 위해 그런 그녀를 바라보며 질문했다.

"도대체 그분이 누구죠?"

아이린 씨는 내 말에 잠시 인상을 굳히더니 조금은 당혹스러운 눈빛으로 입을 열었다.

"음, 알 거 없어. 그나저나 이제 저녁 먹을 때가 된 거 아냐?"

"점심 먹은 지 방금인데요?"

역시 무엇인가 화제를 돌리는 것을 보아 좋은 사람은 아닌 것 같다. 하여튼 말하고 싶지 않은 것 같으니 천천히 알아내야겠군.

"그보다 심심하니까 잠시 도서관이라도 다녀올 생각인데요?"

저녁이 되려면 아직 시간이 좀 많이 남은 것 같으니까 내가 잠시 식당을 비워도 큰 무리는 없을 것 같아 나는 아이린 씨를 바라보며 그렇게 말했다.

아이린 씨는 잠시 멍하니 생각하다가 시아 녀석의 손을 내 손에 쥐어주고는 살짝 웃음을 지으며 말했다.

"그 대신에 이 녀석 좀 같이 데리고 가라고. 돌아올 때에는 장 좀 봐 오고 말이야."

쳇, 귀찮으니까 나한테 다 떠넘기려 드는군. 어쨌든 시아 녀석이랑 학교 도서관에 간다고 해도 뭐, 별다른 무리는 없을 거 같아 고개를 끄덕이고는 외출복으로 옷을 갈아입기 위해 천천히 내 방을 향해 걸음을 옮겼다.

일단 전부터 느낀 것이지만 역시 도서관을 자주 들락거리는 학생은 별로 없다는 것이었다. 무의식적으로 아이들이 피하는 장소라고나 할까? 그것은 지금 다니고 있는 이 카이리온 기사 양성 학교도 마찬가지

였기 때문에 지금은 평소보다 훨씬 적은 학생이 있을 확률이 높다. 일
단은 휴일 첫째 날부터 학교에 다시 간다는 것은 왠지 모르게 귀찮고
피하고 싶은 일이라고 생각하는 학생들이 대부분일 것이라고 생각했
다.

옷을 갈아입고 식당으로 다시 내려와 보니 시아 녀석은 아직 준비를
덜한 모양이었다. 손님 하나 없이 썰렁한 식당 안이다. 심심한 나머지
의자에 앉아서 생각도 좀 해보고 몸도 이리저리 움직여 보았다. 바보
같이 천장만 멍하니 바라보는 것도 지겹게 느껴질 무렵 시아 녀석이
반 강제로 아이린 씨의 손에 내 앞으로 끌려왔다.

"…왜 또?"

시아 녀석은 저번과 마찬가지로 잘 가려지지도 않는 아이린의 등 뒤
에 숨어서 살짝 날 바라보고 있었다. 막 분노가 솟구쳐 오르는 것을 초
인적인 자제심으로 자제하며 입을 열었다.

"안 잡아먹어."

"자, 어서 오빠 손 잡고 다녀와."

음, 또 새옷을 사온 모양이지? 저 아이린 씨는 이상하게 옷에 대해서
굉장히 민감한 편이라니까. 역시 엘프라서 그런가? 하여튼 시아 녀석
이 내 손을 잡고 식당을 나가는 것만 해도 굉장한 시간이 걸렸다. 이상
하게 괜히 쑥스러워하는 바람에 말이다.

아이린 씨는 필요한 음식 재료를 메모해 둔 쪽지와 쓸 돈을 건네주
며 잘 다녀오라고 인사하고는 총총히 주방 안쪽으로 사라져 버렸다.

부끄러워하는 듯 얼굴을 붉히고 하얀색 원피스를 입은 시아 녀석은
굉장히 귀여운 모습이었다. 푸른색으로 빛나는 머리와 묘하게 매치되
어서 말이다. 녀석은 그렇게 반 강제로 내 손길에 이끌려 천천히 학교

로 가는 길을 따라 발걸음을 옮겼다.

얼마 가지도 않았을 때에 갑작스레 시아 녀석이 내 등 뒤로 몸을 잔뜩 붙이고는 속삭이듯이 말했다.

"사람들이 쳐다보는데?"

후훗! 녀석아, 그건 니가 업어가고 싶을 정도로 귀여우니까 그런 거라고. 역시 이 녀석은 굉장히 이중적인 녀석이라니까? 묘하게 대범하면서도 소심하고 말이야. 하여튼 나는 안심시켜 주기 위해서 살짝 녀석을 바라보며 말했다.

"네가 그만큼 귀여우니까 그런 거야."

"……."

녀석은 믿기지 않는다는 얼굴을 하고는 고개를 가로저었다. 그리고 천천히 시선을 아래로 내리고 얼굴을 붉히며 입을 열었다.

"나 같은 녀석은 하나도 귀엽지 않아."

막 웃음이 터져 나오려고 하는 것을 간신히 자제했다. 그래도 녀석이 저렇게 진지하게 말하는데 소리를 내어 웃는 것은 예의가 아니라고 생각했기 때문이다.

"그렇게 말하는 점이 귀여운 거다, 바보야."

녀석은 내가 핀잔을 주자 조금은 상심한 얼굴을 하고 시무룩해했다. 조금은 자신의 모습에 자신감을 가지는 것이 좋을 텐데 말이야. 그렇게 태어난 것을 뭐 어떻게 하라고? 물론 '이쁜 값'을 하는 사람은 질색이지만 말이다. 그렇다고 저렇게 시무룩해할 정도로 스스로에게 자신이 없는 것보다는 그 편이 자신에게는 더 편할 텐데 말이지.

하여튼 그렇게 걸음을 움직이다 보니 어느새 학교에 도착해 있었다. 이 학교도 평민이든 누구든 출입이 자유로웠다. 대신 물론 혜택은 학생들만의 것이었다. 예를 들어 도서관에 가는 것은 누구나 가능하지만 책을 빌리는 것은 역시 학생들만의 특권인 것이다.

도서관 안으로 들어가 보니 역시 사람이 거의 없었다. 평소에도 없는 편이기는 하지만 말이다. 시아 녀석은 사방에 둘러싸인 책들을 보고 굉장히 놀라워하는 표정이었다. 도서관같이 책 많은 곳은 가보지 못한 것인가? 나는 녀석을 의자에 앉혀놓고는 조금은 엄한 표정을 지어 보이며 입을 열었다.

"여기에서 잠시만 기다려. 책을 골라올 테니."

고개를 끄덕이는 것을 확인하고 나는 본격적으로 책을 찾기 위해서 책장을 향해 걸음을 움직였다.

"……."

책을 전부 고르고 시아 녀석에게 돌아갔을 때 나는 의외의 사태에 당황할 수밖에 없었다.

학생회장. 엘리 녀석의 오빠였던가? 녀석이 시아 옆에 앉아 있었던 것이다. 그것도 굉장히 즐거워 보이는 미소를 지어 보이며 말이다.

시아 녀석에게 이것저것 물어보는 모양인데 정작 시아 녀석은 아무런 반응도, 표정도 없이 멍하니 다른 곳에 시선을 두고 있었다. 내가 성큼 다가가자 학생회장 녀석이 날 눈치 채고 말을 걸어왔다.

"여어! 안녕하신가?"

왜 저 녀석과 이런 장소에서 오늘 같은 날에 만나야 하는 걸까? 나는 그렇게 스스로의 운명을 저주하면서 그 학생회장 녀석을 날카롭게 바라보며 입을 열었다.

"무엇을 하고 계신 거죠?"

"응, 아리따운 레이디가 심심해하시기에 말을 걸어드렸지."

위험한 녀석이군. 아직 어린아이한테 레이디라니? 하여튼 멀쩡하게 생긴 녀석들이 더 위험하다니까. 내 눈길이 점점 예리해지는 것에 뜨끔했는지 학생회장 녀석은 내 손을 부여잡고 괜스레 친한 척을 하며 수다스럽게 입을 열기 시작했다.

"그나저나 이렇게 만난 것도 인연인데 차라도 한잔하는 게 어때? 그리고 생각이 있다면 저녁도 살 의향이 있는데 말이야. 학교 앞에 괜찮은 곳을 알고 있으니까."

"시아, 집으로 돌아가자."

가뿐히 무시하고 시아 녀석을 바라보았다. 시아 녀석은 내 한 손을 잡고 자리에서 일어서더니 말없이 천천히 걸음을 움직이기 시작했다.

"어, 어이!"

"나중에 생각해 보기로 하죠. 오늘은 좀 바쁜 일이 있어서."

학생회장 녀석이 멍해하는 걸 뒤로하고 나는 빠르게 걸음을 움직여 자리를 빠져나왔다.

"……."
"……."

도서관을 빠져나와 학교 밖에서 시장 쪽을 향하고 있을 때까지도 시아 녀석은 한마디도 없었다. 그냥 손을 잡고 천천히 걸음을 움직일 뿐이다.

시아 녀석은 정말 말이 없는 편이었다. 꼭 해야 할 말이 아니면 그냥 넘어간다. 그리고 웬만한 일이라면 자신이 스스로 해결하기 위해 노력한다. 어떻게 보면 남자 같은 성격이라고도 할 수 있겠다. 저 또래의 여자 아이들이라면 조금은 떠들썩하고 그런 것을 좋아할 텐데 말이다(어쩌면 좋아하고 있으면서 속으로는 숨기고 있을지도 모르지. 워낙 능구렁이 같은 녀석이니까).

하여튼 시장 쪽으로 들어서니 사람도 많아지고 시끄러워서 소리도 제대로 들리지 않았기 때문에 나는 시아 녀석을 바라보며 조금은 큰 소리로 말했다.

"손 꼭 잡아! 너무 이곳저곳 살펴보지 말고!"

그러다가 길을 잃어 미아라도 된다면 큰일이니까 말이지. 시아 녀석은 알았다는 듯이 내 눈을 바라보며 고개를 끄덕이고는 더욱 손에 힘을 주며 걸었다.

살 것도 많고 시간도 별로 없었기 때문에 나는 걸음을 부지런히 움직이기 시작했다. 이제 곧 저녁이다. 손님이 오기 전에 일단 재료를 완벽하게 준비해 두어야 하는 것은 당연한 일이다.

무게 나가는 것은 제외하고 향신료라든지 하는 것만 사 오라고 한 것을 보면 아이린 씨는 역시 남을 잘 배려해 주는 착한 엘프인 것 같다. 대조적으로 그 오빠인 기르디 녀석은 설명하기도 힘든 끔찍한 성격이지만 말이다(일부러 수행이 어쩌구 하면서 필요하지도 않은 무거운 재료만 잔뜩 사 오라고 할지도 모른다).

"자, 3골드일세."

넉살 좋게 웃고 있는 상인의 얼굴을 날카롭게 바라보며 나는 입을 열었다.

"시장 표준 가격 리스트를 봐도 이 정도 양은 2골드를 넘지 않을 텐데 말이죠. 어리다고 만만히 보시는 겁니까?"

"……."

역시 바가지 씌우려 드는군. 그러나 나는 살림만 10년도 넘게 한 배테랑이다. 어설픈 바가지쯤은 가뿐히 무시할 자신이 있었다. 군말없이 재료를 담는 상인 아저씨를 바라보며 입을 열었다.

"아, 좀 더 줘요."

"어허! 알고 보니 이거 순 날강도 아냐?"

그렇게 말을 하면서도 조금 더 재료를 추가해 주는 걸 보니 그래도 인심 좋은 아저씨군. 종종 자주 와줘야겠어. 하여튼 나는 그렇게 풍족(…)하게 한 가지 재료를 구입하고 다른 사냥감(…)을 찾아서 발걸음을 옮겼다.

한참을 그렇게 재료들을 사 모으고 드디어 식당으로 돌아갈 무렵 갑자기 시아 녀석이 내 손을 놓고 어딘가로 달려가기 시작했다. 뒤따라가보자 조그만 공터에 몇몇의 사람이 모여 있는 모습이 시야에 사로잡혔다. 시아 녀석은 멍해져 있는 내 손을 잡고는 그 군중 속으로 걸음을 움직이기 시작했다.

"자, 자, 집안일에서부터 각종 잔심부름을 하는 묘인족(猫人族), 대특별 세일입니다. 망설이지 말고 하나 사가시기 바랍니다."

흐음, 저런 것이군. 묘인족은 얼굴도 단정하고 애교도 잘 떨어서 노예로 그럭저럭 인기가 좋은 편이었다. 그리고 번식력도 좋아서 가격 면에서도 저렴했다. 능력이 안 되면 저런 묘인족 여자 아이를 구해서 같이 사는 남자도 종종 있다고 들은 것 같은데…….

묘인족의 수명은 대충 10년 정도로 조금은 짧은 편이기도 했다. 인간과 겉모습은 크게 차이가 있지는 않았지만 몸집이 조금 왜소하고 머리 위에 귀가 쫑긋 서 있으며 꼬리가 조금 길게 나 있었다. 그리고 눈빛도 인간과 비교해서 조금은 날카로운 편이었다.

"자, 자, 그럼 구경들 하시고 좋은 녀석들로 많이 사가세요."

묘인족 아이들은 최대한 밝게 웃으며 자신을 사가라고 사람들에게 한마디씩 하기 시작했다. 노예 상인들과 같이 사는 편보다는 다정한 인간에게 팔려서 일하는 편이 자신에게 더 이득이라는 것을 알기 때문이었다.

하여튼 저런 것을 보면 왠지 속이 울렁거릴 만큼 역겨웠다. 인간이 무엇이 잘나서 다른 종족을 노예로 삼는 것인가? 보다 편해지기 위해서라고 말할 수도 있겠지만 그런 것은 스스로의 우월 의식을 숨기기 위한 위선이나 가식이다. 그래서 경멸스러웠다. 토하고 싶을 정도로 역겨웠다.

시아 녀석은 묘인족 꼬마를 둘러보더니 구석에서 쪼그리고 훌쩍거리는 한 녀석에게 다가갔다. 여기저기 작은 생채기가 가득하며 몸은 거부감이 들 정도로 더러워져 있고 머리카락은 들쭉날쭉 여기저기 솟아나 있는 녀석이었다.

녀석은 나와 시아가 가까이 다가가자 경계심 짙은 눈초리를 보내고는 다시 시선을 다른 곳으로 돌려 버린다. 과거의 나를 보는 것 같아서 조금은 웃음이 나기도 했다(남을 신용하지 않고 저렇게 스스로만을 믿는다. 마음을 닫아버리고 누구라도 접근하는 것을 거부한다. 그런 모습이 나와 비슷해 보인 것이다).

"아, 손님! 이 녀석은 아직 '훈련'이 덜된 녀석입니다. 조심하세요. 멋모르고 접근해서 다친 사람도 있거든요."

저 냄새 날 정도로 지저분한 묘인족 꼬마보다 가식적인 웃음을 지으며 나에게 말을 걸어오는 이 노예 상인 쪽이 훨씬 역겹다는 생각을 했다. 노예 상인은 그런 나와 시아를 무시하고 다른 돈 있어 보이는 손님에게로 부지런히 걸음을 움직이기 시작했다.

시아가 손을 뻗자 이를 드러내며 묘인족 꼬마는 적의를 보였다. 날카로운 송곳니가 조금은 무서워 보이기도 했다. 하지만 시아는 녀석이 이를 드러내든 말든 아무런 표정의 변화도 없이 손을 움직여 녀석의 머리를 슥슥하고 어루만졌다.

"이 아이, 살 거야."

시아 녀석은 날 바라보더니 그렇게 말했다. 정말 대책없는 녀석이라는 생각이 들었다. 무턱대고 저런 묘인족 꼬마를 사서 뒷감당을 어떻게 한다는 것인가? 주인에게 버림받은 묘인족의 뒤는 참 끔찍하다. 쓰레기를 뒤지고 행인들의 물건을 훔치는 그런 인생을 살아야 하는 것이다. 책임질 수 없다면 차라리 가만히 이곳에 놔두는 편이 나을 것이다. 운이 좋으면 착한 사람에게 팔릴지도 모르는 일이니까 말이다.

"어떻게 책임진다는 거냐?"

저 묘인족은 생각없는 인형이 아니다. 웃고, 울고, 생각하는 생명체라는 것이다. 비록 이런 곳에서 이렇게 형편없는 꼬락서니를 하고 있기는 하지만 적어도 이 아이에게는 자존심이란 것이 남아 있었다.

어설픈 동정심 따위는 필요하지 않다. 아니, 자신을 동정한다는 것 자체를 혐오할지도 모른다.

시아는 아무 말 없이 나를 바라볼 뿐이었다. 왠지 모르게 이 녀석을 처음 봤을 때가 떠올랐다. 그때의 나도 지금의 이 녀석처럼 무모했었나?

"그래도 사겠어요."

내가 망설였던 거에 비하면 이 녀석은 굉장히 적극적이군.

보통 묘인족 꼬마를 살 정도의 돈은 가지고 있었다. 적기는 했지만 한 달마다 수고비를 꼬박꼬박 받아서 모아두고 있기도 했고 아버지가 준 돈도 꽤 남은 상태였기 때문이다.

나는 별말없이 시아 녀석의 두 눈을 바라보았다. 조금의 망설임이나 동요라도 보인다면 바로 거절할 작정이었다. 그러나 시아 녀석은 추호의 망설임도 보이지 않고 이미 작정한 듯했다. 나는 한숨을 내쉬며 포기할 수밖에 없었다.

“이봐요, 이 녀석을 데리고 가겠습니다. 이런 녀석이니까 반값만 받으세요.”

망설이는 노예 상인에게 보통 가격의 절반을 쥐어주고 나는 시아와 그 묘인족 꼬마를 데리고 식당으로 향했다.

예상은 했지만 역시 기르디 녀석은 아주 간단하게 거절했다.

“싫다.”

하지만 시아는 ‘싫다’ 라는 말 한마디에 주눅이 들어서 포기할 그런 근성없는 녀석이 아니었다. 아니, 오히려 더욱더 투지를 불태우며 기르디 녀석을 바라보았다. 그렇게 한참 동안이나 그 둘은 아무런 말 없이 서로를 바라보고 있었다. 바늘 한 개 떨어지는 소리조차 들릴 정도로 살벌한 분위기다. 나도 약간의 잘못이 있으니 시아 녀석의 편을 들어주고는 싶었지만 한마디라도 말했다가는 기르디 녀석에게 맞아 죽을지도 모른다는 생각이 들었기 때문에 입 다물고 몸조심하는 수밖에 없었다.

“오빠, 그냥 허락하지 그래?”

아이린 씨는 마지못해 시아의 편을 들어주며 기르디 녀석에게 말했다. 그러나 그렇다고 기르디 녀석도 순순히 포기할 녀석이 아니었다. 기르디는 시아를 바라보며 굉장히 사악한 미소와 함께 단호하게 말했다.

"포기해라."

"싫어요!"

보는 내가 심장이 덜컥할 정도로 완고하고 날카로운 시아 녀석의 대답이었다. 그런 시아 녀석을 기르디는 한참 동안이나 날카롭게 바라보더니 아무 말 없이 자리에서 일어나서 주방 쪽으로 걸음을 움직였다.

휴~ 힘들긴 했지만 이렇게 일단락 지어진 것 같군. 물론 조금이라도 트러블이 생기면 식당이 뒤집어질 정도로 난리가 나겠지만 말이다.

그 묘인족 꼬마는 그냥 구석에서 양팔로 무릎을 감싸 안은 채 그렇게 아무 말 없이 바닥에 앉아 있었다. 시아는 천천히 녀석에게 다가가 부드럽게 녀석의 몸을 감싸 안아주었다. 무슨 말이라도 해주고 싶었지만 왠지 나나 아이린 씨나 함부로 끼어들 수 없는 분위기다.

아이린 씨는 잠시 나가 있다가 조금의 시간이 지나고 나서 방문을 열고 들어와서는 그렇게 얼싸안고 있는 두 녀석을 바라보며 말했다.

"물 준비해 두었으니 목욕해라."

저렇게 지저분한 꼬락서니를 하고 식당을 돌아다니다가는 밥맛 없다고 손님들이 뭐라 할지도 모를 노릇이다. 나는 시아의 품에 안겨 있는 녀석의 손을 낚아채 목욕탕 쪽으로 걸음을 움직이기 시작했다. 적어도 시아 녀석에게 씻길 것을 부탁하는 것보다는 내가 행동하는 편이 낫다고 생각했기 때문이다.

사람 하나 들어가고도 넉넉할 정도의 크기를 가진 나무 욕조까지 녀석을 끌고 가서는 나는 조금은 과격하게 행동하기로 마음먹고 천장을 바라보며 크게 심호흡했다.

"…뭐 하는 거야?"

이 녀석, 말할 줄 알면서도 여태껏 한마디도 안 하다니 참 융통성도 없는 성격이군. 하여튼 나는 녀석의 그 거치적거리고 지저분한 옷을 벗겨내기 위해 부지런히 손을 움직였다. 녀석은 당황스러워하며 그런 나의 손길에 참으로 끈덕지고 날카롭게 저항했다(왠지 모르게 나 자신이 변태가 된 기분이었다). 손톱으로 얼굴을 긁고 이빨로 팔을 물어뜯으며 말이다. 하지만 결국에는 내 체력의 승리였다.

찌익 하고 녀석의 상의가 내 손 힘에 못 이겨 찢어져 버렸다. 녀석의 얼굴이 창백해지며 당황해했으나 나는 그렇게 녀석의 상의를 억지로나마 벗겨낼 수 있었다. 이제 남은 것은 아랫도리군. 그냥 순순히 있어준다면 좋겠는데 말이다.

"어라?"

그러나 나는 순간 녀석의 상체를 바라보며 당황할 수밖에 없었다.

"너, 여자였어?"

"……."

젠장! 어쩐지 이상하게 지나칠 정도로 반항하더라. 졸지에 변태가 된 상황이다. 묘인족 꼬마는 상체가 드러나자 자리에 풀썩 주저앉더니 훌쩍거리며 울기 시작했다. 무어라고 말해 주고 싶어도 할 말이 생각나지 않는다. 나는 그냥 녀석을 뇌둔 채 시아와 아이린 씨가 있는 방으로 빠르게 걸음을 움직이기 시작했다.

깨끗하게 옷을 입히고 단정하게 머리를 빗어 넘기니 전과는 비교할 수 없을 정도로 귀여운 모습이었다. 의외로 녀석은 새하얀 피부를 가

지고 있었다. 내가 입을 벌리고 놀라워하자 아이린 씨가 한숨을 쉬며
입을 열었다.

"아휴, 말도 마. 계속 반항하는 바람에 정말 생고생했어."

아이린 씨 몸 여기저기에 작은 멍과 상처들이 드물지 않게 있는 것
을 보고 고개를 끄덕였다.

갈색 머리카락 사이로 뾰족하게 튀어나온 두 개의 귀를 제외한다면
크게 인간 여자 아이와 구별하지 못할 모습이다. 녀석은 토라진 듯 나
를 비롯한 모두의 시선을 맞추지 않으며 고개를 숙이고 의자에 앉아
있었다. 일단 말문 먼저 트는 게 좋겠다고 생각하고 녀석의 얼굴을 똑
바로 쳐다보며 입을 열었다.

"이봐, 이름이 뭐야?"

내가 말을 걸었음에도 불구하고 녀석은 아무런 반응도 보이지 않았
다. 조금 몸을 움찔거렸을 뿐이다.

"그럼 '냐옹이' 라고 불러주길 원하냐?"

말이 끝나자마자 녀석은 고개를 들어 올리고 적의에 가득 찬 눈빛을
보내왔다. 정말 한마디만 더 했다가는 목을 물어뜯을 기세다. 나는 쓴
웃음을 짓고는 그런 녀석을 바라보며 말했다.

"그러니까 이름을 말해."

한참의 시간이 지나자 겨우 포기한 듯 입을 연다.

"…셸브렛."

흠, 좋은 이름이군. 묘인족치고는 지나치게 세련된 감이 없지 않았
지만―그래도 내 이름보다는 낫다―이름은 알았으니 일보 전진한 셈인
가?

"내 이름은 베리다."

내 말을 무시하고 녀석은 다시 고개를 숙이며 더 이상 아무 말도 하지 않았다. 저런 것은 결국 시간이 약이라고 생각한다. 갑자기 너무 많이 접근하는 것은 오히려 역효과를 가져올 수도 있다. 천천히 마음을 열게 하는 것이 중요하다. 그렇게 생각하고 나는 천천히 식당 일을 하기 위해 걸음을 움직였다.

검술 연습 시간이 되었음에도 불구하고 기르디 녀석의 모습이 보이지 않았기 때문에 어쩔 수 없이 나와 자룬 왕자는 그냥 각자 연습을 하기 시작했다. 한참을 그렇게 각자 훈련을 끝마치고 왕자와 나는 대련을 해보기로 했다. 물론 왕자의 실력이 나보다 한참은 위였기 때문에 대련이라는 말 자체가 어울리지 않았기는 했지만 말이다.

기르디 녀석이랑 붙을 때는 너무 간단하게 끝나서 몰랐지만 왕자의 검술은 굉장히 특이하고 현란했다. 내 주춤거리는 모습과는 비교조차 되지 않았다. 역시 기르디 녀석하고 붙을 때처럼 굉장히 일방적인 대결이었다. 왕자는 가능한 내가 다치지 않을 정도로 검을 날렸고 나는 그것을 최대한 열심히 움직이며 방어하는 정도였다.

하여튼 그렇게 대충 연습이 끝나자 피곤에 지친 몸을 이끌고 잠을 자기 위해 방을 향해 걸음을 움직였다. 계단 하나 올라가는 것조차 부담스러울 정도로 온몸은 엉망진창으로 망가져 있었다. 억지로 그렇게 한 걸음씩 걸음을 움직이고 있는데 어느 한쪽 방에서 살짝 흐느끼는 소리가 들려왔다.

일단 개인의 프라이버시도 중요하지만 나 자신의 호기심 충족도 그에 못지않게 중요하다라고 생각하며 나는 그 흐느끼는 소리를 따라 조심스레 몸을 움직였다(상대의 의사를 반영하지 못한 점에서 이런 사고는 굉장히 위험한 것이 될 수도 있다).

살짝 문을 열자 흐느끼는 소리는 더욱더 커졌다.

셀브렛. 묘인족의 소녀는 그렇게 이불을 작은 품 안에 잔뜩 끌어안은 상태로 침대에 누워 눈물 흘리며 슬퍼하고 있었다. 상처받았지만 누구에게도 의지할 수는 없었던 것이다. 그래서 저렇게 혼자 울며 슬퍼하는 것이리라. 동정하고 싶지는 않았지만 그래도 사람인 이상 조금은 마음이 무거워져 오기 시작했다.

"…거기 있는 것은 누구?"

셀브렛은 살짝 침대에서 일어나서 내가 있는 문쪽을 바라보며 말했다. 묘인족은 청각과 시각이 인간에 비해 상당히 발달된 편이라는 것을 깨닫고 나는 문을 열고 걸음을 움직여 셀브렛의 방으로 들어갔다. 눈물을 흘려서 조금은 수척해진 얼굴이다. 아래로 축 처진 두 귀가 조금은 귀엽기도 했다. 나는 그런 녀석을 바라보며 살짝 눈을 흘겼다.

"…강한 척하더니."

낮에 콧대 높은 척하던 꼴이 생각나서 나는 그렇게 살짝 빈정거렸다. 녀석은 내 도발적인 말에도 아무런 대꾸조차 하지 않으며 고개를 숙이고 침대에 앉아 있었다. 기가 죽은 모습을 보니 빈정거리고 싶은 마음도 사라졌기 때문에 나는 다시 부드럽게 말을 이었다.

"나라도 괜찮다면 말해 주지 않겠어?"

그렇게 속에 쌓아놓고 있는 것보다는 누군가에게 홀가분하게 자신의 사정을 말하는 것이 좋을 것이라 생각했다. 셀브렛이 입을 연 것은 한참의 시간이 지나서 슬슬 졸음이 와 참기 힘들다고 느낄 즈음이었다. 녀석은 고개를 숙인 채 천천히 입을 열어 자신의 사정을 이야기하기 시작했다.

"…나는 노예로 팔리기 위해서 만들어진 묘인족이 아니다."

묘인족도 드물긴 하지만 자신의 부족을 만들고 인적없는 산이나 숲 속에서 무리를 짓고 살기도 한다는 것을 들었기 때문에 나는 고개를 끄덕이고 녀석의 말에 반응해 주었다. 잠시 후 녀석은 고개를 들어 나를 바라보고는 물기 젖은 눈을 한 채 천천히 슬픈 목소리로 말을 이었다.

"모든 것이 부족하긴 했지만 그래도 아버지, 어머니와 함께 행복하게 살고 있었다. 적어도 그 녀석들이 쳐들어오기 전까지는."

자신의 말에 감정이 고조된 것인지 셀브렛은 다시 눈물을 흘리며 말을 잇지 못했다. 나는 그래도 참을성있게 녀석의 다음 말을 기다렸다.

어느새 녀석의 양쪽 허벅지에서 피가 배어 나오기 시작했다. 날카로운 손톱이 자신의 살을 파고들어 가 있음에도 불구하고 녀석은 눈 하나 깜짝하지 않았다.

"그래, 녀석들, 그 '사냥꾼' 들은 그렇게 내 어머니를 겁탈하고 아버지의 목을 잘랐지. 정말로 즐겁고 유쾌하다는 얼굴을 하고 말이야. 나는 어려서 겁탈당하지는 않았지만……."

쿡쿡 하고 웃으며 녀석은 그렇게 말했다. 눈물로 잔뜩 엉망이 된 얼굴로 말이다. 더 이상의 말은 듣고 싶지 않았기 때문에 나는 흐느끼는 녀석에게 다가갔다.

"오지 마, 인간! 더 이상 내게 다가오지 마라!"

날카롭게 온몸의 털과 손톱을 세우며 나를 위협하는 듯 녀석은 앙칼지게 외쳤다. 하지만 나는 걸음을 멈추지 않았다. 녀석이 그런 나에게 피가 묻어 있는 손톱을 갑작스레 휘둘러 가슴에서 피가 배어 나오기 시작했다.

그래도 나는 물러서지 않았다. 여기서 뒷걸음질한다면 평생 이 녀석과 가깝게 지내는 것은 포기해야 할 것을 알고 있었기 때문에 살짝 팔을 벌려 녀석의 작은 몸을 감싸 안아주었다. 당황하는 듯 녀석은 몸을 흔들며 저항했지만 나는 그럴수록 더욱더 힘을 주어 녀석을 감싸 안았다.

"……."

한참을 그렇게 바둥거리며 저항하다가 녀석은 포기한 듯 온몸의 힘을 빼고 내 품속으로 안겼다. 나는 녀석의 머리를 부드럽게 어루만져주며 입을 열었다.

"이제 괜찮으니까……."

서서히 가슴속이 젖어드는 것이 느껴졌기 때문에 나는 더욱 감싸 안은 팔에 힘을 주었다. 이 녀석은 아직 어리다. 묘인족이 단명한다고는 하지만 그래도 아직 성인이 되기에는 멀었다. 그러니 조금 더 누군가에게 의지해도 상관없는 것이다. 욕할 사람 따위는 아무도 없다.

시간이 얼마 지나지도 않았는데 어느새 셔츠가 몽땅 젖어버릴 정도다. 이 녀석이 받은 고통이란 것은 내가 생각할 수 없을 정도로 큰 것이었다. 말재주가 없어서 뭐라고 위로해 줄 수는 없었지만 적어도 이렇게 힘들 때 안아주는 것이라면 나 같은 녀석도 해줄 수 있는 것이었다.

"인간 따위는 정말 싫어."

그런 일을 겪은 이상 어쩔 수 없는 것이겠지. 만약 나 자신도 이 녀석과 비슷한 경험을 했다면 똑같은 반응을 보일 것이다. 이런 것은 결국 세월이 약이라는 생각을 하며 나는 천천히 녀석의 등을 어루만져주었다. 흐느낌 소리는 점점 줄어들기 시작했다. 왠지 내 마음도 점점 착잡해지는 것 같아 조금은 우울한 기분이었다.

　종업원 옷을 입고 녀석은 온몸을 쭈뼛거리며 쑥스러워하고 있었다. 치마 사이로 살짝 빠져나오는 자신의 꼬리를 어루만지면서 얼굴을 붉히고 나와 아이린 씨를 바라보는 녀석의 얼굴이 조금은 귀여워 보였기 때문에 나는 팔을 뻗어 살짝 녀석의 머리를 어루만져 주었다.
　"……."
　내 손길을 피하지는 않았지만 조금은 어색한 얼굴이다. 아이린 씨는 그런 나와 녀석의 얼굴을 바라보며 조금은 당황스러운 얼굴이었다.
　"둘이 언제 그렇게 친해졌어?"
　음, 일단 이 녀석이 왠지 좋아졌다고나 할까? 녀석도 나를 싫어하지는 않는 것 같고. 그리고 같이 살아야 하는 이상 친하게 지내는 편이 좋지 않겠어?
　"그냥요."
　살짝 웃음을 지으며 대답하는 내 얼굴과 녀석의 얼굴을 번갈아 보면서 아이린 씨는 궁금하다는 표정을 지어 보였다. 하지만 나와 셀브렛은 그런 아이린 씨를 무시하고 서로를 바라보며 조금은 실없이 웃음 지을 뿐이었다.

　처음 셀브렛 녀석이 맡은 일은 접시를 닦는 일이었다. 종업원들이 제일 기피하는 일이기도 하고 어려운 일이기도 해서 나는 녀석을 도와주기 위해 천천히 주방으로 걸음을 옮기고 있었다. 바람도 선선하게 불어오는 편이라 좋은 날씨라는 생각이 들었지만 어차피 식당에서 이렇게 뼈 빠지게 일하는데 날씨 따위야 아무려면 어떻겠는가? 아니, 오

히려 가끔 식당 밖에서 저렇게 즐겁게 웃으며 돌아다니는 사람을 보면
'젠장, 폭풍우라도 휘몰아쳐 버려!' 라고 나도 모르게 중얼거리게 되니
까 말이야(특히 대낮부터 닭살 돋게 비비적거리는 연인들을 보게 될 경우).

여하튼 막 주방 안으로 들어가려고 하는데 익숙한 소리가 등 뒤에서
들려와 나는 걸음을 멈추었다.

"어이!"

무엇인가 다리 여러 개 달린 것이 온몸을 훑고 지나가는 기분이 드
는 이유가 무엇인지 확인해 보기 위해 평상심을 유지하며 나는 고개를
돌려 목소리의 주인을 살폈다.

"후훗."

세 명의 인간이 웃음 짓는 얼굴로 나를 바라보고 있었다. 그 세 명의
정체가 다름 아닌 엘리 남매와 리체 녀석이라는 것을 깨닫고 내 표정
은 정말 급속도로 굳어가기 시작했다.

갑작스레 빈혈이 느껴져 무릎이 휘청거릴 정도로 경악했지만 나는
간신히 엉망진창으로 망가져 있는 심신을 추스르며 그렇게 아무 일도
아닌 것처럼 그 세 명을 향해 물었다.

"어떻게?"

어떻게, 그리고 왜 이곳에 온 것인가? 내 질문에 그 녀석들은 재미있
다는 듯이 유쾌하게 웃음 지으며 한마디씩 하기 시작했다.

"음, 그대는 우리의 정보 능력을 너무 무시하고 있군."

"굼벵이도 굴러가는 재주가 있다잖아."

"어머, 리체야! 어째 좀 비유가 그렇다."

녀석들이 떠들어대는 것을 들으니 더 더욱 머리가 아파져 오기 시작
했다. 학교에서 만나는 것도 골치 아파 죽겠는데 왜 이런 곳에서까지

봐야 되는 것인가? 지끈거리는 머리를 부여잡으며 나는 그렇게 생각했다.

"어이! 그렇게 노골적으로 싫어하면 슬프다고!"

그런 나를 바라보며 리체 녀석이 조금은 날카로운 눈을 하고 말했다. 으음, 생각하는 게 표정으로 드러나다니……. 이게 다 아직 내 수련이 부족하다는 증거다. 최대한 포커페이스 이미지를 주기 위해 노력했는데 말이지.

"조금 몸이 안 좋아서요. 죄송합니다. 그런데 무슨 용무로?"

다시 표정을 갈무리하고는 냉정한 얼굴로 세 사람에게 질문했다. 리체 녀석이 그런 나에게 다가오더니 괜히 친한 척 어깨동무를 하며 말했다.

"아, 그냥 단순한 운영진 회의라고. 신경 쓰지 않아도 돼."

운영진 회의고 나발이고 다 좋은데 왜 하필 이 식당에서 해야만 한다는 것이냐. 학교에서 하든지 아니면 넓은 당신들 집에서 하든지 할 것이지 말이야. 울화가 치밀어 눈앞에서 능글맞게 웃고 있는 이 리체 녀석의 얼굴에 매직 미사일을 꽂아버리고 싶었지만 역시 초인적인 인내력으로 참는 수밖에 없었다. 일단 보는 눈도 있고 하니.

어쨌든 나는 그런 녀석들을 등 뒤로 하고 주방 안으로 걸음을 옮겼다. 리체 녀석이 뭐라고 말하는 것도 같았지만 가뿐하게 무시해 주면서 말이다.

걱정했던 것과는 달리 셀브렛은 접시닦이 역할을 잘 소화해 내고 있었다. 예전의 나보다는 훨씬 능숙하고 신속하게 말이다. 열심히 접시를 닦는 모습을 보니까 조금은 여자 아이 같아 보이기도 했다.

처음 봤을 때처럼 더러운 꼬락서니가 아니라서 그런지는 모르겠지
만 말이다. 녀석은 내가 가까이 다가오자 눈치 좋게 눈을 깜박거리며
한번 쳐다보고는 다시 접시 닦는 일에 열중했다.

예상외로 녀석이 별 말썽 없이 일을 하고 있으니 조금은 싱겁기도
했다. 적어도 접시 한두 개는 깨뜨리고 있을 줄 알았는데 말이다.

"……"

코 언저리에 거품이 묻은 것도 눈치 채지 못할 정도로 열심이다. 비
웃는 것 같아서 좀 그렇긴 했지만 그래도 쿡쿡 하고 웃음이 새어 나오
는 것은 어쩔 수 없었다.

가까이 다가가서 녀석의 한쪽 어깨를 잡고는 슥슥 손수건으로 코를
닦아주었다(녀석이 의외로 얌전하게 얼굴을 붉히며 별 저항 없이 고개를 숙이
고 있었기에 나는 무사히 거품을 닦아낼 수 있었다). 살짝 고개를 올리고 나
를 바라보는 모습이 귀여워 보였다. 쫑긋 서 있는 노랑 바탕에 검은색
무늬가 들어가 있는 두 귀가 조금은 이질적인 분위기를 풍기기도 했지
만 말이다.

자기 나름대로 적응하기 위해 노력하고 있는 것이다. 나 같은 녀석
과는 비교할 수도 없을 정도로 강인한 녀석이다. 누구에게도 의지하지
않으며 그렇게 자신의 일을 해내는 것을 봐도 느낄 수 있었다. 연약한
모습과는 다르게 심지가 굳은 성격이랄까. 그런 면에서 시아 녀석과
조금 닮기도 한 것 같다.

일단 이곳에 온 목적을 이루기 위해 난 소매를 걷어붙이고 천천히
손과 몸을 부지런히 움직이기 시작했다. 이런 일이라는 것은 혼자서
하는 것보다는 여럿이서 도우며 하는 편이 더 효과적이고 능률적이기
때문이다(세 살짜리 꼬마들도 아는 만고불변의 진리다. 간혹 나이를 먹어도 모

르는 쓰레기 같은 녀석들이 있긴 하지만).

셀브렛은 그런 나를 이상하다는 듯이 입을 내밀고 천천히 훑어보기 시작했다.

"별로… 마땅히 할 일도 없고 심심해서 도와주는 것뿐……."

처음으로 본 미소. 조금은 감격한 듯이 나를 바라보며 딱딱한 미소를 짓는 셀브렛 녀석. 어설프긴 했지만 그래도 최소한 세상의 아픔과 슬픔을 어깨에 다 짊어지고 있는 듯한 우울한 표정보다는 백 배, 천 배, 아니, 비교할 수 없을 정도로 귀여운 얼굴이라는 생각이 들었다.

여하튼 내가 도와준 때문인지 밀린 설거지는 날이 어두워지기 전에 다 끝낼 수 있었다.

식당의 저녁 식사는 언제나 빨랐다. 빠르고 신속하게 식사를 끝낸 후 손님들을 맞을 준비를 해야 하기 때문이다. 점심 겸 저녁이라고 할까? 어쨌든 마땅히 분류하기 어려운 식사를 일행은 하고 있었다.

모두가 조용히 식사를 하고 있어서 언뜻 보면 조용하고 점잖은 식사 시간 같기도 했지만 셀브렛 녀석 덕분에 그렇지도 못했다. 포크, 나이프를 잡는 것도 힘들어할 정도로 녀석의 식사 예절은 엉망 그 자체였기 때문이다. 나이프나 포크도 본래의 용도를 상실하고 입으로 음식을 옮겨가는 쓰임 정도로밖에 사용하지 못하고 있었다.

마치 전쟁터에서 적에게 동서남북으로 포위된 장군의 모습이랄까? 식은땀을 흘리며 셀브렛 녀석은 그렇게 아슬아슬하게 식사를 하고 있었다.

물론 시아가 옆에서 그런 셀브렛을 가만 놔두지는 않았다. '나이프는 음식을 알맞게 잘라 먹을 때 쓰는 거야' 라든지, '그렇게 바닥에 떨어진 음식은 주워 먹을 필요는 없어’ 같은 조언을 해주고 있었다. 그것도 무표정으로 말이다. 시아 녀석이 어떻게 보면 나보다 더한 포커페이스라는 것은 요새 자주 깨닫고 있는 일이었다.

대충 그렇게 식사가 끝나자 저녁 손님 맞을 준비를 하기 위해 식당의 사람들은 다시 분주하게 움직이기 시작했다. 셀브렛 녀석을 도와주고 싶기도 했지만 나 스스로도 여유라고는 눈 씻고 찾아봐도 없어 그래도 그나마 여유로운 시아 녀석에게 맡기는 수밖에 없었다.

시간이 흐르고 손님들이 서서히 식당 안으로 들어오기 시작하자 다른 사람 걱정할 형편이 되지 못했다. 이상하게 평소보다 배는 많은 손님들이 들이닥친 것이다.

몸은 발바닥에 땀 날 정도니 설명할 필요도 없겠고 정신은 마치 사차원 세계를 떠돌아다니는 것 같으니 그 괴로움을 어렵지 않게 유추해 낼 수 있을 것이다. 여하튼 뭐라 쉽사리 설명할 수 없을 그런 식당 일이 끝나자 나는 다시 천천히 시아와 셀브렛이 있을 주방 안으로 걸음을 움직였다.

잔뜩 헝클어진 머리를 하고 시아 녀석의 무릎에 기대어 셀브렛 녀석은 잠들어 있었다. 시아 녀석은 미소 짓는 얼굴로 조용히 하라는 듯이 살짝 검지손가락을 입에 올리며 내 얼굴을 바라보았다. 저절로 작은 한숨이 새어 나온다. 내가 허탈한 표정을 하자 시아 녀석은 뭐가 그리 우스운지 그런 나를 바라보며 살짝 미소 지었다.

“힘들어 죽겠네.”

내가 푸념하자 왕자는 잠시 그런 나를 무심한 눈빛으로 쳐다보았다.

사실 이렇게 푸념하는 것도 절대 무리가 아니었다. 평소보다 더 힘든 식당 일을 마치고 셀브렛 녀석을 등에 들쳐 업고 계단을 올라가야 했으니까 말이다. 게다가 다시 이렇게 무거운 검을 들고 뼈 빠지게 휘두르고 있었으니까.

내 몸이 무슨 미스릴로 만들어진 것도 아닌 이상 이렇게 금방 탈진해 버리는 것은 어찌 보면 당연한 일이었다. 여하튼 왕자는 내가 바닥에 쓰러지든 푸념을 하든 상관조차 안 하겠다는 듯이 다시 검술 연습에 몰두하기 시작했다.

왕자가 칼을 휘두를 때마다 희미하지만 마나의 움직임이 있었기에 나는 정신을 집중하고 왕자의 움직임을 관찰했다.

'마법의 힘이 담긴 것인가?'

왕자가 몸을 움직이자 칼은 포물선을 그리며 잔상과도 같은 미약한 빛을 내고 있었다. 역시 괜히 왕자가 아니라는 생각이 들었다. 기르디가 준 검도 내게는 과분할 정도로 훌륭하긴 했지만 왕자의 칼은 그런 내 검보다 더 뛰어난 것 같았다.

그런 내 시선을 눈치 챈 것인지 왕자는 말없이 내게 다가와 자신의 칼을 내밀어 보였다. 내가 당황스러워하며 그것을 받아 들자 왕자는 등을 돌리며 살짝 입을 열었다.

"봐도 좋다."

흠. 왠지 모르게 왕자에 대해서 어느 정도 오해를 하고 있었던 모양이다. 자신의 칼을 이렇게 선뜻 보여준다는 것은 그만큼 상대를 신용하고 있다는 증거다. 게다가 이렇게 귀중하고 대단한 무기라면 모든 검사들의 꿈이라고 해도 과언이 아닐 텐데 말이다.

확실히 왕자에게 나는 신용을 얻고 있었던 모양이다. 같이 지낸 지 얼마 되지도 않았는데 말이다.

그런 생각이 들자 나도 모르게 입가에 웃음이 번지기 시작했다. 왕자는 뭐라 할 말이 없는지 등을 돌리고는 그렇게 아무 말 없이 서 있을 뿐이었다. 어찌 됐든 왕자가 건네준 도(刀)를 나는 진지하게 관찰하기 시작했다. 무엇이라 조그맣게 새겨진 수많은 문자들이 역시 마법의 힘이 담겨져 있다는 생각을 굳히게 만들어주었다. 날씬하게 뻗어 있는 도를 보자 나도 모르게 조금은 경외심 같은 것도 들었다.

"휘둘러 봐도 될까요?"

거절한다고 해도 탓할 생각은 전혀 없었다. 이렇게 눈과 감촉으로 도를 건식하는 것만으로도 굉장한 경험이라고 생각하고 있으니까 말이다.

"……."

왕자는 말없이 고개를 끄덕였다. 나는 조금은 설레는 기분으로 자리에서 일어나 내가 할 수 있는 최대한의 기술을 펼쳐 보였다(말은 거창하지만 사실은 그냥 있는 힘껏 휘둘러 보는 게 전부였다).

애송이인 내가 무엇인가 느낌이 들 정도로 대단했다. 조금 더 사용해 보고 싶은 마음도 들었지만 나는 그냥 아쉬운 대로 도(刀)를 왕자에게 건네주었다. 왕자는 말없이 다시 받아 들고는 단순하지만 고귀한 몸짓으로 칼집에 자신의 도를 집어넣었다(그때 나도 모르게 침을 꿀꺽 삼킨 것은 우연이라고 생각하고 싶다).

왕자와 나는 시원하게 불어오는 밤바람을 맞으며 그렇게 잠시 동안의 휴식 시간을 즐겼다.

"호오! 역시 대단하기도 하셔라!"

리체 녀석은 어느새 다가왔는지 내 어깨에 자신의 팔을 두르고는 조금은 비아냥거리는 어조로 입을 열었다. 가뜩이나 사람들, 특히 남학생들이 많은 곳에서 이 녀석과 신체 접촉하는 일은 사양하고 싶었다(이미 게시판 근처에서 몇 명의 남학생들은 눈살을 찌푸리며 이곳을 바라보고 있었다). 살짝 녀석의 몸을 뿌리치며 나는 천천히 입을 열었다.

"운이 좋았을 뿐이죠."

솔직히 나도 조금은 의외였다. 성적이 높을 것이라고는 대충 예상하긴 했지만 이 정도일 것이라고는 생각지 못한 일이었기 때문이다.

어쨌든 내가 이렇게 말할 것이라고 예상이나 한 듯 리체 녀석이 대답했다.

"운도 실력이라고. 조금은 거만해져도 좋을 텐데 말이지."

'그래, 나 잘나서 1등했수다'라고 말하는 녀석이 되라는 것인가? 한심한 나머지 뭐라고 대답하는 것조차 짜증이 나기 시작했다. 말없이 내가 발걸음을 떼자 리체 녀석도 그런 나를 따라 걸어오기 시작했다.

여하튼 반에서 성적이 최고라는 것이 기쁘지 않다는 것은 거짓말이겠지. 내색하고 싶지는 않았지만 사실은 벌거벗고 춤을 춰도 모자랄 만큼 기쁜 것도 사실이었으니까. 조금 과격한 비유 같기도 하지만.

"여어, 엘리!"

엘리 녀석이 타이밍 좋게 내가 지나가는 반대쪽 복도에서 걸어오고 있었다.

"아, 1등한 것 축하해."

음, 반 아이들에게 벌써 소문이 쫙 퍼진 모양이다. 어쨌든 나는 그런 엘리에게 살짝 고개를 끄덕여 주었다. 진심으로 축하해 주는 것 같은데 무시할 수는 없는 노릇이었다. 새삼스럽게 나 자신이 1등했다는 것에 가슴이 벅차 올라 여태까지 힘들게 노력한 것이 주마등처럼 하나둘씩 머리 속에서 펼쳐지기 시작했다. 식당 일에 검술 연습에 공부까지 하느라고 그동안 겪은 생고생들이 말이다.

내 상상을 방해하며 리체 녀석이 갑작스레 엘리에게 뭐라고 떠들기 시작했다.

"정말 동호회 전체의 경사야. 축하 파티라도 할까?"

내가 1등한 것이 왜 망할 동호회 전체의 경사라는 것인가? 이 동호회에 입부한 것도 수치스러워 죽겠는데 말이지.

"그래. 그럼 오늘 수업 끝나고 모이기로 하자."

젠장! 왜 또 이런 전개냐! 녀석들은 내가 말릴 틈도 없이 시간과 장소를 정하고 즐겁다는 듯이 뭐라고 떠들어대기 시작했다. 내가 뭐라 말한다고 해도 콧방귀도 뀌지 않을 것이 분명할 것 같았다. 그야말로 '미치고 환장' 할 노릇이었지만 별다른 수가 생각나지 않아 나는 그렇게 얼굴을 굳히고 그 둘을 바라보고만 있었다.

'나오지 않아도 좋아. 너희 식당으로 찾아가면 될 테니까' 라는 리체 녀석의 말 덕택에 도망간다는 건 꿈도 꾸지 못할 일이 되어버렸다. 마치 좀비처럼 형편없는 몰골로 나는 그렇게 도살장에 끌려가는 돼지처럼 무거운 발걸음을 천천히 움직였다. 오늘따라 학교에서 제일 후미진 곳에 위치한 동호회실이 왜 그렇게 가깝게 느껴지는 것인지 얼마 걷지도 않은 것 같은데 벌써 눈앞에는 턱하니 회실의 문이 나타나 있는 것이다. 구울(Ghoul:시체를 먹고 사는 몬스터. 좀비와 조금 유사하다)의 독에 걸린 사람마냥 움직이지 않는 손을 억지로 움직여 천천히 문을 열었다.

"여어, 어서 와!"

리체 녀석이 웃는 얼굴로 다가와 비비적거리며 말했다. 언제나처럼 엘리, 리체, 그리고 또 한 명.

"하하! 역시 내가 보는 눈이 있었어. 그대는 역시 나를 실망시키지 않는군."

정말 잘못한 건 없어도 거부감 왕창 드는 녀석. 이 학교의 학생회장이자 엘리 녀석의 오빠이기도 한, 아마 코인이라는 이름을 가진 녀석이었지? 녀석은 나의 날카로운 시선을 능글맞은 웃음으로 받아넘기고는 수다스럽게 뭐라 떠들어대기 시작했다. 뭐라 떠들든 말든 가뿐하게 한 귀로 흘려들으며 나는 정해진 자리에 몸을 묻었다. 대충 그렇게 모두 자리에 앉자 리체 녀석이 헛기침을 하며 시선을 모은 후 상기된 어조로 입을 열었다.

"자, 자, 베리가 1등을 한 것도 우리 동호회 전체의 경사라고 할 수 있어요. 그러니 오늘은 신나게 떠들고 놀아봅시다."

엘리는 리체가 뭐라 말하는 도중 어디서 구해온 것인지 음식과 마실 것을 탁자 위에 하나둘씩 올려놓기 시작했다.

"…여하튼 건배합시다!"

그렇게 뭐라 한참을 장황하게 말하더니 잔을 들고 모두에게 건배하라고 하는 리체 녀석이었다. 대충 하는 시늉만 해주고 천천히 잔을 들이키려고 했으나,

"푸훗! 이거 술이잖아?!"

학교 안에서 이렇게 술을 마시다니, 정말 기가 막혀서 말이 안 나온다. 내 창백한 얼굴에도 아랑곳하지 않으며 모두는 잔을 비우고 있었다. 한두 번이 아닌 듯 익숙한 모습들이었다. 리체 녀석이 어느새 그런 내 옆으로 다가와 어깨에 팔을 두르며 말했다.

"괜찮아, 괜찮아. 뭐, 좋은 게 다 좋은 거라고."

‘너 같은 녀석이야 좋겠지만 나는 하나도 안 좋다’ 라고 말해 주고 싶었지만 한심하게 웃고 있는 모습을 보니 그러고 싶은 마음도 사라졌다. 이 동호회에 입부했다는 것은 내 인생에 있어 손꼽히는 실수로 기억될 것이라는 예감이 불현듯 머리 속을 스쳐 지나갔다(아니, 예감이 아니라 거의 확정된 사실이었지만).

술 같은 건 그다지 마시고 싶지 않았지만 분위기라고 하는 것 덕분에 어쩔 수 없이 한두 잔 마셨다(리체 녀석은 취하면 과격하게 행동하는 피곤한 타입이었다. 거의 반 강제로 내 입에 술을 들이붓는 바람에 굉장히 당황스러웠다).

조금은 한심하기도 하지만 웃고 떠들며 마시다 보니 스트레스도 해소되는 느낌이었다. 그렇게 날이 어두워질 무렵까지 떠들다가 나는 식당 일을 해야 한다는 핑계로 시끌벅적한 동호회실을 빠져나올 수 있었다.

“휴~”

알콜이 들어간 덕분인지 얼굴이 조금 상기되어 있었다. 그래도 후텁지근한 회실에서 한참 동안 있다가 밖으로 나와 보니 정말 시원하다고 외치고 싶을 정도로 기분이 좋았다. 조금 늦었다는 게 마음에 걸리긴 하지만 뭐, 오늘 같은 날이면 기르디도 용서해 주겠지. 그렇게 생각하며 천천히 식당으로 향하여 발걸음을 옮겼다.

식당 문을 열었을 때 무엇인가 무거운 공기가 흐르고 있다는 것을 깨닫고 난 주위를 둘러보았다. 이상하게 한 명의 손님도 없고 종업원 같은 사람도 보이지 않는다. 삐걱거리며 문 흔들리는 소리가 그로테스크하게 식당 안을 가득 메우고 있을 뿐이다.

내가 뜻밖의 식당 분위기에 당황하고 있는데 갑작스레 계단에서 아이린 씨가 내려와 큰 소리로 외쳤다.

"바보야! 지금 오면 어쩌란 거야?!"

"…무슨 소리 하시는 거죠?"

갑작스런 말과 행동에 난 얼빠진 표정을 하고 아이린 씨의 얼굴을 바라보았다. 그녀는 어느새 내 곁으로 다가와 손을 부여잡고 억지로 계단 쪽으로 끌고 가기 시작했다(눈물 가득한 그녀의 눈을 보자 뭐라 달리 할 말도 떠오르지 않았다).

무엇인가 가슴 한구석이 답답해져 오며 안 좋은 예감이 들기 시작했다. 고개를 좌우로 흔들며 별일없을 것이라고 중얼거리며 스스로를 위로해 보기도 했지만…….

"도대체 왜?"

내 말을 무시하며 아이린 씨는 그렇게 성큼성큼 계단을 올라가고 있을 뿐이었다. 그런 그녀의 손이 나의 팔목을 놓은 것은 조금은 어둡고 낡은 문의 입구, 바로 시아 녀석의 방문 앞에 도착했을 때였다. 그곳이 목적지인 듯 아이린 씨는 더 이상 말도 없이 그저 고개를 푹 숙이고 아무 말도 하지 않았다.

천천히 문을 열고 방 안으로 들어갔을 때 나를 반기고 있는 것은 '절망'이라는 단어 그 자체였다.

◆ Chapter 7 ◆
작은 변화

어머니에 대한 기억은 아무것도 없었다. 언제 돌아가신지도 어떻게 생기셨는지도 모른다. 아버지는 단지 나하고 닮으신 분이라고만 말씀하셨던 것이다. 그래서 어렸을 때는 조금 괴롭기도 했다. 너무 외롭고 힘들어도 의지할 곳이 없었기 때문이다. 믿을 것은 자신밖에 없었기에(나는 외톨이니까라는 생각밖에는 할 수 없었던 것이다).

상상 속의 어머니는 미소 짓고 있었다. 그러나 그 모습은 언제나 완전하지 않았다. 단지 하얀빛 같은 것으로 가리어져 있었다. 떠올리고 싶어도 떠올릴 수 없었기 때문일 것이다.

외로운 것도 시간이 흐르니까 자연스러워지기 시작했다. 다른 사람과 웃고 떠드는 것보다는 혼자서 책이나 읽는 편이 더 즐겁고 가치있는 일이라고 생각했다.

그러나 언제부터인지 조그마한 한 소녀가 마음속에 자리 잡기 시작했다. 밤하늘을 은은하게 밝혀주는 달과 같은 존재라고 할까? 그녀는 그렇게 내 어둡기만 한 마음을 밝혀주고 치료해 주는, 내게는 없어서는 안 될 존재로 마음속 깊이 각인되고 있었던 것이다.

사실 그런 그녀의 아픔은 나와는 비교할 수 없을 정도로 크고 괴로운 것이었다. 하지만 언제나 웃음 지으며 아무렇지도 않다는 표정을 짓고서는 그렇게 내 품에 안겨왔기 때문에 알지 못했다. 아니, 생각조차 하지 않았다(이기적이니까. 나는 아직도 철없는 꼬맹이 녀석에서 조금도 발전하지 못했으니까).

소녀가 눈앞에서 괴로워하고 있다. 작은 몸을 제대로 가누지도 못하고 피 흘리고 있었다. 무능력한 나는 아무것도 할 수 없었다.

"……."

이것으로 두 번째다. 처음에도 그랬고 지금도 여전히 나는 무능력하고 쓸모없는 존재다. 눈물을 흘리며 슬퍼하는 것을 제외하면 아무것도 해줄 수 없다.

몸 이곳저곳에서 흐르는 피는 하얀 시트를 붉게 물들이며 바닥을 적신다. 검은색 나무로 된 바닥이 피를 먹어서 더욱더 짙어지며 침대에서 조금은 멀찍이 떨어진 내 발 밑까지 흘러오고 있었다.

마치 얼어붙은 듯이 그 모습을 멍하니 바라보고 있던 나는 천천히 침대 곁으로 한 걸음씩 움직이기 시작했다.

질퍽하다고 느낄 정도로 끔찍한 발바닥의 감촉이 이것은 '꿈'이 아닌 현실이라고 말해 준다.

깨끗했던 하얀 시트는 어느새 선홍의 빛으로 바래진 지 오래다. 그 끔찍한 모습에 구역질이 나올 정도로 속이 역해지기 시작했지만 애써 무시하며 그렇게 침대로 다가갔다.

창백하디창백한 녀석의 얼굴은 가끔씩 이는 경련 때문에 떨리는 것을 제외한다면 평소와 다름없는 평온한 모습 그 자체였다.

살며시 오른손을 움직여 녀석의 볼과 귀를 쓰다듬어 주었다. 나의 손길에 따라 녀석의 얼굴이 잠시 동안 불그스름한 자국이 생겼지만 곧 다시 하얀색으로 되돌아갔다.

언제부터인지 난 눈물을 흘리고 있었다. 아무런 생각도 나지 않는 줄 알았는데 그것은 착각에 불과했다.

내가 웃고 떠들고 있을 때에 녀석은 견딜 수 없을 정도로 아프고 괴로워했겠지.

녀석의 아픔과 괴로움을 동정하기 때문에 슬픈 것보다는 스스로가 미치도록 혐오스러운 까닭에 눈물이 나오는 것이리라.

"그래도 방금 전보다는 나아진 편이야."

어느새 내 옆으로 다가와 슬픈 목소리로 아이린 씨가 말했다. 살며시 녀석을 두 팔로 감싸 안아 들었다. 카이리온 기사 양성 학교의 교복은 녀석의 피에 붉게 물들기 시작했지만 그다지 괘념치 않았다.

가볍다. 그리고 차갑다.

매 초 주기로 떨리는 녀석의 차가운 몸. 한참을 그렇게 아무 말도 없다가 아이린 씨를 향해 입을 열었다.

"도대체 왜 이렇게 된 것이죠?"

"마나 쇼크, 그리고 정체를 알 수 없는 몇 가지 잠재적인 내부의 힘."

녀석의 몸에 강대한 마나가 내재되어 있다는 것은 저번에도 들어서 알고 있었던 일이지만 나머지 것들은 잘 이해가 되지 않는 것들이다. 어찌 됐든 난 다시 질문했다.

"무엇을 해야 되는 거죠?"

"아직은… 잘 모르겠어."

"지금은 괜찮은 것인가요?"

"솔직히 말하자면… 전혀 그렇지 않아. 지금 살아남는다 해도 다음에 살아남을 보장은 없어."

결국 또 그렇게 되는구나. 나는 다시 잠시 동안 평범한 일상 속에서 그렇게 지내다가 녀석이 아프면 슬퍼해 주고 녀석이 죽으면 또 절망에 빠지겠지. 그리고 한참의 세월이 흐르면 그런 적이 있었다고 회상하는 형편없는 녀석이 될지도 모른다. 정작 할 수 있는 것이 아무것도 없었다.

나와 아이린 씨는 그렇게 한참 동안 아무 말도 하지 못한 채 멍하니 시아 녀석을 바라보고만 있었다.

픽—

얼굴 가득 찡하게 욱신거리는 고통에도 난 녀석을 안아 든 손을 놓지 않고 있었다. 기르디는 그런 나를 무표정한 눈으로 바라보더니 다시 빠르게 손을 움직여 내 볼을 후려쳤다. 방 안 가득 뺨 맞는 소리가 울려 퍼졌다.

하지만 난 무감정한 얼굴로 그렇게 기르디를 바라보고만 있었다.

"재수없고 형편없는 녀석 같으니."

"……."

스스로 생각해 봐도 지금의 나, 최악이군. 그냥 슬퍼해 주는 척하는 것일지도 모르지.

위선이고 가식일지도 몰라.

그렇지만 도대체 내가 무엇을 해야 하는 것이지? 그냥 아무렇지도 않게 행동해야 하는 것인가?

한참 동안이나 그렇게 경멸 가득한 눈빛으로 날 바라보고 있던 기르디는 아무 말 없이 빠른 걸음으로 방 안을 나가 버렸다.

발작이나 경련 같은 것은 사라졌지만 아직도 시체처럼 창백한 녀석의 모습이다. 나는 그런 녀석의 얼굴을 바라보며 천천히 입을 열었다.

"나는 무엇을 해야 하는 거니?"

내 슬프고 작은 목소리에도 녀석은 아무 말 없이 미동조차 하지 않았다.

"내가 대신 아파해 줄 수 있다면, 아니, 조금이라도 고통을 덜어줄 수만 있다면……."

보잘것없어도 좋으니까 널 위해서 무엇이라도 할 수 있는 조금의 '힘'이라도 있다면…….

문이 열리고 방 안으로 살며시 셀브렛 녀석이 들어왔다. 멍하니 침대에 걸터앉은 나와 시아를 바라보더니 금세 눈물이 가득해져 슬픈 표정을 지어 보이는 것이었다.

쌀쌀맞은 척하더니 역시 속은 따뜻한 녀석이었구나. 시아 녀석이 보는 눈은 있는 모양이군. 상황에 맞지 않는 생각이긴 하지만 난 그렇게 느껴졌다.

녀석은 훌쩍거리며 간신히 입을 열고 말했다.

"죽는 거야? 그런 거야?"

눈물 가득한 슬픈 셀브렛 녀석의 표정을 보니 뭐라고 쉽게 말해 주기가 어려웠다. 무슨 설명을 하더라도 녀석이 이해하기는 힘들 테니까 말이다.

"그래, 죽는 것이지? 다시는 볼 수 없는 것이지? 또 셀브렛을 남겨두고……."

"아니, 죽지 않아."

녀석의 말을 자르고 나는 그렇게 말했다. 두려움에 가득 찬 눈물 젖은 녀석의 눈을 바라보며.

"절대! 누가 그냥 죽게 놔둘 것 같아?"

어느새 나도 셀브렛 녀석처럼 눈물을 흘리고 있었다.

"흥! 절대 그렇게 만들지 않겠어!"

그러니까 나는 강해져야 한다. 녀석을 위해 무엇이라도 해줄 수 있도록 지금보다 비교할 수 없을 정도로 강해져야만 한다.

잠시 동안 나는 멍하니 셀브렛을 바라보다 시아를 다시 침대에 바르게 눕히고는 천천히 몸을 일으켰다.

그리고 이를 악물며 천천히 발걸음을 떼었다.

'그러니까 이렇게 눈물 흘리며 슬퍼하고만 있는 것도 한심한 일이겠지.'

가방에서 꺼내 든 검을 바라보며 생각했다.

천천히 난 셀브렛 녀석을 놔두고 밖으로 나왔다.

"젠장!"

너무 느리다. 손짓도, 발짓도 어린아이 수준이다. 기르디, 아니, 왕자 녀석과도 비교조차 할 수 없는 한심한 능력인 것이다.

자학하듯이 몸을 움직였다. 저절로 풀려져 오는 발 덕분에 차가운 땅바닥으로 처박혀 버렸다.

억지로 숨을 고르고 몸을 일으키려는데 왕자가 기척도 없이 다가와 내 손을 잡아주었다.

조금은 안타까워하는 것 같은 눈을 마주 보며 나는 간신히 입을 열었다.

"난 너무 약합니다."

"……."

왕자의 눈은 점점 가늘어지고 있었다. 비웃는 것인가, 경멸하는 것인가?

"강하다는 게 뭐지?"

참 오랜만에 들어보는 왕자의 목소리다. 조금은 선문답 같은 말이었지만 나는 잠시 고민하다 그의 눈을 바라보며 말했다.

"소중한 사람을 지키는 힘."

"그래."

왕자는 내 대답에 만족한 듯이 고개를 끄덕이며 말을 이었다.

"하지만… 그 힘이 물리적인 것에 국한되어 있는 것은 아니다."

물리적이지 않고 사람을 지킬 수 있는 힘. 알 것 같기도 했지만 지금 당장 필요한 것은 그런 유의 힘이 아니다.

내가 불만족한 표정을 지어 보이자 왕자는 피식 웃으며 말했다.

"내가 보기에 너는 나보다 훨씬 강하다."

무슨 소리 하는 거야? 내가 막 반박하기 위해 입을 열려는데 등 뒤에서 먼저 다른 사람의 목소리가 들려왔다.

"…어느 아이인가?"

하얀 수염이 인상적인 대머리노인이 서 있었다. 나는 잘 모르겠지만 왕자조차 이렇게 가까이 다가오는 것을 눈치 못 챈 것을 보면 보통 사람은 아니라는 이야기다. 왕자도, 나도 조금은 긴장하며 그 노인을 날카롭게 바라보고 있는데 때마침 기르디 녀석이 노인 옆으로 다가와 대꾸했다. 좀 전과는 달리 부드러운 얼굴을 하고 있었다.

"저 계집애같이 생긴 인간 남자 아이입니다."

무엇인가 상당히 거슬리는 대답이었지만 아무 말도 하지 않고 그 노인을 바라보았다. 사람 좋아 보이는 웃음을 지은 채 나를 마주 바라보며 노인이 입을 열었다.

"흠, 그럭저럭 좋은 눈이군. 그래, 너의 이름이 뭐지?"

별로 대답해야 할 의무 같은 것은 느끼지 않았지만 그래도 연장자에 대한 예의라는 것이 있어 퉁명스럽게나마 대답했다.

"베리입니다."

"흐음."

노인은 오른손으로 수염을 한번 쓰다듬더니 무엇인가 사색하는 표정을 지었다.

그나저나 기르디가 다른 사람에게 존댓말을 쓰는 것은 처음 본 일이었기 때문에 난 적지 않게 충격을 받은 상태였다. 엘프는 확실히 인간과 비교조차 할 수 없을 정도로 오래 사는 종족이기 때문에 기르디가 평범한 '인간'에게 존댓말을 해야 할 이유는 없었던 것이다. 그런 면에서 저 노인은 무엇인가 경외심 같은 것을 느끼게 해주었다. '평범한 인간은 아니다'라는 생각을 해주게 한다고나 할까?

하여튼 노인은 오랫동안 생각하고 있었다. 보는 사람이 짜증날 정도로 말이다.

막 내가 '이제 전 그만 들어가 보겠습니다'라고 말하려는 순간 노인이 그 굳게 닫힌 입술을 열어 말했다.

"음, 그래, 좋아. 그렇게 하도록 하지."

왠지 스스로 생각하고 스스로 대답하는 것 같다. 궁금해하는 상대방은 조금도 고려하지 않고 말이다. 울화 같은 것이 저절로 치밀어오는 것은 적어도 내 성격에 문제가 있는 것만은 아닐 것이다.

"기르디 군, 저 아이를 한번 믿어보겠네. 자네 의견은 어떤가?"

"…저런 녀석이지만 뭐, 쓸 만할지도 모르죠."

도대체 둘이서 무슨 소리를 하는 거야? 내 얼굴이 조금씩 구겨지기 시작하는데 노인이 여전히 미소 짓는 얼굴로 날 바라보며 이야기하기 시작했다.

"소년이여, 너에게 다가올 시련과 고통 앞에서 밝게 빛나주기를 난 소망한다. 부디 리지안트님의 가호가 영원하기를."

갑작스런 노인의 어법에 휘말린 것인지 조금은 엄숙해진 분위기다. 심지어는 기르디 녀석마저도 진지한 표정을 짓고 있으니 말이다.

그 말을 끝으로 노인은 기르디 녀석과 함께 여관 안을 향해 걸음을 움직이고 있었다. 조금은 황당해하는 나와 왕자를 남겨둔 채.

따스하고 익숙한 체온과 감촉.

눈을 떴을 때 보이는 것은 시아의 곤히 자고 있는 모습이었다. 그런 녀석의 얼굴로 손을 가까이 가져간 순간 난 그 따스함에 저절로 눈물 흘릴 수밖에 없었다.

따스하다. 차갑지 않다.

다른 사람이라면 간단하게 생각할 일이었지만 어제의 시체처럼 차가웠던 녀석의 몸을 떠올리니 저절로 눈물이 흘러내리며 슬퍼졌다.

살짝 그 몸을 두 팔로 안아 들자 가볍지만 따스한 온기가 내 가슴 안에 느껴졌다.

그냥 살아 있어주기만 하는 것으로 충분하니까, 달리 무엇을 해주지 않아도 좋으니까…….

그렇게 생각하며 멍하니 녀석의 얼굴을 바라보고 있는데,

"……."

녀석은 한껏 졸린 눈을 멍하니 뜨고 날 마주 바라보고 있었다.

조금은 수척해진 모습이었지만 그래도 여전히 귀여운 얼굴이다. 녀석은 잠시 그렇게 바라보다가 갑작스레 눈을 동그랗게 뜨며 물었다.

"어디 아파요?"

아픈 것은 내가 아니라 너잖아. 황당한 나머지 나도 모르게 헛웃음이 새어 나왔다. 역시 녀석답다고 생각하면서 말이다.

자기 자신은 안 챙기면서 철저하게 남을 먼저 걱정해 준다. 처음부터 녀석은 그랬으니까.

"아프지 않아? 어제 그렇게 끔찍하게……."

녀석은 가만히 내 볼을 쓰다듬었다(어제 기르디 녀석에게 얻어맞은 덕분에 멍이 들었기 때문일 것이다).

"네."

아주 간단하게 대답하더니 녀석은 침대에서 몸을 일으켜 약을 찾아오겠다며 밖으로 걸음을 움직이기 시작했다. 왠지 무시당한 것 같아 조금 기분이 상하기도 했지만 괜스레 별거 아닌 일 가지고 소심해지는 것 같아 한숨만 한번 쉬고는 그냥 침대에 몸을 묻으며 눈을 감았다.

"지금 살아남았다고 해도 다음에 살아남을 보장은 없어."

아이린 씨의 슬픈 목소리가 머리 속에 생생하게 남아 있었다. 좋게 생각하려고 해도 가슴 한구석이 막힌 것처럼 답답한 것은 어찌 보면 당연한 것일지도 모른다. 아직 난 죽음 같은 것은 한 번도 경험해 본 적 없는 애송이에 불과하니까 말이다.

'아, 죽는구나' 하고 그냥 체념해 버리는 것은 정말 질색이니까 말이다(이렇게 생각한다는 것도 웃기는 일인지 모른다. 앞으로 수많은 사람들을 죽여야 할 내가 말이다).

"휴~"

정말 생각할수록 착잡한 일들의 연속이다. 어찌 됐든 마음을 약하게 먹었다간 죽도 밥도 안 될 텐데 말이다.

한참 그렇게 고민하고 있는데 아이린 씨와 기르디가 문을 열고 내 방으로 들어왔다. 침대에서 빈둥거리고 있던 나는 몸을 일으키고는 그 둘을 멍하니 바라보았다. 저 둘이 함께 내 방으로 찾아오는 일은 거의 없었기에 조금은 당황됐다.

"너에게 이야기해 줄 말이 있어서……."

아이린 씨는 어색한 미소를 지어 보이며 나에게 말했다.

"네."

내가 고개를 끄덕거리며 대답하자 잠시 뜸을 들이더니 아이린 씨가 말했다.

"그래, 솔직하게 말하면 당분간은 안심해도 좋을 것 같아."

잠시 말을 멈추며 호흡을 정리한 아이린 씨는 옆—정확히는 벽에 삐딱하게 기대서며 허공을 응시하는 기르디 녀석—을 바라보며 다시 입을 열었다.

"어제 너도 본 '그분'이 약간의 조치를 해주셨거든."

“조치?”

“쉽게 말하면 ‘저주’ 일지도 모르지.”

저주는 남에게 해를 끼치는 그런 유의 것이 아닌가? 아이린 씨나 기르디 녀석이나 시아 녀석에게 그런 짓을 하는 것을 방관할 엘프는 아니었지만 말이다. 그래서 조금은 머리가 혼란스러워졌다.

“그래, 더 정확히 말해 주면… 내부의 힘을 정지시켜 버린 것이겠지.”

조금은 이해가 가기도 했지만 그런 저주가 있다는 것은 내 평생 들어본 적이 없었다. 물론 마법이나 성력의 한계는 끝도 없을 정도로 깊고 방대한 것이라지만 그래도 바라는 대로 다 이룰 수는 없는 것이니까(그럼 마법사가 아니라 ‘신’ 이겠지).

“네가 이해를 못하는 것은 당연한 일이겠지. 하지만 불멸자에게 주어진 권능과 아티펙트를 이용한다면 불가능한 일은 아니야.”

“불멸자……!”

화신(Avatar), 이모탈(Immortal), 신에 근접한 자.

갑작스럽게 떠오른 단어들의 연속으로 머리 속은 더 더욱 혼란해지는 느낌이었다.

“…거기까지다. 더 이상 깊게 파고들지 않는 게 좋아.”

기르디 녀석이 나와 아이린 씨의 대화에 날카롭게 끼어들었다. 조금은 시무룩해진 얼굴로 아이린 씨는 고개를 끄덕이며 입을 열었다.

“여하튼 이제 크게 걱정할 필요는 없을 거야. 발작을 해도 지금보다는 훨씬 경미할 거고.”

‘휴’ 하고 저절로 한숨이 새어 나왔다. 아직 완벽하게 해결된 것은 아니었지만 적어도 조금의 시간은 번 셈이니까 말이다.

자세한 사정을 알고 싶었지만 아직 나에게는 그럴 자격이 없다는 것을 눈치 챌 수 있었다. 나는 지극히 평범한 모탈(Mortal)에 불과하니까 말이다.

여하튼 기르디는 아무 말 없이 잠시 나와 아이린 씨를 바라보고 있다가 방문을 열고 어딘가를 향해서 걸음을 움직이기 시작했다. 더 이상의 볼일은 없는 것인지 아이린 씨도 '이만'이라고 내게 말한 뒤 기르디 녀석을 좇아 걸음을 움직였다.

'가지가지 대단한 엘프들이군.'

이모탈이라……. 역시 저 두 남매는 무엇인가 이상했다. 이런 큰 수도 내에 음식점을 경영하고 있다는 것을 제외한다고 해도 평범한 엘프라고 보기에는 핀트가 어긋나는 점이 많았다.

그리고 아버지. 전부터 어렴풋이 이상하다는 것은 느꼈지만―확실히 평범한 가정이라고 보기에는 거리가 너무나 먼 삶을 살았으니―저런 대단한 둘조차 '그분'이라고 부를 정도라니 확실히 무엇인가 이상해도 정말 이상했다.

아버지는 그냥 평범한 광부가 아니란 것을 알 수 있었다. 내가 모르는 다른 모습을 가지고 있다는 말이다.

무엇인가 엉망진창으로 꼬인 실 같은 생각들. 하지만 적어도 하나의 키워드만 얻는다면 많은 사실을 알아낼 수 있을 것 같았다.

아버지, 이모탈, 어머니, 기르디와 아이린, 그리고 시아.

지금은 그냥 속 편하게 잠시 기억 속에 넣어두는 것이 더 바람직한 일이라는 생각이 들었다.

"여, 베리 양! 왜 이리 우울한 표정이신가?"

“…….”

“애인한테 채이기라도 했나 보지?”

“…….”

무시하는 것도 한계가 있는 법이다. 친한 친구끼리라도 해야 할 말이 있고 하지 말아야 할 말이 있다. 리체 녀석과 내가 친한 친구 사이는 아니지만 말이다.

적어도 이런 수많은 아이들이 있는 교실에서 내가 이런 치욕을 당해야 할 이유는 단 한 가지도 없다.

“뭐 하시는 겁니까? 그리고 베리 양은 뭐죠?”

“베리라는 이름은 말이지, 남자보다는 귀여운 여자 아이한테 더 어울리는 이름이라고.”

솔직히 그건 부정할 수 없는 사실이다.

“제가 리체님을 ‘리체 군’이라고 부르면 좋겠습니까?”

“마음대로 해. 난 계속 베리 양이라고 부를 테니까.”

“…관두죠.”

확실히 리체 녀석과 이런 짓을 할수록 손해 보는 것은 나일 테니 말이다.

“그나저나 시험이 끝났으니 곧 축제군.”

리체 녀석의 말대로 축제는 일주일도 채 남지 않은 상태였다. 카이리온 기사 양성 학교는 매년 이 시즌마다 성대하게 3일 동안 축제를 한다는 것이 아이린 씨의 설명이었다.

“그런데 베리는 뭘 할 거야? 댄스 파트너는 구했어?”

“전 별로. 떠들썩한 것은 좋아하지 않아서.”

‘게다가 춤에는 영 소질이 없으니 말이죠’라고 덧붙이자 리체 녀석은 배를 잡고 웃으며 말했다.

"푸하하하! 뭐, 다 처음에는 그렇지."

으윽! 그렇게 말하면서 계속 비웃지 말란 말이다!

"어머, 리체야, 뭐가 그렇게 즐거워?"

다른 아이와 잡담을 나누고 있던 엘리 녀석이 어느새 다가와 물었다. 내 책상에서 불량하게 다리를 꼬고 앉아 있었던 리체 녀석은 양손을 슬쩍 올리는 거만한 제스처를 하며 대답했다. 그것도 치마를 입은 녀석이.

"우리의 베리 양이 글쎄 춤에는 영 소질이 없다고 해서 말이야."

그 행동과 대답에 나도 모르게 살의가 용솟음쳐 왔지만 수련을 통한 인내심 제어 덕분에 간신히 참을 수 있었다.

"그거 정말 심각하네. 춤을 배우지 않으면 2학년 실기 시험에 타격이 클 텐데……."

실기 시험? 내가 궁금하다는 표정을 지어 보이자 리체 녀석이 한심하다는 듯한 얼굴로 입을 열었다.

"어이, 2학년 땐 예절 시험 중 하나가 바로 춤이야, 춤."

헉! 젠장! 다른 것도 아니고 춤이라니?! 갑작스런 엄청난 말에 등에서 식은땀이 주르륵 흐르는 것만 같았다.

"쯧쯧, 그리고 기사가 된 이상 춤 정도는 기본으로 배워야 할 항목이야."

생각해 보니 리체 녀석의 말이 옳은 듯도 했다. 춤 못 추는 기사는 내 평생 들어본 일이 없으니.

점점 굳어져 가는 내 표정을 바라보며 리체 녀석이 말했다.

"쯧쯧, 안 되겠다. 엘리야, 우리가 도와줘야겠다."

"응. 하루빨리 베리 군이 춤의 달인이 되도록 노력하자."

두 사람의 말에 심장이 덜컥거릴 정도로 충격을 받았지만 바보처럼 난 한마디의 말도 하지 못했다.

"자, 자, 리드미컬하게."

"……."

"땅을 보지 말고 앞을 보라고!"

"……."

"야, 너 지금 누가 잡아먹니? 표정 관리 좀 해라!"

크아아악! 방과 후에 부실에 와서 왜 내가 춤을 추어야 하는 것이냐? 게다가 리체 녀석에게 저런 소리를 들어야 하다니 정말 표현할 수 없을 정도로 끔찍하다(평생 잊지 못할 기억이 될 것이 확실하다).

몇 시간이 흐른 지금에도 엘리의 발을 밟은 것이 수십 번이다. 넘어질 뻔한 적도 많고 리체 녀석에게 엉덩이를 맞은 적도 몇 번 있었다. '엉덩이를 집어넣으란 말이야! 네가 무슨 오리새끼냐?' 라니? 평민 여자 아이들도 안 쓰는 저질스런 소리를 아무런 부끄럼 없이 사용하는 리체 녀석이다.

처음에는 엘리 녀석의 허리에 손을 얹는 것조차 창피했지만 식당에서 일한 노하우를 발휘, 곧 쉽게 적응할 수 있었다(그래도 부끄러운 것은 부끄러운 것이다. 다른 모르는 사람도 아니고).

"휴~ 됐다, 됐어. 내일 다시 해보지."

엘리도, 소리를 버럭버럭 지른 리체 녀석도 피곤했나 보다. 물론 그 중에 제일 피곤한 사람은 나였지만 말이다.

땀은 비 오듯 쏟아져 옷이 몽땅 젖어버릴 정도였으니 이 고통과 괴로움은 두 번 다시 겪기 싫은 악몽으로 각인될 것이다.

"수고했어."

웃으며 내게 말을 건네는 엘리. 솔직히 그녀에게는 정말 미안했다(아마 발등에 멍이 들었을지도 모른다).

"네. 죄송합니다."

으윽! 춤 따위는 정말 배우기 싫다! 하지만 내게는 다른 선택권이 주어지지 않았다. 생각한 것 이상으로 내 춤 실력이 형편없음을 깨달았는지 리체 녀석도 엘리도 조금은 암울한 표정이었다. 물론 나도 만만치 않게 암울한 표정이었고 말이다. 젠장.

"집에서 연습 좀 해와."

피곤한 듯 그 둘은 그렇게 느릿느릿 부실을 빠져나갔다. 잠시 멍하니 부실의 천장을 바라보고 있다가 나는 허탈한 얼굴로 천천히 발걸음을 옮기기 시작했다.

"오늘은 왜 그렇게 멍한 표정이야?"

영업이 끝나고 멍하니 식당의 테이블에 앉아 있는 나에게 아이린 씨가 말을 걸어왔다.

"별로."

"별로라니? 오늘 실수를 몇 번 했는지 알아?"

으윽! 접시를 깨고 맥주를 엎지르며 주문을 이상하게 받은 적이 몇 번 있기는 했다(자고로 남이 한 실수는 커 보이고 자기가 한 실수는 작아 보이는 법). 나는 아무렇지도 않다는 듯한 표정으로 말했다.

"흠, 뭐, 그렇죠."

"…여하튼 빨리 말하지 않으면 후회할 거야."

챗! 의외로 은근히 독하단 말이야? 아이린 씨에게 찍히는 것은 죽어
도 사양이니까 못 이기는 척 입을 여는 수밖에 없었다.

"춤을 배우고 있어서 말이죠."

내 말에 아이린 씨의 얼굴이 기묘하게 뒤틀리는 것 같아 자존심이
상했다(뭐, 나라고 춤 배우지 말란 법도 없는데 말이다).

"춤이라니? 왜?"

어찌 됐든 오늘 학교에서 있었던 사실들을 대충이나마 아이린 씨에
게 말해 주었다.

조용히 내 말을 경청하고 있던 아이린 씨는 웃음을 억지로 참는 듯
한 표정을 짓더니 내게 말했다.

"그렇군. 확실히 춤도 상당히 중요한 것일지도."

난 작게 한숨 한번 내뱉고 다시 입을 열었다.

"소질이 없어서 엉망이란 게 문제죠."

운동 신경이 부족해서 그런 것은 아닐 텐데 말이다. 게다가 성적에
들어가는 것이니 가볍게 생각하고 넘기기에도 문제가 있었다.

"그럼 오빠한테 배워보지 그래?"

기르디? 그 인간, 아니, 그 엘프한테 춤을 배우라고?

차라리 지나가는 오우거 형제한테 춤을 배우는 게 낫겠다(기르디 녀
석한테 춤을 배운다니. 그것참 상상하기 끔찍한 정신 공격이군 그래).

"가르쳐 줄 리 없죠. 그리고 그다지 배우고 싶지도 않은걸요."

"흐응?"

차라리 리체 녀석한테 시달림당하는 것이 일억 배는 낫지. 아무렴.
그렇고 말고.

"…그럼 내가 가르쳐 줄까?"

“네?”

확실히 리체 녀석보다는 아이린 씨가 훨씬 낫겠다 싶다.

“괜찮으세요?”

식당 일도 있고 해서 난 그렇게 반문했다. 아이린 씨는 잠시 머뭇거리다가 다시 웃는 얼굴로 말했다.

“음, 뭐, 괜찮겠지.”

여하튼 많이 해보는 것이 중요하겠지. 발전이 하나도 없으면 엘리에게도 미안할 테니.

“그럼 부탁합니다.”

“그래그래.”

이것으로 학교, 식당 두 군데서 시달림을 받게 된 것이다. 이 사실을 깨닫는 데는 그리 오랜 시간이 걸리지 않았다.

테이블들과 의자를 치워서 조금은 넓어진 공간에서 나는 살며시 한 손을 움직여 아이린 씨의 허리를 감싸 안았다. 그리고 다른 한 손을 마주 잡고 천천히 스텝을 밟기 시작했다.

시아 녀석과 셀브렛 녀석은 그 모습을 멍하니 뒤에서 구경하고 있었다. 졸린 모양인지 자주 하품을 하며 멀뚱하게 날 바라보는 시아 녀석의 얼굴을 보니 저절로 웃음이 새어 나왔지만 아이린 씨에게 실례가 되는 행동이었으므로 자제하는 수밖에 없었다.

“음, 뭐, 그렇게 엉망은 아닌걸?”

아이린 씨가 웃는 얼굴로 날 바라보며 말했다. 갑자기 시선이 마주치자 나도 모르게 얼굴이 붉어졌다(스스로 생각해도 조금은 어이가 없었지만 말이다).

“아, 조심, 조심.”

순간 발등을 밟을 뻔했지만 그녀가 먼저 주의를 준 덕분에 아슬아슬하게 실수를 피할 수 있었다.

조금 된다 싶더니 역시나 발전이 없었다. 시간이 지날수록 엉망진창 실수만 연달아 계속한 것이다. 셀브렛 녀석은 뭐가 그리 우스운지 연신 웃음을 터뜨렸고 시아 녀석은 안타깝다는 듯 날 바라보고 있었다(그 모습이 의식되어서 더 실수가 많아진 것도 사실이었다).

춤을 추다 말고 아이린 씨는 갑작스레 내 팔을 붙들더니 말했다.

“이봐.”

“네?”

의외로 진지한 아이린 씨의 표정에 주눅이 들었다.

‘가망없어! 때려치워!’ 같은 말을 들어도 솔직히 난 한마디 변명도 할 자격이 없었기 때문이다.

“그렇게 내가 좋아?”

“…무슨 소리 하시는 겁니까?”

내 얼굴이 황당하다는 듯 구겨지자 아이린 씨가 다시 진지한 얼굴로 대답했다.

“그럼 왜 그렇게 의식하는 거야?”

“……”

의식한다라……. 솔직히 조금은 그런 감도 없지 않았지만.

“너는 밥 먹을 때 ‘이거 먹고 저거 먹고, 그 다음 섞어서 먹어야지’, 이렇게 생각하고 먹니?”

“그럴 리 없죠.”

“그럼 검술 연습할 때도 ‘찌르기 두 번 한 다음 옆으로 돌고 다시 좌우로 두 번 휘두르자', 이렇게 생각하고 하는 건 아니겠지?"

대답할 가치도 못 느꼈기 때문에 난 날카로운 눈으로 아이린 씨를 바라보았다. 하지만 꾸밈없이 진지한 아이린 씨의 얼굴을 마주 바라보자 뭐라 달리 할 말도 떠오르지 않았다.

"춤도 그거랑 비슷한 거야. 네가 자꾸 그렇게 스텝이 어떻고 상대방의 행동이 어떻고, 이렇게 생각한다는 것 자체가 웃기는 일이란 말이지."

"……."

"처음부터 너무 그렇게 잘하려고 욕심 부리지 말라고."

정곡을 찌른다는 느낌이랄까? 확실히 아이린 씨의 말이 옳은 것 같았다. 지나치게 상대방을 의식하고 바보같이 또 너무 잘하기 위해 발버둥 치는 나. 그게 춤을 제대로 출 수 없었던 이유 중 하나였던 것이다.

"그리고 한 가지 이유가 더 있지만 뭐, 네가 스스로 알기 바라는 수밖에."

그 말을 끝으로 아이린 씨는 다시 내 손을 붙들더니 연습을 시작했다. 멍하니 있던 나는 아이린 씨의 손에 이끌려 천천히 몸을 움직이기 시작했다.

어떻게 검술 연습하는 것보다 춤추는 게 육체적으로나 정신적으로나 더 힘든 것 같았다. 대충대충 선생이 말하는 것을 흘려듣고는—마법 이론 수업은 그냥 흘려들어도 될 정도로 기본 지식이 있는 편이었으니까—그렇게 수업이 끝나 버리자 난 가방 하나 들고 부실을 향해 천천히 걸음을 옮겼다.

이제 날씨도 그야말로 완벽한 여름에 가까운지라 가만히 앉아 있기만 해도 저절로 짜증이 솟구쳤다. 그런 까닭에 제복의 재킷은 아무리 나라고 해도 입기 힘들었다(그래도 맨 위의 단추를 채우는 게 마지막 배려라고 할까?).

요 근래에는 학생들을 배려해서 복장 검사는 웬만하면 하지 않는 듯했다. 학기 초에는 선생들이나 상급생들이 움직임 하나하나까지 주의를 줄 정도로 엄격했지만 최근에는 그것도 많이 풀렸다.

"올해는 정말 덥겠군."

여름이 계속되는 지방도 있다고 들었는데 말이지(그 나라 사람들은 미치지도 않고 참 잘 버티는군).

대조적으로 겨울만 계속된다는 지방도 있다고 들었다. 사막이란 곳도 있다고 들었고.

뭐, 난 바다도 한번 보지 못한 얼뜨기 녀석이니까(사실 한두 번이면 몰라도 그런 곳에서 평생을 썩는다는 것은 엄청난 곤욕이겠지. 음, 바다는 한번 가보고 싶기는 하다. 이 나라에서 평생을 이렇게 사는 것도 나쁘지는 않겠지만 그래도 경험이란 것은 적은 것보단 많은 게 좋을 테니).

이런저런 생각들을 하며 그렇게 느릿느릿 걸어가고 있는데 어느덧 눈앞에 허름한 부실의 문이 보였다.

잠시 한숨 한번 쉬고는 천천히 문을 열었다.

"어서 와라."

"어서 와."

사내아이들도 아니고 따지고 보면 예쁜 얼굴에 속하는 저 녀석들과 춤 연습을 한다는 것은 어떻게 생각하면 행운이라고도 볼 수 있었다(사실 우리 반 남학생들 중에서 이 사실을 알면 '상당히 열받아 할 녀석들도 꽤 있을 것이다).

하지만 난 아직 그렇게까지 여자에 굶주린 것은 아니니까. 그리고 저 녀석들에게 연정을 품는다는 건 상상하기도 끔찍한 곤욕이다.

리체 녀석과 엘리 녀석은 차를 마시고 과자를 먹으며 느긋하게 자리에 앉아서 날 바라보고 있었다.

내키지는 않았지만 마음속으로 기합을 넣고 그 둘을 마주 바라보며 입을 열었다.

"그럼 시작합시다."

눈코 뜰 새 없이 빠르게 시간은 흘러가고 어느새 축제 당일이다. 춤 연습 하는 것을 제외하면 지극히 평범했던 며칠이었지만 말이다(단기간 안에 효과를 볼 정도로 춤 연습하는 것이 굉장히 힘들었다는 이야기다).

오전 수업이 끝나자 몇몇의 아이들이 분주하게 축제를 위해 각자의 부실로 움직이기 시작했다.

나머지 학생들은 느긋하게 교실에 남아 댄스 파트너라든지 다른 부에서 있을 공연이라든지 하는 것들을 수다스럽게 이야기하기 시작했다.

사실 다른 아이들은 모르지만 나도 동호회에 소속되어 있지 않은가?

'생각하는 것조차도 끔찍하기는 하지만 말이야.'

그래도 남자가 한번 약속한 것은 끝까지 밀고 가야 하는 법! 어찌 됐든 성적에도 도움이 된다고 하니 그냥 대충 좋게 생각하는 수밖에 도리가 없었다(이렇게라도 생각하지 않으면 정말 스스로가 증오스러워서 자살이라도 할 것 같았기에).

'휴~ 그래도 그 망할 판매전에 참가하지 않는 것만 해도 어딘가?'

고개를 좌우로 흔들며 며칠 전에 부실에서 있었던 황당한 사건을 다시 생각해 보았다.

　모두가 녹초가 될 정도로 지쳐 있었기에 엘리가 미리 준비해 놓은 음료를 마시며 모두는 그렇게 잡담을 나누고 있었다.
　"…확실히 연극부의 공연은 볼 만하지? 작년의 '기사 카쉬엘르'도 정말 멋졌고 말이야."
　리체 녀석이 얼굴에 홍조를 띠며 그렇게 말했다. 작년에는 이 학교에 입학하지도 않았던 녀석이 이렇게까지 말할 정도라면 확실히 대단한 연극부인 것도 같았다.
　"뭐, 연극부야 언제나 강세라고 하던걸? 학교에서 제일 지원이 큰 곳이기도 하니까."
　엘리 녀석이 리체 녀석의 말을 수긍하는 듯 고개를 끄덕이며 말했다.
　'지원'이란 단어를 그렇게 힘주어 말하는 것을 보면 아마 이 망할 부는 학교의 지원을 그다지 받고 있지 않는 듯했다. 뭐, 이렇게 구석진 장소에 부실이 있는 것만 봐도 유추가 가능했지만 말이다.
　"…그런데……."
　내가 머뭇거리며 입을 열자 리체 녀석과 엘리 녀석이 하던 말을 멈추고 살며시 나를 바라보았다.
　"우리 부는 뭐 하는 게 없는지……?"
　'우리'란 말이 유난히 작았던 이유는 설명하지 않아도 알 수 있으리라.
　"흠, 우리 부도 굉장히 큰 이벤트를 하긴 하지."
　"확실히 전교생이 주목하고 있을지도."
　제각기 검지손가락으로 턱을 어루만지는 포즈를 취하면서 리체 녀석과 엘리 녀석이 작은 목소리로 그렇게 중얼거렸다.

저 둘이 저렇게 말하기 망설이는 것만 봐도 무엇인가 꺼림칙한 상상이 하나둘씩 머리 속을 스쳐 지나가고 있었지만 내색하지 않고 물었다.

"무엇을 하는 것입니까?"

한참을 뜸을 들이다가 리체 녀석이 말했다.

"간단한 판매전을 열어."

"무엇을 파는 거죠?"

다시 말이 없어지는 두 사람이었다. 살짝 날카롭게 리체 녀석을 바라보며 다시 입을 열었다.

"설마 '그런 것' 들을 파는 겁니까?"

대답 없는 둘. 예상했던 것이지만 그래도 새삼스럽게 조금 실망스러운 것도 사실이었다.

사실 멋모르고 입부한 내 잘못이 크겠지만 말이다. 그래도 정도라는 게 있는 것이다.

최근 들어 이 망할 부에 소속되어 있는 여자 아이들이 분주하게 여러 가지 '자료' 들을 수집하고 있는 것은 바보가 아니라면 쉽게 알 수 있는 사실이었다. 그리고 요즘 들어서 왠지 학생들의 분실 사고가 증가하고 있는 추세이기도 했다.

사실 중요한 문제는 그 분실 사고가 '특정 인물' 에게만 해당되어 있다는 사실이었다. 그 특정 인물들은 설명할 필요도 없는 이야기 같으니 관두고—왕자 녀석도 몇 가지 물건들을 잃어버린 것 같았다—여하튼 확실히 최근 들어 일어나고 있는 사건들을 유추해 보았을 때 판매전에 무엇들이 팔릴 것인지는 쉽사리 짐작할 수 있었다.

"좀 자제해 주셨으면……."

　물론 내가 이런 소리 한다고 눈 하나 깜짝할 녀석들은 아니었지만 그래도 못 먹는 감 찔러나 본다고 리체 녀석을 바라보며 그렇게 푸념했다.

　"하하! 그런가?"

　전혀 반성하는 기색 없이 리체 녀석은 엘리의 얼굴을 마주 보며 그렇게 능글맞은 웃음을 짓고 있을 뿐이었다. 엘리는 그래도 일말의 양심은 있는 모양인지 조금은 쑥스러운 얼굴이었다.

　그런 둘의 모습을 보자 안 그래도 충격이 잦았던 요즘의 정신적인 고통들이 다시 살아나는 듯해서 난 한숨을 쉴 수밖에 없었다.

　"젠장."

　남이 들으면 안 좋게 생각할 수도 있는 상스러운 욕지거리를 중얼거리며 나는 신경질적으로 한 발자국씩 걸음을 움직이고 있었다. 비라도 크게 내려주었으면 좋으련만 날씨는 구름 한 점 없이 따스했다.

　왕자 녀석도 무슨 동호회에 가입한 모양인지 수업이 끝나자마자 어딘가로 사라져 버려 난 쓸쓸하게 식당으로 향했다.

　뭐, 사실 식당에서 그다지 할 일이 있는 것도 아니었지만 학교를 어슬렁거리다 잘못해서 리체 녀석과 맞닥뜨리기라도 하면 참으로 끔찍한 결과를 가져올 수도 있을 테니까 말이다. 그리고 나를 싫어하는 아이들도 꽤나 있는 것 같으니까 일찌감치 사라져 주는 게 나를 위해서도 남을 위해서도 좋은 일이 될 것이다. 특히 성적이 나쁜 남자 아이들과 전에 식당에서 트러블이 있었던 여자 아이 세력은 나를 극도로 혐오하고 있는 듯했으니 말이다.

　"휴～"

예상했던 것보다는 적지만 그래도 심심치 않게 트러블이 일어났던 건 사실이다. 내가 아무리 저자세로 나간다고 해도 ‘건방지다’, ‘재수 없다’ 같은 안 좋은 소리들을 하고 있는 아이들도 꽤 있었으니 말이다.

사실 리체 녀석과 엘리 녀석이 눈에 보이지는 않아도 대인 관계에 엄청 도움이 되고 있었다. 학교에서 웬만한 여자 아이들과 웃으며 인사를 할 수 있으리라고 상상도 하지 못했는데 말이다.

그 점에서는 그 둘에게 적지 않게 감사하는 마음을 가지고 있었다.

‘그래도 하필이면 왜?’

이상한 취미를 가져서 사람을 골치 아프게 만드는 거냐고? 이것도 좋고 저것도 좋지만 왜 하필 ‘미소년 사랑 동호회’ 인 것이냐? 도대체 왜?

“…….”

막 내가 어느새 도달한 식당 문 앞에서 두 손으로 머리를 감싸 쥐며 고통스러워하고 있는데 갑작스레 문이 열리며 셀브렛 녀석이 바로 내 눈앞으로 뛰쳐나왔다(물론 그것을 인식하는 데에 조금 시간이 걸린 덕분에 셀브렛 녀석에게 굉장히 한심스러운 작태를 보였다는 것을 조금 시간이 지나고 느낄 수 있었다).

한참을 그렇게 서로 바라만 보고 있다가 약속이나 한 듯 동시에 입을 열었다.

“저기…….”

“아, 그게 말이지…….”

그리고 다시 찾아온 짧은 정적. 셀브렛 녀석이 조금 붉어진 얼굴로 다시 입을 열었다.

“학교란 곳을 다녀온 거야?”

셀브렛 녀석도 시아 녀석과 아이린 씨가 거의 매일 틈틈이 교육시킨 덕분에 그래도 웬만한 지식은 알고 있는 편이었다. 물론 아직도 포크 질하는 것은 서툴지만 말이다.

사실 묘인족은 인간과 비교하자면 조금은 지능이 떨어지는 것도 사실이었다. 셀브렛 녀석은 그에 비하면 인간과 거의 차이를 느끼지 못할 정도로 똑똑한 편이었다. 게다가 뭐든지 열심히 배우고 일하려는 적극적인 태도를 보인 탓에 최근 들어 기르디 녀석에게도 그럭저럭 부드러운 대우를 받고 있었다(최근에는 한창 글 읽기와 쓰기를 배운다고 들었다).

"응. 일하는 모양이네?"

한 손에 걸레를 움켜쥐고 머리카락도 많이 헝클어져 있었기에 나는 녀석을 바라보며 그렇게 말했다.

"창고 정리 좀 하느라……."

분명히 누가 시키지도 않았는데 스스로 알아서 한 일이겠지. 창고에 둔 물건들이야 대부분 거의 버리다시피 마구잡이로 처박아둔 것들일 텐데 아이린 씨나 기르디 녀석이 가만히 있는 셀브렛에게 그런 곳까지 청소해 두라고 말하지는 않았을 것이다.

"적당히 좀 해라."

그렇게 말하며 녀석의 볼을 꼬집어주었다. 탄력있게 늘어나는 볼 살에 아파하는 셀브렛 녀석의 얼굴을 보니 어느새 입가에 장난스러운 미소가 흐르고 있었다.

"으윽, 아프다구!"

손을 놓자마자 등을 보이며 쪼르르 도망가더니 나를 바라보며 메롱하는 모습. 그래도 최근 들어서는 많이 활발해진 것 같았기에 조금은 흐뭇하기도 했다.

해가 저무는 늦은 오후 무렵, 한참 방 안에서 이리저리 뒹굴거리고 있는데 아이린 씨가 노크도 없이 갑작스레 문을 열고 들어왔다.

"이제 슬슬 나가 봐야지? 파트너도 준비해 두었으니까."

"파트너라고요?"

잠시 뜸을 들이다가 문을 향해서 고개를 돌리고 큰 소리로 소리 지르는 아이린 씨. 언제나 느끼는 거지만 겉보기와는 달리 목청 한번 좋다.

"억지로 끌고 올까, 아니면 네 발로 직접 올래?"

한참 동안의 정적 후에 살짝 문 안으로 얼굴을 내미는 시아 녀석이었다. 눈물이 그렁그렁 맺혀 있는 모습에 조금은 당혹스러워 아이린 씨에게 말했다.

"왜 저런 표정이죠?"

"사실 너 몰래 나하고 오빠가 시아에게 춤을 가르쳐 주었거든."

으윽! 아이린 씨면 몰라도 기르디 녀석이 시아에게 춤을 가르쳐 주었다고?

그것참 놀라운 일이군. 평소에는 그렇게 싸늘한 녀석이 춤이라니(아니, '효과적인 살상 방법' 이라든지 '남을 고통스럽게 하는 법' 같은 것들을 가르치는 게 기르디 녀석에게는 훨씬 더 어울릴 텐데……. 설령 상대가 시아 녀석이라고 해도 말이다)?

"뭐, 카이리온 기사 양성 학교는 축제 날에는 평민에게도 관대하니까……. 네가 좀 구경시켜 주는 게 어떠니?"

흐음. 뭐, 나야 괜찮지만 리체 녀석과 엘리 녀석의 행동이 조금 걱정스럽기는 하다. 하지만 식당에서 매일 고생만 하고 마음대로 놀지도 못하는 시아 녀석을 위해서라면 적어도 그 정도쯤은 감수해야 마땅할 것이다.

“네, 그렇게 하죠.”

아이린 씨가 건네준 옷을 입고 나는 시아 녀석과 손을 잡고 식당 밖을 나가 천천히 학교로 향했다.

입고 있는 옷이 조금 불편하기도 했지만 날씨도 비교적 선선하고 컨디션도 나쁘지 않은 편이었다. 시아 녀석은 집 밖을 나설 때하고는 정반대의 표정으로 학교 이곳저곳을 둘러보고 있었다.

‘역시 좋아할 것 같았다니까.’

악세서리 같은 것들을 내다 팔고 있는 학교 안의 노점상에서 한껏 기쁜 듯이 웃음 짓고 있는 녀석의 얼굴을 보니 새삼스레 그런 생각이 들었다.

저렇게 어린 나이에 식당에서 뼈 빠지게 일하는 것은 사실 어떻게 보면 조금은 심한 곤욕일 것이다. 아무리 평민 여자 아이라고 해도 말이다(사실 시아 녀석의 출생이라든지 과거 같은 것들은 본인 스스로에게 정말 듣기 어려웠다. 억지로 들으려고 해도 녀석의 고집이란 게 정말 상상을 초월할 정도로 끈질겼기 때문에 말이다).

그래서 그냥 ‘평범한 평민 여자 아이였을 것이다’ 라고 나름대로 스스로에게 결론짓는 수밖에 없었다. 조금 무책임하기도 하지만 기다리다 보면 언젠가 스스로 알아서 말해 줄 순간이 올 테니 말이다.

아이린 씨가 가끔 휴일을 주기도 했지만 시아 녀석 성격에 다른 곳을 떠돌아다니며 놀거나 친구들과 즐겁게 어울리는 것은 불가능했기 때문에 쉬는 날이라고 해도 자기 방에서 무엇을 하며 시간을 보내다가 손님이 많아지면 소매를 걷어붙이고 식당 일을 도왔다.

내가 말할 처지는 되지 않았지만 그래도 친구나 돈은 많으면 많을수

록 좋은 것인데 말이다. 사귐성없는 시아 녀석이 조금은 안쓰러운 것
도 사실이었다.

마법의 빛으로 대낮처럼 밝혀진 진열장 안에는 수많은 물건들이 가
지런히 진열되어 여자 아이들의 관심을 빼앗고 있었다. 붉은색의 머리
핀을 만지작거리며 조금 쑥스러운 표정으로 나를 바라보는 모습. 그런
녀석을 조금은 자조적인 미소를 지으며 바라보다 말했다.

"그 정도쯤은 사줄 수 있어."

사실 구두쇠라고 남들이 말할 정도로 씀씀이에는 엄격한 편이었지
만 시아 녀석을 위해 저런 거 하나 사주지 못할 정도로 가난하지는 않
았다.

동전 몇 개를 꺼내서 값을 치르고는 다시 시아 녀석의 손을 잡고 천
천히 다른 곳을 구경하기 위해 걸음을 움직였다.

막 이곳저곳을 둘러보고 있는데 시끌벅적하게 사람들이 모여 있는
구석진 어떤 곳을 맞닥뜨리게 되었다.

모여 있는 인파들의 대부분은 카이리온 기사 양성 학교의 여학생들
이라 특별히 눈에 띄지 않으려고 해도 저절로 사람들의 이목이 모였기
때문에—게다가 마치 시장터를 방불케 할 정도로 목소리를 높여가며 흥분하고
있는 여학생들 덕분에—길 가던 행인들까지 합세해서 구석이지만 꽤 엄
청난 무리의 군중들이 형성되어 있었다.

시아 녀석과 나는 잠시 걸음을 멈추고 무슨 일이 일어난 것인지 상
황을 살피기 위해 군중 속으로 천천히 걸음을 움직였다.

"자, 자, 다음 물건을 경매하도록 하겠습니다."

마법 비슷한 것으로 목소리를 변하게 하고 가면을 써서 얼굴을 가린

다 해도 난 한눈에 그 무리의 중심에 서 있는 사회자가 리체 녀석임을 알 수 있었다.

'제4호 회지 판매' 라고 써 있는 책상에는 수많은 여자들이 줄을 서서 무엇인가를 사고 있었고 어떤 남학생의 학용품인 듯한 물건은 상상도 못할 금액으로 경매되고 있었다.

'끔찍하다.'

정말 저절로 얼굴에서 핏기가 사라지며 다리에 힘이 풀려왔다. 거의 광신도같이 소리를 지르며 경매에 참여하고 있는 여학생들. 새치기를 하면서까지 '회지' 라는 것을 사고 싶어하는 여학생들의 모습은 정말 지옥의 한가운데에 있다고 착각할 정도로 아비규환 그 자체였기에……

"가자."

간신히 초인적인 인내심을 발휘해 그곳을 빠져나가기 위해 시아 녀석의 손을 세게 부여잡으며 빠르게 걸음을 움직였다(즐거웠던 축제 구경이 '기억하기 싫은 끔찍한 악몽' 으로 변하는 것은 죽어도 사양이니까).

날이 완전히 어두워져 갈 무렵 드디어 학교 강당은 촛불과 마법의 빛으로 수놓아지며 천천히 축제의 백미라 할 댄스 파티가 시작되었다.

사람들이 하나둘씩 모여들기 시작해서 그렇게나 컸던 강당이 시끌벅적하게 인파로 와글거리기 시작했다.

중앙의 메인 스테이지는 학생들의 몫이었고 바깥쪽은 누구라도 자유롭게 춤추고 놀 수 있도록 한다는 것을 어렴풋이 들은 것은 기억났다.

아무래도 정 중앙 쪽은 사람들의 이목이 너무 많다. 저런 곳에서 춤추다가 실수라도 하면 엄청 쪽팔리는 일일 텐데(새삼스레 외곽 쪽에서 시아 녀석과 몇 곡만 춤추다가 식당으로 돌아가자고 결심하는 소심한 나였다).

천천히 은은하게 음악이 흐르기 시작하자 약간은 웅성거렸던 강당 안이 쥐 죽은 듯이 조용해지고 하나둘 커플들은 서로의 손을 잡고 춤을 추기 시작했다.

"자, 그럼."

나는 천천히 시아 녀석을 향해 고개를 돌리고는 조금은 닭살스럽지만 나긋나긋한 어조로 말했다(이렇게 하지 않으면 안 된다고 아이린 씨나 리체 녀석이 주의를 주었기 때문에).

"저와 한 곡 추시겠습니까, 레이디?"

"네, 기꺼이."

조금은 붉어진 얼굴로 기쁜 듯 미소 지으며 화답하는 시아. 손을 마주 잡고 녀석과 나는 음악에 맞추어 어색하게나마 천천히 몸을 움직이기 시작했다.

서두르지 말고 천천히 리듬감있게. 나도 녀석도 조금은 긴장한 덕분에, 그리고 배운 지 얼마 되지 않아 어색한 까닭에 남들이 보기에 폼나는 그런 춤을 추지는 못했다.

'뭐, 남의 이목이 중요한 것은 아니잖아?'

그래, 중요한 것은 여기 춤추고 있는 '나 자신'. 어설프고 실수해도 괜찮다. 남이야 어떻든 자기가 즐거우면 그만이니까. 적어도 이러쿵저러쿵 쓸데없는 걱정만 하면서 마음 졸이는 것보다는 즐겁게 생각하면서 살아가는 것이 나을 테니.

녀석과 한두 곡쯤 추었을까. 슬슬 몸도 마음도 춤춘다는 것에 조금은 익숙해질 무렵 갑작스레 두 사람이 그런 나와 시아 녀석에게 다가

왔다.

"여어, 안녕하신가?"

학생회장 코인, 그리고 그의 동생 엘리. 확실히 두 사람이 나란히 서 있으니 남매라는 느낌이 들었지만 중요한 것은 그런 사소한 문제가 아니었다.

"용케도 찾으셨군요?"

이렇게 수많은 사람들이 춤추고 있는데 나와 시아 녀석을 알아보고 찾아왔다는 것은 적어도 보통의 눈썰미로는 불가능한 일 같아서 난 비아냥거리며 말했다. 코인이란 녀석은 꼴 보기 싫은 느끼한 미소를 지어 보이더니 천천히 내 옆에 나란히 서 있는 시아 녀석의 앞으로 다가와 말했다.

"미천한 저를 위해 한 곡 춤출 수 있는 영광을 주실 수 없을까요, 레이디?"

참으로 가식적이고 능글맞은 화법이라고 생각하고 있는데 시아 녀석은 '그래도 돼요?' 라고 묻는 듯한 표정으로 날 바라보았다.

"뭐, 마음대로."

잠시 후, 코인 녀석은 시아를 에스코트하며 다른 한쪽으로 느긋하게 걸어가기 시작했다.

조금은 찜찜하기도 했지만 이런 사소한 일 가지고 신경 쓰는 것도 내 성격에 맞지 않았다. 나는 차가운 벽에 기대서서 조용히 무대를 바라보았다.

"……"

"……"

한참을 그렇게 멍하니 무대를 바라보다 조금은 신경질적으로 입을 열었다.

"저기, 뭐 하고 계시는지?"

"글쎄요? 왜 이러고 있는 걸까?"

엘리 녀석. 붉은색이 어울리는 드레스를 차려입고 멍하니 벽에 기대서서 날 바라보는 그 단정한 얼굴.

허리까지 오는 긴 금발이 눈부신 조명 아래 붉은색 드레스와 어울려 묘한 분위기를 연출하며 사람들의 시선을 끌었다. 학교에서도 남학생들이 춤을 신청하기 위해 주위를 맴돌며 타이밍을 기다리고 있을 정도였으니…….

"……."

다시 한참을 그렇게 멍하니 무대를 바라보고 있다가 체념한 듯한 말투로 나에게 다가와 입을 열었다.

"저와 한 곡 추시겠습니까?"

"…그렇게 하죠."

잡아먹을 듯이 날 바라보고 있는 남학생들은 '네 녀석 때문에 춤을 못 추잖아!' 라고 나에게 외치는 것 같았다. 엘리 녀석이 계속 내 옆에서만 이렇게 머물러 있다가는 안 그래도 나쁜 이미지가 땅에 곤두박질칠 테니 말이다.

'결국 이렇게 되는군.'

예상하지 못했던 것은 아니지만 그래도 조금은 씁쓸한 기분이다. 그래도 리체 녀석이랑 마주치지 않은 것을 다행으로 여기는 수밖에.

'어라? 왕자잖아?'

왕자는 어떤 여자와 무대의 정 중앙에서 화려하게 춤을 추고 있었다. 파트너 말고 다른 주위를 살펴볼 정도의 여유가 있으리라고는 생각하지 못했지만 나도 제법 눈썰미가 좋은 덕분인지—아니면 왕자가 너무 단정하게 생긴 탓인지—무대의 정 중앙에서 사람들의 동경의 눈빛을 한껏 받고 있는 왕자의 춤추는 모습이 보였던 것이다.

'파트너는 누구지?'

왕자는 보통 사람들과는 확실히 비교될 정도의 지위와 외모를 가지고 있었으니—검술에도 능하고 겸손하기까지 한, 여러모로 잘난 녀석이니까 말이다—적어도 보통의 파트너는 아닐 것이다. 그런 생각에 눈을 가늘게 뜨고 무대를 바라보았다.

'아!'

은발의 소녀. 거리가 멀어서 정확한 외모는 판별하기 힘들었지만 나도 모르게 감탄성을 지를 정도였다. 주위의 다른 사람들과는 비교할 수 없을 정도로 '기품'이 느껴진다고 할까, 공기가 달라 보인다고 할까.

'잘 어울리는군.'

말 그대로 그 외모만 해도 사람들의 주목을 받을 만했다. 시원하고 경쾌한 동작으로 리드하며 움직이는 왕자와 화려하지만 경박하지 않고 기품있게 보조하는 '그녀'의 움직임은 이 강당에서 비교할 대상조차 찾지 못할 정도로 아름다운 모습 그 자체였다.

"뭘 보고 있는 거죠?"

이크! 결국엔 엘리 녀석에게 들키고 말았다. 조금은 겸연쩍은 표정을 지으며 말했다.

"왕자와 그 파트너."

"아아!"

웃는 얼굴로 살며시 고개를 끄덕이더니 이내 다시 입을 여는 엘리 녀석이었다.

"공주님과 왕자님, 정말 이번 축제에 제일 주목받는 커플이죠."

윽! 저 소녀가 그럼 공주였던 말인가? 무엇인가 달라 보인다고는 생각했지만, 아니, 적어도 유명한 귀족의 여식 정도라고는 생각했지만 그래도 공주님이라고는 미처 생각하지 못했기에 내 놀라움의 정도는 컸다.

"휴~"

온몸이 땀에 범벅이 되어서 움직이는 것마저 고통스러워질 때 드디어 모든 음악의 연주가 끝나며 긴 축제의 밤 종말이 찾아왔다.

사이좋게 연인들은 팔짱을 끼고 어딘가를 향해서 걸어가고 있었고 청소를 담당하는 사람들은 부지런히 바닥을 쓸고 닦으며 불만을 토로하고 있었다. 시아 녀석도 굉장히 지친 표정으로 의자에 기대어 꾸벅꾸벅 졸다가 화들짝 놀라며 다시 깨는 것을 몇 번이나 반복하고 있었다.

사실 나보다 더 지친 것은 시아 녀석이었다. 워낙 귀엽게 생긴 탓에 여러 남자들에게 춤을 신청받은 것이다(쉽게 거절하지 못하는 녀석의 성격 덕분에 쉬지도 못하고 지금까지 계속 춤을 추어야만 했던 것이다).

"흐음. 뭐, 어쩔 수 없지."

의자에 기대 꾸벅꾸벅 졸고 있는 시아 녀석을 등에 들쳐 업고 한 발자국씩 천천히 걸음을 움직이기 시작했다. 피곤한 까닭에 힘들기도 했지만 워낙 녀석이 가벼운 탓에 그렇게 신경 쓰이는 정도는 아니었다.

사실 옷을 가볍게 입은 탓에 조금은 쌀쌀하기도 했지만 이렇게 무엇인가 등을 따뜻하게 해주니 기분이 그리 나쁘지만은 않았다(귓가에서 불어오는 녀석의 숨결이 온몸에 소름이 돋을 정도로 기분을 꺼림칙하게 만들었지만 조금의 시간이 지나자 그것마저 익숙해져 버렸다).

“에구! 에구!”

조금은 한심스러운 비명과 함께 발이 풀려와 바닥으로 곤두박질할 뻔한 것을 가까스로 모면하고는 교문을 벗어나 천천히 식당으로 걸음을 옮겼다.

“…그냥 걸어갈게.”

언제 깨어난 것인지 녀석이 귀에 대고 살짝 속삭였다.

“됐어. 그냥 잠이나 자. 난 괜찮으니까.”

조금은 신경질적으로 말하고는 부지런히 걸음을 움직였다. 사실 이런 녀석 하나 제대로 업고 가지 못하는 나 자신이 한심하고 부끄러워 괜한 성질을 낸 것일지도 모르겠다.

“…….”

어색한 침묵의 연속. 문득 등이 뜨겁다는 생각이 들었다. 나도 그렇고 녀석도 그렇고 조금은 부끄러워하고 있었기에 그럴지도 모른다고 생각되었다. 새삼스레 녀석이 의식되는 것도 사실이었다.

“쳇, 그냥 잘 것이지 왜 깨어나서…….”

적어도 이렇게 구시렁거리는 것은 내 쓸모없는 하찮은 자존심 때문이지 절대 녀석이 귀찮거나 거슬리거나 한 것은 아니었다.

그렇게 한 걸음씩 부지런히 움직여 어느덧 식당 앞까지 도달하자,

“…고마워.”

하며 녀석이 속삭인 덕분에 한심스레 얼굴이 붉어진 것은 누구에게도 말하고 싶지 않은 사소한 일로 접어두겠다. 젠장.

◆ 외전

"할머니, 정말 하늘이 푸른색이에요?"

"응, 물론이지. 바다도, 하늘도 모두 파란색이란다."

그렇게 말하는 할머니의 표정은 조금은 슬픈 얼굴이었다. 일주일에 한 번 레베카 할머니에게 '바깥 세상'에 대해서 이야기를 들을 수 있는 지금은 나에게 무엇이라고 표현하기조차 어려운 소중한 시간이었다. 설령 평생 이렇게 산다고 해도 할머니의 이야기를 더 들을 수 있다면 그것도 나름대로 괜찮을 것이라고 난 생각했다.

조금은 아프기도, 슬프기도, 외롭기도 하지만 참을 수 있을 것이다.

레베카 할머니의 다음에 이어질 말을 기다리며 나는 그렇게 한껏 얼굴에 미소를 띠고 있었다. 할머니는 어쩔 수 없다는 듯이 그런 나를 바라보며 천천히 말을 이어가기 시작했다.

"그래, 저번 주에 못다 한 이야기를 다시 하기로 하지."

그것은 동물들에 대한 이야기, 그리고 이종족에 대한 이야기였다. 인간과는 비교할 수 없을 정도로 크고 강한 드래곤이라든지 아름다운 숲의 수호자 엘프, 작고 투박하지만 손재주 하나는 뛰어난 드워프……. 듣고만 있어도 가슴이 벅차 오르는 이야기들의 나열이었다.

할머니는 천천히 내 머리를 쓰다듬으시며 이야기해 주셨다. 그것들은 전부 바보 같은 나의 머리로는 상상조차 할 수 없는 놀라운 이야기들이었다. 하늘을 날아다니는 새들과 물에서 산다는 물고기들, 그리고 바깥 세상에 존재한다는 모든 것들에 관한 것이었다.

조금 더 오랫동안, 아니, 평생 동안이라도 그렇게 이야기를 듣고 싶었지만 정말 일주일에 단 한 번 있는 이 시간은 짧고도 짧았다. 조금밖에 듣지 않은 것 같은데 벌써 헤어질 시간이 온 것이다. 약속이나 한 듯이 정확한 시간에 그 검은 로브를 입은 사람들은 문을 열고 들어와 레베카 할머니를 모시고 어딘가로 향했다. 작별 인사를 할 틈도 없이 어두운 철문은 닫히고 나는 그렇게 침대에 누워 다음 주를 기다리는 수밖에 없었다.

조그맣고 어두운 방 안에는 단지 촛불 하나만이 은은한 빛을 뿜으며 주위를 밝히고 있었다. 나는 아무 말 없이 눈을 감으며 잠이 오기만을 기다렸다.

언제나 찾아오는 고통. 어렸을 때부터 겪은 탓에 익숙해지기는 했지만 그렇다고 그 아픔의 정도가 줄어든 것은 아니다. 왜 내가 고통받아야만 하는가? 어렸을 때부터 끊임없이 스스로에게 질문하고 있었던 문제이기도 했다. '내가 무엇을 잘못했다고?', '왜 나는 평범하지 않은 것일까?' 하고 끊임없이 스스로 자문했지만 어린 나를 납득시킬 만한 생각은 떠오르지 않았다.

그럴수록 가슴은 더욱 답답해졌고 고통은 심하게 느껴져 왔기 때문일까? 그래서 포기하는 법을 알아야만 했다. 그렇게 스스로를 납득해 버리고 체념해 버리는 것이다. 단지 나는 이상한 아이니까 하고 쓴웃음 지으며 생각하고 넘어갈 수밖에 없었던 것이다.

철이 들지 않았을 때부터 나는 외톨이였다.

너무 혼자인 것이 무섭고 외로워서 작은 방에서 훌쩍이며 우는 것을 제외하면 그 무엇도 할 수 없었다. 어둡고 조그만 방에서 햇살조차 들어오지 않는 밀폐된 공간에서 소원했다. 나는 기도했다.

천천히 내 마음을 갉아먹고 있었던 것은 다름 아닌 '희망'이란 것을 알아챈 것은 언제였을까? 그것은 조금씩 내 마음을 병들게 하고 아프게 해왔다.

언젠가 저 커다란 철문을 열고 누군가 들어와서 손을 내밀며 '이제 괜찮아'라고 말해 줄 사람이 반드시 있을 것이다. 몇 년 전까지만 해도 그렇게 생각했다. 하지만 언제부터였을까, 기다리는 것에 지쳐서 모든 것을 포기하게 된 것은……

그래서 내가 택한 것은 '죽음'이었다. 이렇게 평생 살아야 한다면 편안하게 죽음을 맞이하는 것이 나을 것이다.

스푼을 예리하게 다듬는 일은 생각한 것보다 크게 어려운 일이 아니었다. 며칠 동안 잠도 자지 않고 매달렸으니 당연한 일인지도 모르지만 여하튼 그렇게 도구를 준비한 나는 마음을 가다듬고 즉시 실행에 들어갔다.

날카로운 금속성의 감촉이 목에 느껴져 왔다. 생각한 것보다 그렇게 아픈 건 아니었다. 붉은 피가 목을 통해 쉴 새 없이 내 몸 안에서 빠져 나오고 있었을 때 비로소 나는 미소 지을 수 있었다. 침대 시트를 붉게 물들이며 빠르게 바닥으로 번져 나가는 내 피를 바라보며 그렇게 나는 미소 지었다. 머리가 어지러워지며 차가운 바닥에 쓰러졌을 때 언젠가 누군가 말해 준 파란 하늘을 생각하며 나는 그렇게 의식을 잃어갔다.

다시 내가 눈을 떴을 때 그런 나를 간호하고 있었던 사람이 바로 레베카 할머니였다. 검은 로브를 입은 사람들을 빼고는 내가 본 최초의 사람이었다. 적지 않게 당황하는 것도 무리는 아니었다.
할머니는 미소 짓는 얼굴로 나를 바라보고 있었다. 내가 당황스러운 얼굴로 그런 할머니를 바라보자 그녀는 천천히 팔을 뻗어 내 조그만 머리를 쓰다듬기 시작했다.
무엇이라 말하고 싶어도 목이 따끔거려서 그것은 불가능했다. 멍청하게도 눈물이 쏟아져 나와 그런 그녀의 소매를 적시고 있었다.
"괜찮아."
그 영원히 잊을 수 없는 한마디. 평생을 기다리고 있었던 단 한 마디의 말. 마치 여태껏 살아오고 있었다는 것을 증명해 주고, 용서해 주고, 허용해 주고 있다는 느낌.
목이 아파왔지만 그보다 아픈 것은 마음이었다. 무엇이라 단 한 마디도 할 수 없었다. 살며시 따스하게 안아주는 할머니의 품에서 나는 바보같이 소리도 제대로 못 내고 흐느껴 울었다.

태어나면서부터 느끼고 있었다. 내 안에 들어 있는 이질적인 무엇의 느낌. 특별히 뭐라 설명할 수는 없었지만 본능적으로 느끼고 있었다.

배우지 않아도, 보지 않아도, 설명해 주지 않아도 알 수 있었다. 가르쳐 준 사람이 아무도 없었음에도 불구하고 나는 말을 하고 글자를 쓰며 책을 읽을 수 있었다.

내가 남과 다르다는 것은 처음부터 알고 있었다.

그래서 이런 곳에 갇혀 지내는 것일지도 모른다고 생각했다. 내 안에 있는 '괴물'을 무서워해서 이런 곳에 가두는 것일지도 모른다고 생각했다.

그래도 꿈꾸는 것은 어쩔 수 없는 것이다. 적어도 동경하는 것은 단 한 번이라도 좋으니까 이곳에서 벗어나고 싶다는 것. 푸른 하늘을 볼 수 있고, 쳐다볼 수도 없을 만큼 밝은 해와 은은하게 어둠을 밝히는 달을 보고, 산을 보고, 바다를 볼 수 있다면……. 내게는 목숨과도 바꿀 수 있는 소중한 것이었기에.

불속에 뛰어드는 나방의 모습이 아름다운 이유는 자신이 추구하던 이상향을 위해 목숨마저 바칠 수 있다는 신념 그 자체이기 때문 아닐까?

"쉿! 조용히 하렴."

할머니는 미소 짓는 얼굴로 내 입을 틀어막으며 속삭이듯 말하고 있었다. 살짝 고개를 끄덕이자 할머니는 그제야 내 입을 막고 있던 자신의 손을 치웠다.

이런 시간에 할머니가 내 방에 들어온다는 일은 생각해 보지도 못했다. 나는 당황스러운 얼굴로 그런 할머니가 무엇을 하시는지 가만히 보고만 있었다.

할머니는 천천히 내 옷가지 몇 개를 챙기기 시작했다. 일주일마다 볼 수 있었던 느긋하고 슬퍼 보이는 모습과는 달리 민첩하게 움직이고 있는 할머니를 바라보며 난 무슨 일을 꾸미고 계시는지 궁금하게 여기고 있었지만 할머니는 그런 나에게 질문할 여유조차 주시지 않았다.

"푸른 하늘."

한참을 나의 소지품을 찾으시던 할머니의 입에서 드디어 무엇이라 목소리가 들려왔다. 나는 무슨 말씀을 하시는지 귀를 쫑긋 세우며 그런 할머니의 얼굴을 바라보았다.

"…약속해 주겠니?"

나를 바라보는 할머니의 눈이 천천히 물기에 젖어들기 시작했다. 그런 그녀의 모습이 너무나 진지해 보여서 나도 모르게 살짝 고개를 끄덕였다. 그런 나를 바라보며 그녀는 천천히 말을 이었다.

"행복해질 수 있다고. 행복하게 살 수 있다고."

행복해질 수 있을까? 내가? 나 스스로 그렇게 질문해 보아도 조금은 무리인 것 같았다. 하지만 나를 바라보는 할머니의 모습에서는 부정은 추호도 용납하지 않겠다는 결의가 느껴지고 있었다. 어쩔 수 없이 나는 고개를 끄덕였다.

천천히 그녀는 나를 일으켜 세우더니 품속에 넣어두었던 단검을 빼어 들며 무엇인가 주문을 읊조리기 시작했다. 자신의 손목을 베어서 피를 쏟으며 무엇이라 외치는 그녀를 바라보며 나는 제대로 숨도 쉴 수 없을 만큼 긴장할 수밖에 없었다. 예전의 그녀에게서는 찾아볼 수 없었던 중압감 같은 것이 내 몸을 제대로 가누지도 못하게 해왔기 때문이다.

'마법?'

자연스레 손목을 타고 바닥으로 떨어진 피는 조그만 원을 형성하며 빛을 발하기 시작했다. 내가 당혹성을 지르며 놀라워하는 와중에도 그녀의 마법은 천천히 절정에 다다르고 있었다.

아름답다. 단지 그 생각밖에는 들지 않았다. 춤추는 것 같은 화려한 동작의 연속이었다. 그녀의 손목에서 시작해 허공을 떠돌다가 바닥으로 떨어지는 피마저 마치 깨끗한 물에다 빨간색 물감을 퍼뜨린 것처럼 보였다. 하지만 그런 그녀의 상태가 염려되지는 않았다. '피가 흐름으로 아프다' 라는 단순한 사고 자체도 멈춰 버렸던 것이다.

"문(Gate)."

그 말을 끝으로 피로 그려진 마법진에서 눈부신 하얀 빛이 쏟아져 나오기 시작했다. 그 광경에 놀라워하고 있는데 할머니는 천천히 그런 나를 바라보며 말하기 시작했다.

"약속했지? 행복해지겠다고. 그렇다면 어서 가려무나."

직감적으로 느끼고 있었다. 그녀와는 이것이 마지막이란 것을. 지금 헤어지면 평생 만나지 못할 것이라는 것을. 그녀는 나를 위해서, 바보 같은 나를 위해서 목숨을 바치고 있는 것이란 것을.

행복해질 수 있을까?

하지만 지금에 와서 그녀에게 '나는 괜찮아요. 평생 이렇게 살다가 죽어도 상관없어요' 라고 거짓말을 할 수는 없었다. 어느 사이엔가 앞이 잘 보이지 않는다. 눈물 가득한 눈으로 나는 그녀를 바라보며 고개를 끄덕였다.

"어서 가려무나. 시간이 얼마 남지 않았다."

난 그 밝은 빛 속으로 몸을 날렸다. 그런 그녀를, 나를 위해서 목숨마저 버린 레베카 할머니를 놔두고.

난 이기적인 아이인 것이다. 그녀가 여기서 죽는다고 해도 이렇게 평생 살고 싶지 않으니까 하고 생각했던 것이다.

어딘가로 이동된 어둠 속에서 나는 그렇게 할머니의 이름을 부르며 목 놓아 울고 있었다. 바보 같은 나를 위해 죽은 할머니를 생각하며 헛된 죽음이라고 생각했다. 내 탓이라고 생각했다. 그래서 눈물을 흘리며 슬퍼할 수밖에 없었다.

처음으로 세상에 나왔지만 나무도 풀도 눈에 들어오지 않았다. 그저 어둠이 가득한 주위를 둘러보다가 지쳐서 탈진해 쓰러질 때까지 그렇게 걸음을 옮기고 있을 뿐이었다.

그러다 걷는 것도 지쳐서 어느 한 '나무로 추측되는 무엇' 의 아래에서 허물어지듯 몸을 바닥에 맡기고 나는 멍하니 검은 하늘을 바라보기 시작했다.

'푸른 하늘' 은 볼 수 없었다. 단지 눈을 감은 듯 새카맣게 물들어 있는 세상이 시야에 펼쳐져 있을 뿐이었다. 우는 것도 지쳐서 힘들다고 느낄 무렵 나는 의식을 잃는 것처럼 잠들었다.

정말 오랜만에 꿈을 꾸었다.

한 소년이 있었다. 조금은 사나워 보이는 눈매를 하고 있는 소년. 언제나 퉁명스럽게 사람을 대하고 타인이 자신에게 접근하는 것을 마음속 깊이 거부하고 있는 소년. 그렇지만 세상 어느 누구보다도 따스한 가슴을 간직한 소년에 관한 꿈을 말이다.

소년은 울고 있었다. 어둠 속에 맡겨진 채 아무도 자신을 사랑하지 않는다고 생각하고 있었다. 꿈속의 나는 소년에게는 보이지도, 접촉하지도 못하는 단지 그런 소년의 우는 모습을 방관하기만 하는 그런 모습이었다.

손을 내밀어주고 싶어.

따스하게 안아주고 싶어.

사실은 모두가 너를 사랑하고 있다는 것을 말해 주고 싶어.

꿈속의 나는 천천히 기도했다. 소원했다. 소년이 자신을 느낄 수 있게 되기를 간절히 원했다.

울고 있던 소년의 얼굴이 천천히 내가 서 있는 곳을, 내가 간절히 기도하고 있는 곳을 바라보기 시작했다. 소년과 내가 눈이 마주쳤을 때 그 공간의 어둠은 천천히 사라지고 있었다.

눈을 떴을 때 푸른 하늘이 보였다.

시야 한가득 한도 끝도 없을 것같이 퍼져 있는 푸른 하늘, 그리고 태양.

무엇을 해야 할지는 아직 잘 모른다. 하지만 적어도 이것 하나는 느끼고 있었다. 레베카 할머니의 죽음이 헛되지 않게 행복해져야만 한다는 것.

천천히 몸을 일으켜 난 무작정 아무렇게나 걸음을 옮기기 시작했다. 이상하게도 걱정은 되지 않았다. 아니, 오히려 홀가분해진 기분이었다.

처음으로 느껴본 자유. 푸른 하늘 아래에서 나는 그렇게 소원하고 있었다.

<2권으로 계속>

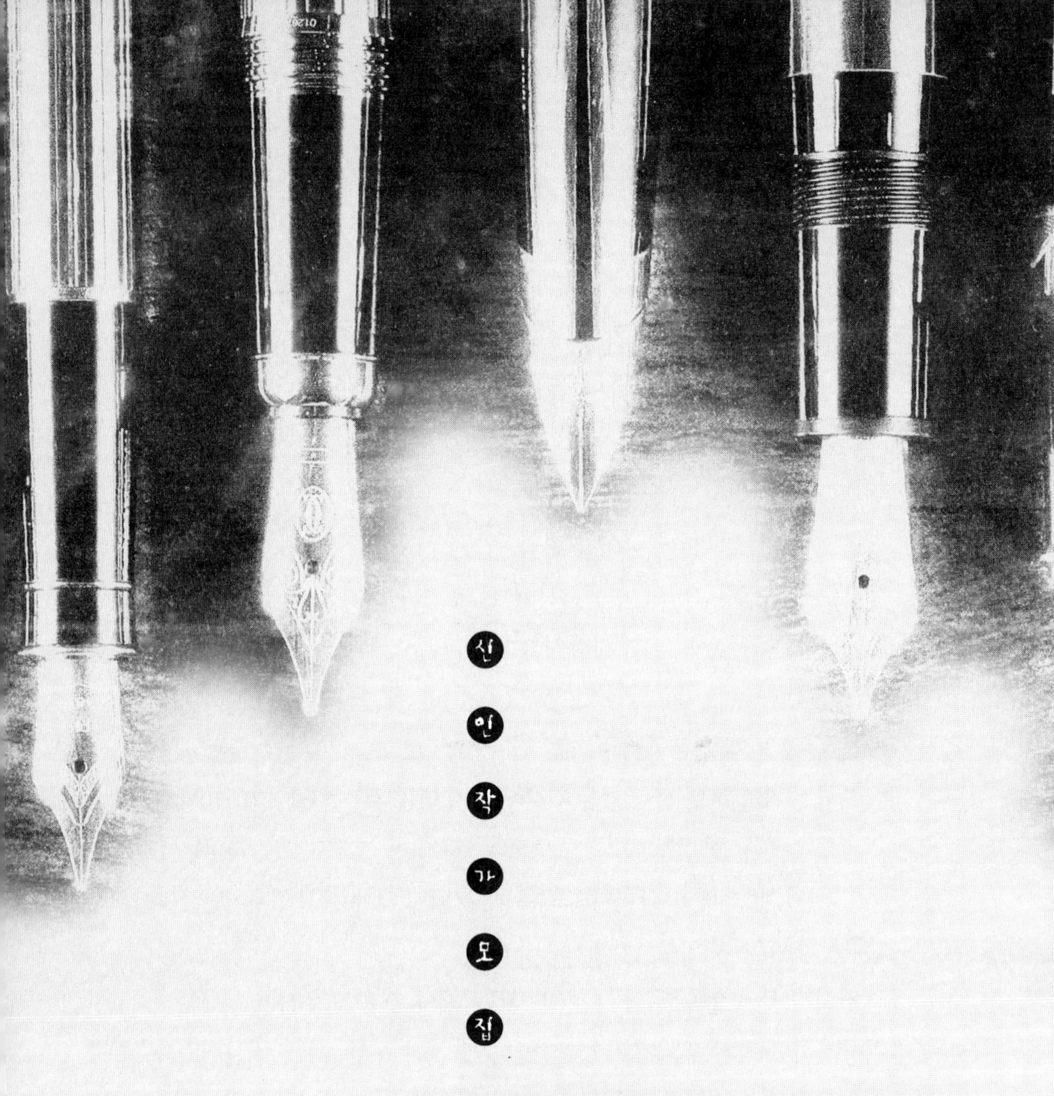